Axel Brauns

Tag der Jagd

Roman

| Hoffmann und Campe |

1. Auflage 2006

www.hoca.de
Satz: Dörlemann Satz, Lemförde
Druck und Bindung: Clausen & Bosse, Leck
Printed in Germany
ISBN (10) 3-455-00586-1
ISBN (13) 978-3-455-00586-8

HOFFMANN UND CAMPE

Ein Unternehmen der
GANSKE VERLAGSGRUPPE

Für die Filmstube

1

Spatzenweihe – Galgenbaum – Trauerweidenkurve: Michaela Mahr lief ängstlich in sich hineinhorchend los. Bei jedem Schritt könnte sich der Schmerz zurückmelden, der sie über ein Jahr lang geplagt hatte. Seit ein paar Wochen traute sie sich wieder, die angegriffenen Muskeln zu belasten. Dreimal die Woche zog es sie von der Bunkerburg in den Eimsbütteler Weiherpark, wo ihr zu früher Stunde kaum jemand über den Weg lief.

Stammstummel – Wiesenrund – Windloch: Michaela lief über den knirschenden Sand, belastete das linke Bein stärker und fühlte, wie es nicht Laut gab. Sie kränkelte nicht mehr, genoss jede Bewegung, blinzelte an sich herab, um sich zu vergewissern, wie ihre Laufsachen sich ausnehmen würden für einen Beobachter. Das dunkelblaue Laufhemd schlenkerte luftig am Oberkörper, darunter leuchteten abwechselnd die Beine hellblau auf. Ihrem Mann würde der Anblick gefallen. Es würde alles wieder gut werden.

Der Anstieg – Schöne Aussicht – Wandelbahn: Sie lief am Weiher entlang und nahm den sanften Anstieg, ohne dass ihr Bein aufmuckte. Oben auf der Schönen Aussicht kam ihr eine Radlerin entgegen, lächelte und fuhr aus dem Park hinaus. Befreit lief Michaela die Wandelbahn hinab. Niemand konnte mehr sehen, was in ihrem Bein gewesen war. Der Rundweg um den Weiher war hier asphaltiert. In ihren gut gedämpften Schuhen spürte sie die Härte des Untergrundes, doch es schmerzte nichts im Bein. Der frühe Morgen war hell und mild. Die Junisonne würde für einen prächtigen Tag sorgen. Sie könnte sich am Nachmittag auf eine der Südbänke setzen und den Frühling genießen.

Waldpfad – Am Spielplatz – Spatzenweihe: Aus der Helligkeit lief sie in das morgendliche Zwielicht der Bäume. Knirschend machte sich der Wechsel von Asphalt zu Sand auf dem Rundweg bemerkbar. Letztes Wochenende hatte es nach der ersten Runde im Oberschenkel zu zwicken begonnen, so dass sie einen Lauftag hatte ausfallen lassen. An diesem Freitagmorgen würde das Bein halten. Das Radiogespräch am Tag zuvor hatte schon Spaß gemacht. Sie hatte sich wohl gefühlt in der Rolle der Bütteleiprovokateurin. Bestimmt würden weitere Auftritte folgen.

Galgenbaum – Trauerweidenkurve – Stammstummel: Die zweite Runde ließ sie entspannter angehen, da sie an diesem Morgen mindestens sechs Runden schaffen wollte. Zum Frühstück würde sie, nachdem sie geduscht hätte, Krause Klöben in der „Kleinen Konditorei" kaufen. Aber nur, wenn ihr sechs Runden glückten. Sofort beschleunigten sich ihre Schritte, doch auch wenn die Beine freudig mitzogen, zwang sie sich zur Gemächlichkeit. Nicht anfangen war wichtig, dabeibleiben.

Wiesenrund – Windloch – Der Anstieg: Mit jeder Biegung entfernte sie sich weiter von den Monaten der Kränkelei. Ihre Lungen atmeten tiefer, ihre Beine bewegten sich geschmeidiger. Zum Glück hatte ihr Körper ein gutes Gedächtnis. Die vier Krausen Klöben wären eine Belohnung, nicht für sie, für ihre Familie. Sie wollte sie auch als Zeichen nehmen, wieder geselliger zu leben. Zu viel hatte sie vergraben, zu viel aus den Augen verloren.

Schöne Aussicht – Wandelbahn – Waldpfad: Nach dem Frühstück würden ihre beiden Töchter, Miena und Andel, in die Grundschule eilen. Kurz darauf käme Frau Athmer, ihre Haushälterin, in die Bunkerburg. Michaela legte sich zurecht, was sie alles an Arbeiten für sie hätte. Am wichtigsten war das Umräumen der Bücher im Bücherwinkel. Sie wollte dort endlich einmal Ordnung schaffen. Frau Athmer sollte jedoch vor dem Neuordnen die Borde abschrubben. Auch den Vorhang könnte sie am Vormittag waschen.

Am Spielplatz – Spatzenweihe – Galgenbaum: Die dritte Runde ließ sich für Michaela so locker an, als wäre es die erste. Zum Glück war alles aus dem Bein verschwunden. Vergnügt trabte sie unter dem dräuenden Ast hindurch. Sobald Frau Athmer ihre Arbeit getan hätte, müsste sie sich aufmachen zur Alster, wo sie einen Termin bei ihrem Rechtsanwalt hatte. Auch wenn es nur ein Formalientermin war, freute sie sich darauf. Dr. Gustav Rehling war immer eine schöne Erinnerung an ihren Vater, an den sie eigentlich nicht mehr denken wollte.

Trauerweidenkurve – Stammstummel – Wiesenrund: Unten auf der Straße „Im Gehölz" rauschte der Verkehr bereits stärker. Michaela lief leichtfüßig an den leeren Bänken vorbei auf einen Mann zu, der seinen Labrador ausführte. Sie bemerkte, wie sein Blick an ihrem Körper heruntterglitt. Kein Humpeln, kein Hinterherziehen, kein Zucken war mehr auszumachen. Der Labrador wedelte freudig mit dem Schwanz und zog an der Leine, um Michaela zu beschnüffeln. Ein einziger Ruck mit der Leine genügte, dass der Hund seinem Herrchen gehorchte und zurückwich. Er war gut erzogen. Michaela wurde immer furienhaft wütend, wenn sie Leute sah, die ihre Riesenhunde frei laufen ließen.

Erschöpft und stolz verließ sie den Park. Zum ersten Mal war sie am Morgen sechs Runden gelaufen. In der Nacht hatte sie kaum Schlaf gefunden und war vom Vogeleinerlei im Hinterhof geweckt worden. Sie würde jetzt jeden Tag vor dem Frühstück laufen. Sie schlenderte den Stellinger Weg entlang und erschnupperte die frischen Backwaren der „Kleinen Konditorei“. Erst duschen, dann Krause Klöben holen. Der Morgen war so jung, dass sie viel Zeit hatte. Ihrem linken Bein hatten die vielen Weiherrunden nichts ausgemacht. Beschwingt ging sie über den Zebrastreifen am Heußweg. Am Sonntag gäbe es einen Museumsausflug mit den Kindern.

Vor der Bunkerburg fiel ihr eine teerschwarze Limousine mit Berliner Kennzeichen auf, die sich in eine Parklücke gezwängt hatte. Parkplätze suchen in Eimsbüttel? Es gab bessere Möglichkeiten, seine Zeit zu vertun. Zum Beispiel Frühstückmachen für einen Mann, der einen nicht wahrnahm. Der Fahrstuhl war außen an dem Wohnbunker angebaut, durch die getönten Scheiben hatte man einen reizvollen Rundumblick auf den Heußweg, ohne selbst gesehen werden zu können. Michaela drückte die oberste Taste. Sanft schloss sich die Tür, und der Fahrstuhl summte kaum hörbar los, glitt vorbei an dem Beton eines vergangenen Jahrhunderts. Sie hatte die Bunkerburg mittlerweile ins Herz geschlossen. Es war schon etwas Besonderes, dort zu wohnen.

Wuchtig ragte der Kriegsklotz an der Ecke Heußweg und Unnastraße empor. Ganz oben schmiegte sich eine üppig ausladende Wohnburg, ansehnliche dreihundert Quadratmeter groß, über drei Stockwerke an den Beton. Neben dem Fahrstuhl zum Heußweg führte auch ein Schleichweg aus der Küche zum Hinterhof hinab, wo sich zwei Kastanien hoch ins Licht streckten.

Im Flur horchte Michaela in die Stille. Kein Wasserhahn, kein Miedelgemurmel drang aus den oberen Stockwerken in den Fahrstuhlflur. Sonst waren ihre beiden Mädchen immer schon auf den Beinen. Beunruhigt zögerte Michaela, ihre Laufschuhe auszuziehen. Ein paar Jacken und Mäntel waren von ihren Bügeln gerutscht. Die Unordnung, die es nicht geben durfte, zog sich durch den Flur. Nur einen Laut und sie wäre beruhigt. Was, wenn Klaus mit Miena und Andel das Weite gesucht hätte?

Ein absurder Gedanke.

Sie ging am Bücherwinkel vorbei, wo alles aus den Borden gerissen war, ins Wohnrund. Dort lagen Klaus und die Miedelmädchen in ihrem Blut. Eine fremde Männerstimme erscholl aus den oberen Stockwerken, die sich um das offene Wohnrund anordneten, und riss Michaela aus ihrem Entsetzen:

»Wir können nicht überall suchen!«

Der Fluch drang hart herab. Eine Tür wurde zugeschlagen. Michaela wich zurück in den Bücherwinkel und suchte mühsam mit ihren Füßen Halt inmitten der herausgerissenen Bücher.

»Ich hab's dir gesagt«, hörte sie eine zweite, rauchige Stimme sagen.

Noch ein paar Flüche. Die beiden Männer betraten das Wohnrund. Michaela konnte sie hören, aber nicht sehen. Sie presste sich in den Bücherwinkel und starrte auf die herausgerissenen Bücher, die bis hinaus ins Wohnrund den Teppichboden bedeckten. Hier würden die Mörder nicht erneut suchen. Michaela hörte ein dumpfes Geräusch.

»Wo ist die MiniDV?« Die wütenden Worte des ersten Mannes klangen hilflos.

»Den kannst du treten, sooft du willst. Der sagt nichts mehr.«

Das war wieder die rauchige Stimme. Der Mann war ruhiger, älter, schien den Ton anzugeben. Der andere war jünger, impulsiver. Was war hier geschehen? In ihrer Todesangst vermochte Michaela keinen klaren Gedanken zu fassen.

Dann Stille.

Angestrengt lauschte sie ins Wohnrund. Keine Bewegung. Kein Wort. Wieder Schritte. Sie näherten sich dem Bücherwinkel. Michaela hielt den Atem an. Die beiden Männer schienen über die verstreuten Bücher zu steigen und im Rundflur zu verschwinden. Fast gelähmt vor Angst, drehte Michaela den Kopf und spähte um die Ecke des Bücherwinkels. Ein mittelgroßer Mann im hellblauen Sakko, die blonden Haare im Igelschnitt, bog in den Fahrstuhlflur. Für einen Lidschlag zeigte er im Anriss sein Gesicht. Das war der junge Mann, die Gestalt eher schlank. Von dem älteren Mann mit der rauchigen Stimme sah sie nur Rücken und Hinterkopf: Der hatte eine kräftige Statur und kurze braune Haare.

Der Fahrstuhl wurde betreten. Stille kehrte in die Bunkerburg ein. Michaela drückte sich gegen die Borde des Bücherwinkels und traute sich nicht hinaus in das Wohnrund. Galgenbaum und Trauerweide: In ihrem Schock drängte sich nur ein Gefühl nach oben. Ihre Kinder waren tot, das Hortfeuer erloschen.

2

Der Holstenkamp zog sich so hoch über die Gleise hin, dass Timo Hartwig unweigerlich den Blick schweifen ließ. Er ließ seinen Wagen rollen, blickte unruhig über die Armaturen und den Beifahrersitz. Am Abend hatte er das Auto aufgeräumt, ausgesaugt und durch die Waschstraße geschickt, alles als Vorbereitung auf diesen Tag. Dann war er früh zu Bett gegangen, um bestens ausgeruht zu sein – und hatte kein Auge zugetan. Dieser Freitag war kein Arbeitstag, sondern ein Maltetag. Die Allmächtige gewährte ihm die Gunst, seinen Sohn zu sehen und einen Tag mit ihm zu verbringen. Das Wichtigste war, ruhig zu bleiben. Damit es viele solche Tage gäbe, müsste er seinen Sohn nach dem Turnunterricht lediglich pünktlich und wohlbehalten zur Allmächtigen zurückbringen.

Auf dem Ring zwei war viel Verkehr. Schule – Mittagessen – Alsterdampfer – Turnunterricht: So würde der Tag für seinen Sohn ablaufen. Zwischendurch würde Timo von Hans mit passender Arbeit versorgt. Nichts, was wichtig war, nichts, was ihn zu sehr fordern würde; es sollte am besten etwas im Viertel sein. Aber zuvor hatte er die Allmächtige angemessen zu begrüßen. Wie sollte er ihr gegenübertreten? Timo reihte sich auf dem Bornkampsweg zum Abbiegen ein. Die Stresemannstraße war wie immer voller Autos, so dass er eine weitere Ampelphase warten musste. Ungeachtet allem, was sie getan hatte, war er ihr dankbar. Hans hatte Recht behalten. Auch eine Allmächtige vermochte über ihren Schatten zu springen. Er würde ihr die Hand reichen. Sie würde alles sagen, alles tun dürfen. Dafür, dass sie ihm nach vier Jahren Malte wieder anvertraute, würde er alles erdulden. Timo blickte auf die Uhr: sieben Uhr vierzig. Das passte.

Er stellte sich vor, wie er gleich ihre Wohnung betreten würde. Vor vier Jahren hatte er die letzte gemeinsame Wohnung an der Methfesselstraße in einem wahren Triumphrausch verlassen. Nach dem, was sie sich damals geleistet hatte, musste er seiner Wut Luft machen und nahm alle ihre Wirawirs aus den Borden und warf sie auf den Boden. Zuerst griff er sich die Wirawirs heraus, die er ihr geschenkt hatte. Jedes zerbrach mit einem köstlichen Knacken und befeuerte ihn in seiner Wut. Was sie getan hatte, war unverzeihlich. In ihm flammte Hass auf. Er griff sich auch die Wirawirs, die sie über die Jahre zusammengesucht hatte, und pfefferte eines nach dem anderen auf das Pitchpineparkett. Mit dem Absatz stiefelte er auf den großen Bruchstücken herum und zermalmte sie zu feinstem Bruch. Diese Genugtuung beim Anblick ihrer über alles geliebten und ach so unersetzlichen Wirawirs, wie sie da zerbrochen zu seinen Füßen lagen, würde er niemals vergessen. Im Treppenhaus erlosch diese Freude mit jeder Stufe, die er nach unten stieg. Er hatte nicht nachgedacht, was er mit seiner Zerstörungsorgie auslösen könnte.

Die Ampel sprang auf Grün, Timo bog auf die Stresemannstraße. Als er bei der Einfahrt zur Dosenfabrik ankam, sah er Malte bereits am Zaun warten. Von der Allmächtigen keine Spur. Sein Sohn drängte sogleich zur Beifahrertür, öffnete sie, stopfte seinen Ranzen auf den Rücksitz und nahm Platz.

»Hallo.«

»Guten Morgen, Malte.«

Alle Unruhe und Müdigkeit waren verschwunden. Einfach nur glücklich sah Timo seinem Sohn dabei zu, wie er sich anschnallte. Groß war er geworden.

»Kann's losgehen?«

»Ja.«

Timo wendete den Wagen und fuhr hinaus auf die Stresemannstraße in den grauen Verkehr. Am liebsten hätte er seinen Sohn stundenlang umarmt. Doch nichts davon hatte er getan. Er schluckte, suchte nach ein paar Sätzen, fand keine, schwieg. Für viele Worte blieb auch keine Zeit. Der Weg zur Grundschule Telemannstraße war nicht weit. Aufmerksam beobachtete Timo den Verkehr. Das gab Sicherheit. Warum hatte die Allmächtige ihn nicht empfangen wollen? Er war pünktlich. Es musste an den Wirawirs liegen.

Malte knupperte am Sicherheitsgurt herum, streckte seine Beine weit nach vorne und öffnete, als sie an der Ampel Kieler Straße hielten, das Handschuhfach. Er zog eine Wasserpistole hervor, zielte durch die Windschutzscheibe auf die wartenden Autos und sagte:

»Lass uns ein Blutbad anrichten.«

»Wir können ja nachher ein paar Schwäne nass machen.«

»Wo ist deine richtige Waffe?«

»Die liegt nicht im Handschuhfach.«

»Aber du hast sie dabei?«

Die Autos vor ihnen setzten sich in Bewegung. Timo wollte nicht über seinen Dienst reden. Er war gerne Büttler, liebte die Arbeit, aber heute hätte er sich am liebsten freigenommen. Zu kurzfristig hatte sich die Allmächtige bei ihm gemeldet.

Lass uns ein Blutbad anrichten: Die ganze Nacht über hatte sich Timo ausgemalt, was er alles mit seinem Sohn besprechen würde. Er hatte sich die schönsten Gespräche zusammenfantasiert, und dann klaffte auf einmal ein solcher Abgrund vor ihm. Wie konnte es sein, dass sein Sohn so etwas sagte? Und zwar in einem Tonfall, als wäre es das Normalste der Welt. Früher hatte Malte so etwas nie gesagt.

»Warum hast du eine Wasserpistole dabei?«, fragte sein Sohn.

»Manchmal ist es gut, eine Waffe ziehen und abdrücken zu können, ohne dass man gleich jemanden über den Haufen ballert.«

»Die Wasserpistole ist auch eine Dienstwaffe?«

»Eine sehr wirkungsvolle.«

»Hast du sie schon einmal benutzt?«

»Das erzähle ich dir beim Mittagessen.«

Timo lenkte den Wagen über die Osterstraße tiefer in den Heußweg hinein.

»Warum nicht jetzt?«

»Weil wir da sind. Die Schule ruft.«

Malte schnallte sich ab.

»Nicht erst beim Mittagessen. Erzählst du es mir in der großen Pause?«

Dieser Freitag war kein üblicher Arbeitstag. Vielleicht fand sich ja ein passender Auftrag im Viertel. Er könnte es bestimmt einrichten.

»Gut. Wann und wo treffen wir uns?«

»Hier um neun Uhr fünfunddreißig. Ich hab dann zwanzig Minuten Pause.«

»Darfst du das Schulgelände verlassen?«, fragte Timo.

Malte nickte, zeigte zu dem Sitzrund aus Holzbänken, das von flachem Gebüsch umgeben war, und stieg aus. Er zog seinen Ranzen hervor, legte die Wasserpistole zurück ins Handschuhfach und sagte:

»Lass uns ein Blutbad anrichten.«

»Wenn du meinst.«

Wieder dieser Spruch mit dem Blutbad. Schmerzlich fühlte Timo, wie fremd ihm sein Sohn geworden war. Malte drückte die Autotür ins Schloss, winkte und eilte dann zur Ampel an der Eichenstraße. Mehrmals drehte er sich um und winkte. Erinnerte sich Malte noch daran, dass sie hier auf der Holzbank vor vier Jahren gesessen hatten – kurz vor der Sache mit den Wirawirs? Timo sah, wie Malte die Treppe zum Backsteingebäude hochstieg. Hatte sein Sohn auch gewartet? Nein, bestimmt nicht. Blutbäder anzurichten war ihm wichtiger gewesen.

3

Die Kacheln, so weiß, so sauber, die Dusche, noch ohne Wassertropfen: Klaus und die Miedelmädchen lagen unten in ihrem Blut. Michaela beugte sich über das Waschbecken und befühlte die beiden Zahnbürsten. Die eine war feucht, die andere trocken. Die drei waren im Schlaf überrascht worden. Nachher käme Frau Athmer zum Saubermachen. Hier oben hätte sie nicht viel zu tun. Michaela starrte auf die Duschbatterie. Was sollte sie jetzt tun? Einen kurzen Strahl Wasser hatte sie sich nach dem Aufstehen gegönnt, dazu die Zähne geputzt. Ohne die sechs Runden im Weiherpark wäre sie nun auch tot. Die Büttler zu rufen käme nicht in Frage. Sie könnte sich duschen, abtrocknen und für den Tag anziehen. So begann man einen Morgen. Sie könnte in der Küche Frühstück machen, hin und wieder aufstehen, um zwischen Tee und einem Happen Brot ins Wohnrund zu gehen und ihren dreien zuzusehen, wie sie dalagen. Auf dem Chrom der Armaturen zeigten sich feine Spuren verdunsteter Tropfen. Von ihrem Vater hatte sie bereits als kleines Mädchen gelernt, was zu tun wäre, gäbe es einen Anschlag. Niemals dürfte sie die Büttler alarmieren. Sie sollte sich verstecken und später Zuflucht suchen beim Hortfeuer.

Ihren Bruder …

Unschlüssig richtete sie sich auf. Sie könnte in ihren Laufsachen unter die Dusche steigen, das hätte den Vorteil, dass sie sich nicht ausziehen müsste. Sie hockte sich auf den Badezimmerstuhl und streckte die Beine aus. Sie könnte sich bücken, um die Schnürsenkel zu öffnen. Sie könnte es aber auch sein lassen.

... würde sie nicht anrufen.

Die Mörder waren fort. Vielleicht lagen sie außerhalb auf der Lauer. Vielleicht kämen sie zurück, um hier auf sie zu warten. Apathisch blickte Michaela vor sich hin. Alles im Bad verströmte Klarheit. Warum sollte sie sich eigentlich unter die Dusche stellen? Nie hatte sie sich diese Frage gestellt. Im Starren gefangen, empfand Michaela es als wohltuend, so dazusitzen und ihr Gelähmtsein hinzunehmen.

Einmal hatte sie diese Frage doch gestellt. Sie war vier Jahre alt, hatte im Matsch gespielt, war müde und wollte so, wie sie war, ins Bett krabbeln. Die Gelegenheit war günstig. Ihr Bruder Max spielte noch. Doch ihr Vater hatte etwas dagegen, dass sie sich so schmutzig schlafen legte. Im Kinderzimmer zänkelten sie sich eine Weile, bis ihr gut gelaunter Vater die Oberhand gewann und sie ins Badezimmer lotste, wo er ihr wortreich Kleidungsstück um Kleidungsstück abrang.

»Nun zieh die Schuhe aus.«

»Will nicht.«

»Sind schmutzig.«

»Nein.«

»Überall hast du deine Spuren hinterlassen.«

»Nein.«

»Das ist wichtig.«

»Wie wichtig?«

»Du weißt, dass du nie mit den Büttlern reden darfst?«

»Ja.«

»Komm, Dreckspatz, her mit dem Fuß. Das ist genauso wichtig.«

Beeindruckt streckte sie ihrem Vater den Fuß entgegen. Sie würde nie mit den Büttlern reden, sonst würde er ihr den Kopf abreißen.

Michaela Mahr hob ihren linken Laufschuh an und wackelte auf der Hacke hin und her. Es gab niemanden mehr in der Bunkerburg, der mit ihr Schuheausziehen spielen wollte. Die Fliesen schimmerten im Morgenlicht so weiß, so sauber. Nicht einmal Trittspuren der Laufschuhe waren zu erkennen. Es wäre so einfach aufzustehen, sich zu entkleiden und zu duschen. Das sollte sie besser tun. Man fühlte sich erfrischt und freute sich aufs Frühstück.

Sie könnte aber auch als Dreckspatz durchs Leben gehen.

Michaela verließ das Badezimmer und öffnete den Schlafzimmerschrank. Gebügelt, gefaltet, stapelte sich die Bettwäsche. Die Mörder hatten hie und da gesucht, große Unordnung hatten sie nicht angerichtet. Sie suchte ihre Pistole zwischen den Kopfkissenbezügen, doch sie war nicht mehr da. Die Mörder hatten hier gesucht und sie gefunden.

Michaela drückte ihre Nase in den Lakenstapel und sog den Duft der frischen Wäsche ein. Sie hatte gewusst, dass es einmal geschähe. Mit den Fingern strich sie zwischen den kühlen Lakenballen hin und her. So leicht war es, ein Laken zu waschen, zu trocknen, zu bügeln und zu falten.

Auf einmal zog sie drei saubere Laken aus dem Stapel hervor, legte sie über den Arm und stupste den verschobenen Stapel gerade. Sie könnte Wäsche waschen, das würde Spaß bringen. Schmutzige Wäsche waschen; alles in der Bunkerburg war schmutzig. Den Blick hinab ins Wohnrund vermied sie, nahm die Stufen zum zweiten Stock und verlor mit jedem Schritt den Schwung. Als sie im Fahrstuhlflur unten ankam, verknäulte sich in ihr etwas. Die Waschküche war gleich neben der Vorratskammer. Sie könnte dort hineingehen, sie könnte es aber auch lassen.

Michaela trug immer noch ihre Laufsachen. Sie könnte alles machen. Zuerst frühstücken, dann in der Waschküche saubere Laken waschen, duschen, die Laken trocknen, sie bügeln, falten und dann im Wäscheschrank verstauen. Zwischendurch käme Frau Athmer und … man würde die Büttelei rufen.

Das würde sie niemals können.

Sie musste fort.

Michaela ging mit den Laken ins Wohnrund, verharrte über den drei Leichen. Keine Schusswunden. Schnitte mit dem Messer. Klaus' Finger lagen abgetrennt über den Teppich verstreut. Und überall Blut. Zitternd breitete sie ein Laken nach dem anderen über ihrem erloschenen Hortfeuer aus und schob mit der Fußspitze die abgetrennten Finger unter den weißen Baumwollstoff. Das war das Letzte, was sein „Zimtstern" für ihn tun konnte.

Sie stieg in den ersten Stock hinauf, betrat ihr Arbeitszimmer und griff sich Papiere und Geldbörse. Sie fühlte sich wie hingerichtet und nicht gestorben, wie lebend und tot zugleich. Als Letztes nahm sie die Handhexe mit. Am Geländer zum Wohnrund hielt sie ein letztes Mal inne. Mit den Laken sah es ordentlich aus.

Schleichweg oder Fahrstuhl? Vorne im Fahrstuhl wäre sie gut zu sehen, wie sie die Bunkerburg verließ. Die Mörder könnten ihr auflauern. Klüger wäre es, den Schleichweg zu nehmen. Wie groß war die Wahrscheinlichkeit, dass die Mörder unten warteten? Sie hatten nicht gefunden, was sie suchten. Sie wären bestimmt fort. Stammte die teerschwarze Limousine vor der Bunkerburg von den Mördern?

Michaela trat hinaus in den Vorraum, zog ihren schwarzen Staubmantel über und warf einen Blick am Fahrstuhl vorbei auf den Heußweg. Da war eine Parklücke, wo vormals die teerschwarze Limousine gestanden hatte. Wie war das Berliner Kennzeichen gewesen? Sie bekam es nicht mehr zusammen.

Die Hände in den Manteltaschen vergraben, ging Michaela den Heußweg entlang. Fünfgeschossige Altbauten säumten die Straße. Den nächsten Bunker gab es erst unten am Weiherpark. Leicht rollte Michaela ab in ihren gut gedämpften Laufschuhen, die Sohlen schluckten die Härte der Gehwegplatten. Nach den acht Runden um den Weiher ging es sich leicht über Fugen und Stein. Sollte sie weiter geradeaus gehen zur Kreuzung Osterstraße und Heußweg, wo sich alle Einkaufswege des Viertels bündelten? Sie könnte auch in den Stellinger Weg abbiegen und die vielen kleinen Einbahnstraßen abschreiten. Bei allem Dreckspatzsein fühlte Michaela Mahr auch Freiheit. Jeder Schritt war ein neuer Schritt, jede Fuge, die sie überschritt, war eine neue Fuge.

Wie einfach hatte sich gestern Vormittag im Studio an der Rothenbaumchaussee die Welt noch ausgenommen. So still war es dort gewesen. Eine halbe Stunde Stille, nur hin und wieder ein Blick der Aufnahmeleiterin. Die leichte Aufregung vor der Sendung legte sich mit jedem Atemzug. So einfach sah die Welt dort aus: ein Mikro, ein Kopfhörer, ein paar Regler und die gummibewehrte, schorfrote Räuspertaste. Kein Klick sollte verraten, was da getan wurde. Michaela hatte ein paarmal die Räuspertaste zur Probe gedrückt. In der Sendung hatte sie nicht darauf zurückgreifen müssen.

Im Heußweg verspürte Michaela, über Fugen schreitend, den zaghaften Wunsch die Räuspertaste zu drücken. Damit alles ruhig war und niemand sie hören könnte. Mit jedem Schritt ließ sie die Bunkerburg und die Laken hinter sich. Was Frau Athmer wohl denken würde? Sie wäre mit den Nerven völlig am Ende und würde umgehend die Büttelei anrufen. Wer nicht in einem Hortfeuer aufgewachsen war, reagierte so. Das war normal. Michaela hatte Tag für Tag mit der Gefahr gelebt. Sie war sich des Unheils bewusst gewesen, das da kommen könnte. Nun, da es über sie hereingebrochen war, empfand sie eine nie gefühlte Leere.

Nicht weit vor ihr standen ein Sofa und ein Sessel auf dem Gehweg. Weit und breit war niemand zu sehen. Michaela bekuckte die wolkengrauen Polstermöbel. Es gab zwar keine Räuspertaste, dafür aber diese einladende Sitzecke. Ein Wohnzimmer auf der Straße? Sie ließ sich in einen der Sessel sinken. Angenehm. Als sie die Beine übereinander schlug, trat eine rothaarige junge Frau aus dem Hauseingang.

»Machen Sie es sich bequem.«

Die sommersprossige Frau lachte und machte sich an dem wuchtigen Sessel zu schaffen.

»Soll ich helfen?«, fragte Michaela.

»Das geht schon«, antwortete die junge Frau, »den einen Sessel hab ich schon oben.«

Der Sessel war eigentlich viel zu schwer, um ihn allein zu tragen. Michaela stand auf und fasste mit an. Zusammen trugen sie ihn in den Hausflur.

»Ach, das ist nett.«

»Wie haben Sie solch einen Riesensessel nach oben bekommen?«

»Stufe für Stufe.«

Zu zweit ließ er sich gut tragen. Das Gewicht machte sich jedoch bereits im ersten Stockwerk in den Händen bemerkbar. Im dritten Stock fing Michaela an, schwer zu atmen, die rothaarige junge Frau keuchte:

»Gleich haben wir's geschafft.«

Im fünften Stock setzten sie endlich den Sessel ab. Michaela atmete auf. Die Rothaarige wäre auch noch in die Wohnung marschiert, hätte sie nicht den Hausschlüssel hervorpulen müssen. Kaum war die Tür aufgesperrt, packte die junge Frau wieder an.

Das Wohnzimmer war geräumig und lag zur Heußwegseite hinaus. Bis auf die Sitzgruppe war der Raum voll eingerichtet. An der Wand hingen Filmplakate: „Nostalghia", „El Topo" und „Seom – Die Insel". Michaela kannte keinen der Streifen. In den Borden reihten sich DVDs an DVDs, dazu Videokassetten und auch ein paar Bücher.

»Wollen wir eine Pause machen? Oder gleich wieder runter?«, fragte die Rothaarige.

»Besser gleich wieder nach unten.«

»Dann haben wir alles von der Straße weg.«

Das Riesensofa unten auf dem Heußweg hatte richtig Gewicht. Schon vor der ersten Stufe im Treppenhaus schmerzten Michaelas Hände. So bequem es sich darauf gesessen hatte, so gemein zog es nun an ihren Armen und Schultern. Das würde sie nie und nimmer ohne Pause in den fünften Stock hinaufbekommen. Dankbar nahm Michaela den Blick der jungen Frau auf, die ihr zunickte und das Sofa absetzte. Auch auf ihrer Stirn zeigten sich Schweißperlen.

Stockwerk für Stockwerk arbeiteten sie sich nach oben. Als es daranging, das Sofa durch den Flur zu wuchten, versagten Michaela fast die Finger. Mit letzter Kraft trug sie es ins Wohnzimmer, die Hände um die Sofafüße geklammert, und setzte es an der Wand unterhalb von „Nostalghia", „El Topo" und „Seom – Die Insel" ab. Die junge sommersprossige Frau strahlte Michaela an und fiel ihr um den Hals.

»Danke, danke. Du bist meine Rettung gewesen.«

Zusammen sackten sie aufs Sofa und schnauften um die Wette.

»Gern geschehen.«

»Du hast Kraft. Mein Freund hätte den Sessel nicht in einem Rutsch nach oben bekommen.«

Hübsch hatte es die junge Frau in ihrer Wohnung. Alles verströmte hier eine Normalität, die gut tat.

»Ich heiß Alma und du?«

»Mia.«

Das war ihr Kosename. Sie ließ ihren Kopf auf die Rückenlehne sinken und konnte die drei Plakate erkennen. Die leichten Schmerzen in den Händen und Armen ebbten ab. Das mittlere Filmplakat zeigte einen schwarzen Reiter mit Sonnenschirm und einen nackten Jungen, die durch eine Wüste reiten, im Vordergrund steckt ein Frauenbildnis halb im Sand.

»‚El Topo'? Nie gehört.«

»Das ist ein Meisterwerk von Alejandro Jodorowsky.«

»Seltsamer Name.«

»Jodo ist Chilene. Sein Vater stammt aus Russland.«

»Wovon handelt ‚El Topo'?«

»Ein schwarz gekleideter Kopfgeldjäger und sein nackter Sohn reiten durch die Wüste. Beide steigen ab und knien sich in den Sand. Der Kopfgeldjäger übergibt seinem kleinen Jungen eine Puppe und ein gerahmtes Foto. ‚Du bist nun sieben Jahre alt und ein Mann. Vergrabe dein erstes Spielzeug und das Foto deiner Mutter.' Der Junge vergräbt seinen ganzen Besitz. Danach setzen sich Vater und Sohn wieder auf das

Pferd. Der Mann in Schwarz spannt seinen Sonnenschirm auf, und sie reiten Richtung Horizont.«

Ruckartig erhob sich Mia, machte zwei Schritte zum Sessel, ließ sich in die Polster sinken und betrachtete das seltsame Filmplakat. Kein Baum des Heußwegs reichte bis vor die Fenster des fünften Stocks. Ein schwarzer Reiter, ein nackter Junge, ein schwarzer Sonnenschirm, eine Wüste und der Himmel. Dazu ein halb vergrabenes Frauenbildnis. Das war die Mutter des Jungen. Sie war auch ein schwarzer Reiter, der durch die Wüste ritt und hinter sich drei halb vergrabene Porträts zurückließ. Ihr fehlte lediglich der Sonnenschirm.

»Film bedeutet dir viel?«, fragte Mia.

»Ich studiere an der HfbK Film.«

»HfbK?«

»Das ist die Hochschule für bildende Künste.«

Mias Blick glitt über die Borde. Sie hatten in der Bunkerburg keinen Fernseher, dafür aber einen Projektor und einen DVD-Spieler. Wegen der Miedelmädchen. Sie sollten ohne TV aufwachsen. Nur in der Waldhütte im Niendorfer Gehege gab es einen Fernseher, der im Schlafzimmer versteckt war. Hin und wieder kuckte sie dort heimlich mit Klaus, die Miedelmädchen durften es nicht wissen. Aneinander gekuschelt, naschten sie „Formel 1“, „Fußball“ und manchmal auch die Filme, die sie mochte. Sie überlegte, ob sie Alma erzählen sollte, wie sehr sie „Sinn und Sinnlichkeit“ liebte. Sie verwarf den Gedanken, der Streifen wäre für Alma wohl zu kitschig. Bevor sie etwas Kluges von sich geben konnte, erhob sich Alma und fragte:

»Tee oder Kaffee? Ich mach Frühstück.«

»Tee.«

Fröhlich verschwand der Rotschopf im Flur. Mia überlegte, ob sie Hunger hatte. Frühstücken hoch über dem Heußweg: das wäre beinahe so wie jeden Morgen.

Wer steckte hinter den Morden?

Es war eine ungewöhnliche Tageszeit für den Anschlag gewesen. In der Nacht wäre es für die Täter günstiger gewesen. Für weitere Gedanken war Michaelas Geist zu träge. Erst einmal war sie hier sicher.

Je länger ihr Blick umherschweifte, desto unwohler fühlte sie sich. Sie brachte Gefahr. Wo immer sie hinginge, sie würde gejagt werden. Wenn sie Alma schützen wollte, musste sie gehen. Sonst läge diese lebenslustige Studentin, die Kehle durchtrennt, bald auf dem Wohnzimmerteppich.

Dem Fluch ihres Vaters würde sie nie entkommen. Mit fünfzehn hatte sie geglaubt, dass sie es könnte. Mit achtzehn war diese Zuversicht bereits merklich schwächer geworden. Mit zweiundzwanzig hatte sie dann geheiratet in dem Gefühl, dass sie es nicht schaffen würde. Aber die letzten acht Jahre hatten ihr gut getan.

Sie hatte „Familie“ gespielt.

Obwohl ihr klar gewesen war, dass sie … Mia riss sich los von den Gedanken. Sie wollte nicht darüber nachdenken, wer sie jagte, wollte nicht wissen, vor wem sie fliehen musste. Sie ging in die Küche.

»Tut mir leid. Ich muss gehen. Ich hab ganz die Zeit vergessen.«

»Ach, schade«, sagte Alma. »Danke noch mal für die Hilfe.«

Sie folgte Mia in den Flur und zupfte an der Garderobe eine Visitenkarte hervor.

»Meld dich mal.«

»Mach ich«, sagte Mia.

Sie strich mit ihren vom Möbeltragen glühenden Fingern über den Handlauf und nahm die erste von fünf Treppen abwärts. Das Lächeln der rothaarigen Alma ein Stockwerk über ihr ließ sie innehalten, sie sagte:

»Wir können ja mal ‚El Topo' kucken.«

»Gut!«

Noch ein Lächeln, noch ein Winken und Mia nahm Abschied. Mit einem Gefühl von Sonnenschirm und Vergrabenhaben nahm sie die Treppen, strich mit den glühenden Fingern über den Handlauf. Alma war so voller Leben und spendete Kraft in rauen Mengen. Sie wiederzusehen, das wäre schön. Eine Wüste war mehr als ein Nichts, eine Wüste konnte man durchreiten, in einer Wüste konnte man Bilder zurücklassen. Es gäbe nur Wind und Sand, der sich schützend über sie legen würde.

Mia nahm die letzten Stufen, durchmaß den Flur und trat hinaus auf die Gehwegplatten des Heußwegs. Mit jedem Schritt, den sie auf eines der schattengrauen Steinvierecke setzte, wurde sie trauriger. Die Miedelmädchen hätten jetzt Unterricht. Gegenüber der Grundschule Telemannstraße warf Michaela die Visitenkarte in den Papierkorb. Wer so mordete, würde nie aufhören, sie zu jagen. Sie durfte Alma nicht in Gefahr bringen.

4

Die Fahrt vom Bütteleihaupthaus führte Timo Hartwig zurück nach Eimsbüttel. Einen Dank an Hans, dass er ihn hier im Viertel als Mitjäger einsetzen wollte. Worum es bei dem Fall ging, wusste er noch nicht. War aber auch nicht so wichtig. War nur ein Fall für einen Tag. Am liebsten wäre ihm ein Fall, den er einfach wegdenken könnte. Guter Dinge bog Timo von der Osterstraße in den Heußweg ein. Nie war er in den letzten drei Jahren an der Grundschule seines Sohnes vorbeigefahren. Heute steuerte er bereits zum zweiten Mal den wuchtigen Backsteinbau an.

Sein Sohn war groß geworden. Er musste behutsam vorgehen und erst einmal Vertrauen aufbauen. Wichtig war dieser Tag. Wichtig war, dass sein Sohn und die Allmächtige daran Spaß hatten. Doch die Sache mit dem Blutbadanrichten ließ ihn nicht mehr los. Zum Glück hatte er sich nichts anmerken lassen.

Wenn etwas schief ginge, sähe er ihn nie wieder: Waren die Worte der Allmächtigen Flachs oder Drohung? Es war möglich, dass sie Ernst machte.

Wie auf Wunsch sprang die Ampel vor der Schule auf Rot und gab Timo die Gelegenheit anzuhalten. Er wusste gar nicht, welches Fach sein Sohn in der ersten Stunde hatte. Nachher fragen. Und er musste lockerer werden.

Flachs oder Drohung?

Timo schaute einer jungen Frau zu, die den Zebrastreifen überquerte. Hübsch, sehr hübsch. Schwarzer Staubmantel, hellblaue Jogginghose, Trainingsschuhe: seltsame Mischung. Aus Leder war der schwarze Mantel nicht, eher Baumwolle, gewachst. Das Unterteil hatte die dunkelhaarige Schönheit bestimmt mit den Schlaufen an ihren Waden festgezurrt. Sonst würden die Schöße bei jedem Schritt freier flattern.

Aufgeschreckt vom Hupen eines Autofahrers hinter ihm, warf Timo einen Blick auf die Ampel. Grüner wird's nicht! Gas geben. Durchatmen. Die dunkelhaarige Schönheit wohnte bestimmt hier. Weite Ausflüge unternahm so eine nicht in Turnschuhen.

Da war er auch schon: der Bunker Heußweg am Looookstedtplatz. Beim Fahren linste Timo nach oben. Der hatte sich verändert. Seit drei Jahren umfuhr Timo den Heußweg. Überall in Eimsbüttel säumten die fünfgeschossigen Altbauten aus der Zeit der Jahrhundertwende die Straßen. An vielen Stellen waren die Zeilen nach den Bombenschäden mit schlichten Klinkerbauten aufgefüllt worden. Die Bunker waren stehen geblieben. Dieser hier war aufwendig umgebaut worden. Ins Auge fiel das angebaute Treppenhaus mit Fahrstuhl. Durch die Panoramafenster müsste man einen prächtigen Blick über die Umgebung haben. Timo fand gleich in der Unnastraße beim Beiersdorfwerk einen Parkplatz. Die Allmächtige hatte hier früher gearbeitet.

Vor dem ehemaligen Luftschutzbunker liefen bereits einige Büttler herum. Gruß auf Gruß. Lächeln auf Lächeln. Er solle den Fahrstuhl nehmen, Hans sei oben. Timo spürte, wie seine Anspannung stieg, wie in ihm etwas auf den Fall losgelassen werden wollte. Er versuchte ruhiger zu werden, ermahnte sich, dass er lediglich Mitjäger sei bei diesem Fall, nicht Jäger. Als er in den Fahstuhl einstieg, begrüßte er den Jungbüttler, der den Liftboy gab, zurückhaltend höflich. Man konnte also nur mit dem Schlüssel ganz nach oben kommen. Bienengleich summte der Fahrstuhl los, die Scheiben gaben den Blick auf den Heußweg frei. Kein Kratzer war auf dem Glas zu sehen. Sehr gepflegtes Haus.

Auch der Vorraum machte einen edlen Eindruck. Überall waren Büttler zugegen. Gruß auf Gruß. Lächeln auf Lächeln. Der erste Eindruck einer Wohnung täuschte meistens nicht. Timo ließ den Blick schweifen, schnupperte. Gut, richtig gut. So wohnte, wer reich war. Teppichboden, graublau. Wände, ein helles Graublau. Garderobe, Stühle, Flurschränke: alles Designermöbel. An den Wänden ein paar moderne Grafiken. Die Anspannung kehrte zurück, wie jedes Mal in den ersten Momenten eines Falles.

Der Flur führte an einer Wandnische vorbei, wo sich aus den Borden gerissene Bücher am Boden stapelten, in das „Wohnzimmer", das größer war als groß. Die Spurensicherung war gerade eingetroffen. Gruß auf Gruß. Lächeln auf Lächeln. Drei Laken, darunter drei Leichen. Bei der großen Leiche war das Laken am Kopf umgeschlagen worden. Kehle durchschnitten. Viel Blut. Der weiße Stoff hatte kein Blut gezogen. Die zwei kleinen Körper gehörten Kindern. Timos Hals schnürte sich zu.

»Timo, komm hoch«, sagte Hans Melzer, der am Geländer im Mittelstockwerk lehnte.

Beklommen setzte sich Timo Hartwig in Bewegung. Die wenigen ersten Eindrücke raubten ihm alle Distanz. Das war kein Fall, den man wegdenken konnte. Hier war eine Familie ausgelöscht worden. Fälle mit Kindern waren die schlimmsten. Die Mutter würde bestimmt in einem der anderen Räume erstochen unter einem Laken liegen.

Mit schweren Schritten stieg Timo in den ersten Stock hoch. Er war heute lediglich Gast bei der Jagd. Oder wie es Hans gut formuliert hatte: Mitjäger. Er musste irgendwie versuchen, den Fall auszublenden. Nur für ein paar Stunden. Heute Abend würde er so lange darüber nachdenken können, wie er wollte.

Timo und Hans begrüßten sich.

»Hättest auch über Handhexe anrufen können. Dann wäre ich gleich gekommen.«

»Nicht heute«, sagte Hans. »Wie war's mit deinem Sohn?«

Timo brauchte einen Moment, weil er nicht umschalten konnte. Er wollte sich erst einmal über den Fall unterhalten. Was war wichtig? Was hatte man bereits in Erfahrung bringen können? Die Toten hatten ein Recht darauf.

»Über den Fall reden wir später«, sagte Hans. »Wie sieht dein Sohn aus?«

»Malte ist groß geworden. Bin stolz auf ihn.«

»Und wie ist es mit der Allmächtigen gelaufen?«

»Hab sie nicht gesehen.«

»Bist ganz schön aufgeregt, oder?«, fragte Hans. »Du bekommst das schon hin.«

Timo nickte. So kuhl er auch tat, vor seinem Vorgesetzten konnte er sich nicht verstecken. Hans Melzer war zehn Jahre älter und der Hauptjäger. Timo fühlte wieder, was er schon immer gewusst hatte. Es war richtig gewesen, dass er sich ihm vor drei Jahren anvertraut hatte wegen dieser Sache.

»Kira und Clas leiten die Jagd«, sagte Hans.

Es gibt gute Mären und schlechte. Das war eine schlechte. Hatte es nicht bisher bei Hans immer geheißen: Clas und Kira? War ihm das herausgerutscht? Seit der sehr nette, aber dröge Clas eine neue Jägerin an seiner Seite hatte, war seine Erfolgsstrecke beachtlich gewachsen. Leider hatte er zu Kira, die erst seit zwei Jahren in Hamburg lebte, noch keinen Draht gefunden. Und dumm war, dass sie sich nicht daran störte.

»Ich muss nach unten. Die beiden sind drüben im Arbeitszimmer.«

Hans deutete zum Ende der Galerie. Unter Vorbehalt setzte sich Timo in Bewegung. Er nahm sich vor, alles Erdenkliche zu tun, damit Kira Schmidt zufrieden war. Auf Sticheleien war er nicht scharf. Vielleicht würden ihm die beiden etwas über den Fall erzählen. Das Bild mit den drei Laken und dem Blut ließ ihn nicht mehr los.

Da war sie schon: jung und flott. Kein Gruß, kein Lächeln. Timo war für sie Luft. Die würde ihm nichts erzählen. Von Clas war im Arbeitszimmer nichts zu sehen.

»Moin, Kira.«

»Da bist du ja. Melzer hat mir schon gesagt, dass du uns zur Hand gehst.«

Tja, Mitjäger. Da würde einiges auf ihn zukommen.

»Übler Fall«, sagte Kira. »Mann und seine beiden Kinder tot. Die Frau ist nicht auffindbar. Hat aber hier übernachtet.«

Sie erzählte doch etwas.

»Wer hat die Leichen entdeckt?«

»Die Haushälterin. Die kann kaum noch ein Wort sagen. Ist völlig durcheinander.«

An den Wänden Borde mit Büchern und Aktenordnern, darunter auch Rechtskommentare. Alles ordentlich. Kira bemerkte seinen schweifenden Blick und sagte:

»Oben ist alles durchwühlt. Hier im ersten Stock nichts. Und unten zum Teil.«

»Der Mann ist Jurist?«

»Anwalt.«

Vom Schreibtisch hatte man einen weiten Blick über das angrenzende Lokstedt. Hier an der Unnakreuzung trafen drei Stadtteile aufeinander: Eimsbüttel, Lokstedt, das Eingeweihte Looookstedt aussprechen, und Hoheluft-West, wo die Allmächtige früher gearbeitet hatte. Obwohl Timo kein Quiddje war, hatte ihn die Allmächtige aufklären müssen, warum man zu diesem Stadtteil nicht „Lockstedt“ sagen durfte.

»Mit ’ner Lok hat der nichts zu tun.«

»Warum heißt er so?«

»Looookstedt.«

»Lookstedt.«

»Looookstedt.«

Ihre Lippen so schön.

»Damit man sich besser küssen konnte«, murmelte Timo. Elf Jahre war das her. Seine Familie war fast so tot gewesen wie diese hier.

»Hey, Timo. Fein, dass du mit an Bord bist!«

Da war Clas. Gruß auf Gruß. Lächeln auf Lächeln.

»Hat deine Ex deinen Sohn wirklich rausgerückt?«

»Jo.«

»Und wie geht’s ihm?«

»Gut«, log Timo. Vor Kira wollte er nicht offen reden.

»Kira, hast du schon irgendein Bild gefunden von dieser Michaela Mahr?«

»Nichts. Das macht hier alles einen seltsamen Eindruck.«

Timo lehnte sich ans Fenster. Er stellte sich gerade vor, wie die zwei Kinder ermordet wurden. Und warum hatte der Mörder dann Laken über seine Opfer ausgebreitet? Oder waren es mehrere Täter? Timo fühlte, dass der Fall ihn nicht losließ. Wenn er nicht aufpasste, würde er den Tag mit seinem Sohn verbringen und an nichts anderes denken als an die ermordeten Kinder.

Waren es zwei Jungen oder zwei Mädchen?

Oder Junge und Mädchen?

In einem dieser wunden Momente müsste sein Sohn „Lass uns ein Blutbad anrichten“ hervorträllern, und Timo würde ihn anbrüllen. Sein Sohn würde zurückschreien, womöglich weglaufen und am Abend alles der Allmächtigen berichten.

Flachs oder Drohung?

Er würde nach einem solchen Ausraster seinen Sohn nie wieder sehen. Er musste irgendwie versuchen, den Fall auszublenden. Zuhören reichte. Er war Mitjäger. Und das auch nur für einen Tag. Er durfte sich auf keinen Fall in die Sache vertiefen.

»Na, Timo«, sagte Clas, »was sagst du zu diesem Penthaus? Edles Teil, oder?«

»Hat was«, meinte Timo.

»Was tippt ihr zahlen die hier Miete?«, fragte Kira.

»Zweitausendfünfhundert Euro«, antwortete Clas.

»Nein«, sagte Kira und schüttelte den Kopf.

Am Tonfall meinte Timo herauszuhören, dass Clas zu hoch lag. Also etwas weniger nehmen. Vielleicht würde daraus ein kleines Gespräch über Mietpreise in Hamburg. Wäre genau das Richtige, um das Blut und die Laken auszublenden. Timo sagte:

»Zweitausend Euro.«

»Auch nicht. Dreitausend Euro Nettokaltmiete im Monat für dreihundert Quadratmeter«, sagte Kira und blätterte weiter in einem Ordner.

»Nicht schlecht«, meinte Clas.

»Was kosten eigentlich kleine Altbauwohnungen hier im Viertel?«, fragte Kira. »Ich will vielleicht herziehen.«

»So acht Euro nettokalt für den Quadratmeter musst du rechnen«, sagte Clas. »Ist das hier noch Eimsbüttel?«

»Genau die Grenze«, sagte Kira und deutete zum Fenster. »Drüben ist Lockstedt.«

»Das spricht man Looookstedt aus«, sagte Timo. Süffisant fügte er hinzu: »Mit einer Lok hat das nichts zu tun.«

»Wirklich?«, fragte Clas.

»Ist so«, sagte Timo. »Und das Beiersdorfwerk liegt bereits in Hoheluft-West.«

»Und was ist eine Hamburger Burg?«, fragte Kira, ohne auf die Belehrung einzugehen.

»Das ist was Gutes«, sagte Clas. »Immer hin zur Besichtigung. Timo hat mal in einer gewohnt.«

Zum Glück erschien Hans in der Tür. Aus einem harmlos unnötigen Gespräch wurde sofort eine ernste Sache. Timo hatte keine Lust, sich von Kira ausfragen zu lassen. Die Jahre in der Wohnung Ecke Stellinger Weg und Methfesselstraße waren die schönsten seines Lebens gewesen. Seit der Sache mit den Wirawirs waren vier verlorene Jahre hinzugekommen.

»Also die Frau scheidet wohl aus«, sagte Hans Melzer. »Ich erzähle gleich mehr.«

Vielleicht war es ganz gut, mehr zu erfahren. Das würde es wahrscheinlich einfacher machen, den Fall beiseite zu legen, vor allem würde es die Beklemmung lösen. Sobald man bei einem Fall in die Arbeit hineinrutschte, wurde der Schrecken erträglich. Timo spitzte die Ohren, um mehr über die drei Mahrmorde zu erfahren. Hans Melzer setzte einen fragenden Blick auf:

»Frau Schmidt, wie sieht's aus?«

»Seltsam. Ganz seltsam.«

»Nein, ich meinte, haben Sie auch Hunger?«

»Eigentlich nicht.«

»Die Gelegenheit ist günstig«, meinte Hans Melzer. »Das Café Strauß ist gleich um die Ecke. Da gibt es auch ganz leckere Tomaten-Mozzarella-Croissants.«

»Die sind gut, Kira«, sagte Clas.

»Wie gut?«, fragte Kira.

»Zwölf Euro nettokalt den Quadratmeter«, meinte Clas. »Edelluxusoberklasse.«

»Gut, dann haben wir für dich, Timo, den ersten Auftrag«, sagte Kira. Süffisant fügte sie hinzu: »Sammle die Bestellungen ein, Garçon. Für mich das Luxuscroissant mit Tomate-Mozzarella.«

Fröhlich gaben auch Hans und Clas ihre Wünsche auf. Timo nickte wie ein Kellner und verließ das Arbeitszimmer. Das hatte er sich selbst eingebrockt. Den süffisanten Unterton bei Looookstedt hätte er besser bleiben lassen.

Mitjäger war er heute?

Brötchenprinz!

Die würden gleich über den Fall reden, und er bekäme nichts mit.

»Wart noch einmal«, sagte Hans und kam hinter ihm her. »Das Strauß öffnet erst um zehn. Du kannst aber für außer Haus in der Küche etwas bekommen. Wenn Meinolf da ist, grüß ihn von mir.«

»Warum scheidet Frau Mahr aus?«, fragte Timo im Gehen.

»Erzähl ich dir später.«

Hans kehrte zurück ins Arbeitszimmer zu seinen Jägern. Als Brötchenprinz würde Timo es als Letzter erfahren. Aber nur, wenn er Glück hätte. Womöglich würde er überhaupt nichts erfahren. Clas und Kira würden schützend die Hand über ihren Fall halten und nichts preisgeben

Er blickte hinunter ins Wohnzimmer, wo die Spurensicherung ihre Arbeit aufnahm. Da es noch früh war, musste er sich nicht beeilen. Das Penthaus war etwas Außergewöhnliches. Bei aller Modernität konnte man sich auf diesem Burgberg mittelalterlich geschützt fühlen.

Drei Laken, drei Leichen und jede Menge Blut.

Beklommen ging er die Stufen hinunter. Heute war kein normaler Tag im Dienst. Hans hatte er es zu verdanken, dass er das Angebot der Allmächtigen wahrnehmen konnte. Sie dürfte nicht damit gerechnet haben, dass er binnen Tagesfrist „frei“ bekäme. Der eine Fall vom Tisch, der nächste noch nicht da. Eigentlich passte es. Doch mit einem solchen Horrorfall vor Augen würde es ein monströser Tag werden. Bevor er mit seinem Sohn das nächste Mal spräche, müsste er die Laken und das Blut aus seinem Geist verbannt haben. Es waren für Malte nicht lediglich vier Jahre, die sie sich nicht gesehen hatten. Für ihn war es sein halbes Leben. Sein Junge war jetzt acht. Sie würden noch viele Tage brauchen, bis da wieder mehr war als nichts.

Flachs oder Drohung?

Er würde sich Zeit lassen. Dann könnte er auf dem Rückweg die große Pause an der Telemannstraße mit seinem Sohn verbringen. Er versuchte sich, als er den Flur entlangschritt, in eine rundum glückliche Stimmung hineinzuflunkern.

Es war ein Geschenk, auf das er vier Jahre gewartet hatte.

Er würde jede Stunde dieses Tages genießen, das nahm er sich vor.

Und zu Kira wäre er nicht noch einmal süffisant.

Den Jungbüttler im Fahrstuhl begrüßte er freundlich und lächelte.

»Nach unten, bitte.«

Fliegengleich summte der Fahrstuhl los.

»Und wie geht es so mit dieser Aufgabe?«, fragte Timo.

»Ach danke für die Nachfrage«, antwortete der Jungbüttler leidgeprüft. »Sie sind der Erste, der mich nicht aufzieht. Das Wort Liftboy kann ich nicht mehr hören.«

Unten auf dem Heußweg nahm sich Timo die Zeit und

ging hinüber zum Looookstedtplatz. Vor elf Jahren hatten sie an der Bushaltestelle auf den Bus gewartet. Für ihn war die Allmächtige immer die Frau fürs Leben gewesen. Vielleicht würde er es schaffen, dass sie sich beide für den Rest des Lebens als Vater und Mutter von Malte fühlten. Als Frau war die Allmächtige schon lange für ihn verloren. Er schüttelte die Erinnerungen ab, weil er sonst nur noch trauriger würde.

Er musste auf andere Gedanken kommen. Timo studierte die Umgebung. Der oder die Täter waren in der Früh gekommen. Frau Mahr hatte sich versteckt oder war außer Haus gewesen.

Dort oben im Bunker begannen sie gerade, die ersten Eindrücke abzugleichen. Er hätte unglaublich gerne gewusst, was Hans zu erzählen hatte. Er spürte, wie das Jagdfieber kam.

Brötchenprinz!

Er stellte sich eine große Truhe vor, in die er all das hineintat, was mit dem Mahrfall zu tun hatte. Jetzt wollte er nicht mehr daran denken. Am besten, er freute sich auf seine erste Aufgabe als Mitjäger, dann wäre er zur großen Pause gut gelaunt. Alles andere war heute unwichtig.

Flachs oder Drohung?

Er musste mit Malte unbedingt etwas lockerer sein als am Morgen. Er vergrub seine Hände in den Taschen und trottete los.

5

An der U-Bahn-Haltestelle Osterstraße blieb Michaela Mahr stehen, heftete den Blick an die bunten Farben gegenüber. Doch der Biomarkt war ihr gleich. Sonst freute sie sich immer über den Anblick, weil der Obst-und-Gemüse-Spezialist den Platz von McDonald's eingenommen hatte. Sie achtete immer darauf, dass sich ihre Kinder gesund ernährten. Die Buchhandlung Lüders, wo sie immer Schulbücher kaufte, hatte noch geschlossen. Spar Niemerszein und „Basic-Bio für alle" waren jedoch bereits geöffnet. Sie blickte hinüber zum grauen Kaufhausblock. Es störte sie, dass Karstadt erst später öffnete. Im Erdgeschoss könnte sie sonst Buntstifte und Schreibhefte kaufen.

Michaela war auf einmal danach zumute, im Untergrund zu verschwinden. Schnell die Treppe hinunter, ohne Fahrkarte auf den Bahnsteig und dann in die U-Bahn. Bei einer Fahrkartenkontrolle könnte sie ein bisschen weinen und das Schwarzfahren würde nicht bestraft.

Sie könnte aber auch bei Niemerszein etwas Edles kaufen: zum Beispiel die Cinnamon Biscuits oder eine Flasche Grand Marnier. Und beides umgehend wegwerfen. Die Flasche auf den Boden und die Kekse in die Luft.

Es war alles so unsinnig, was sie tat oder tun könnte.

Michaela bog beim Sparmarkt um die Ecke und schlenderte die Osterstraße hoch. Cinnamonkekse, die man in die Luft warf, fielen umgehend zu Boden. Was aber war mit einer Kugel, die man in die Luft abfeuerte? Sie näherte sich der

Ampel an der Schwenkestraße, die vor ihren Augen auf Rot sprang. Rechts und links strudelten Fußgänger über die Straße. Michaela blieb stehen und starrte auf die andere Straßenseite, wo ihr Frau Finkenau, die Mutter einer Miedelfreundin, zuwinkte. Zum Glück ging sie in die andere Richtung.

»Sigrid, sag deiner Tochter bitte, dass es mit dem Museumsausflug am Sonntag nichts wird.«

Jeder Satz, den sie nicht sagen musste, war ein guter Satz.

Michaela konzentrierte sich auf die Ampel. Bei Grün durfte man die Straße überqueren. Bei Rot durfte man es nicht. Das waren in der Radiosendung ihre Worte gewesen. Fielen Kugeln, abgefeuert, wieder zur Erde?

Mit einem Blick streifte sie das Gebäude gegenüber. Am Dienstag hatte sie mit Andel einen Termin beim Augenarzt. Michaela überquerte die Straße und wünschte sich zurück ins Studio, wo alles ausgesperrt war.

Am oberen Ende der Osterstraße blieb sie unschlüssig stehen. Sie könnte weitergehen. Wo würde sie hinkommen? Sie war unsicher. Das war nicht mehr ihr Viertel. Sie wollte lieber im Eimsbütteler Kiez bleiben. Da es an diesem Morgen nichts für sie zu tun gab, könnte sie tun, was sie noch nie getan hatte: die Osterstraße in ganzer Länge abwandern und alle Papierkörbe zählen. Es gäbe bestimmt eine ganze Menge davon.

In den Laufschuhen ging es sich wie auf Räuspertasten. Michaela rollte bei jedem Schritt bewusst ab, spürte die Unterschiede zwischen Gehwegplatten und Fugen. Wie nachlässig man im Alltag war, dass man so etwas übersah.

Schopstraße – Hellkamp – Schwenkestraße: Karstadt ließe sich noch eine Stunde Zeit mit der Öffnung. Na, dafür hatten sie aber eine große Uhr an der Fassade.

Michaela schaute zum Niemerszein-Sparmarkt hinüber.

Vielleicht Sultana Biscuits kaufen und keine Cinnamon? In ihr regte sich nichts, was auch nur entfernt an Appetit gemahnte. Warum sollte sie etwas essen? Es hatte keinen Sinn. Sie ging weiter, ließ das Herz von Eimsbüttel hinter sich.

Auf der Brücke über den Isebekkanal lehnte sie sich ans Geländer. Über die schmiedeeisernen Kreuze wunderte sie sich jedes Mal. Dass die noch nicht abmontiert worden waren, so wie sie aussahen. Bunkerzeit. Ein sanfter Luftzug kräuselte das Wasser des Isebekkanals, warf mit Flitterfunken um sich. Zwei Enten paddelten unter der Brücke hervor, kreuzten Blicke, paddelten umher. Michaela hatte auf einmal Lust, eine Gehwegplatte aus dem Bürgersteig zu brechen und sie ins Wasser plumpsen zu lassen. Erst eine, dann noch eine. Platsch und platsch. Sie könnte sich nach und nach die ganze Osterstraße hocharbeiten und den Sand unter den Platten freilegen. Es gab viel zu wenig Wüste in Eimsbüttel. Mehr davon wäre gut.

Hinter Michaela rauschte der Morgenverkehr über die Brücke. Es war angenehm, sich auf dem Granit aufzustützen und ins Wasser zu kucken. Platsch und platsch. Das hätte schon etwas. Leider fehlte ihr das passende Werkzeug.

Sollte sie ins Niendorfer Gehege fahren und sich eine Waffe holen? Sie könnte auch übers Granitgeländer klettern und ins Wasser springen. Sie würde herumpaddeln, ein paar Enten erschrecken und sich am Ufer zum Trocknen hinsetzen.

Michaela überlegte, wie es sich anfühlen würde, wenn die Kleidung klitschnass am Körper klebte. Das wäre fast so, als hätte sie angezogen geduscht. Sie striche sich die Haare glatt, würde die Tropfen aus den Strähnen schütteln. So weich sich die Jogginghose um ihre Schenkel schmiegte, so unangenehm würde der Stoff, wenn er feucht war, auf der Haut kleben.

Sie löste sich vom Geländer und ging die Osterstraße wieder hinauf. An der Kreuzung Schulweg bog sie nach rechts ab. Sie wollte zum Weiherpark. Das war ein Wunsch, den sie klar spürte. Weiherpark: so hatte der Morgen begonnen.

Das war ein Ziel.

Schulweg – Im Gehölz – Am Weiher: Sie trat ans Windloch und blickte in den Park, wo sie am Morgen ihre Runden gedreht hatte. Sie hätten Leibwächter in der Bunkerburg gebraucht. Nicht weil sie die Schwester von Max Grimm war. Sondern wegen der Sache zwischen ihrem Bruder und ihrem Mann.

Wieder drängten sich die Bilder von Blut und Laken in ihr Bewusstsein. Klar glänzte ein Gedanke. Sie lebte noch, weil sie im Weiherpark laufen gewesen war. Nicht drei Runden, sondern sechs Runden. Hatte sie Schuld, dass ihr Hortfeuer erloschen war? Die Miedel tot, weil sie etwas für ihre Figur hatte tun wollen?

Beklommen wandte sie sich vom Windloch ab und ging die Straße „Am Weiher" hoch. Sie fühlte sich leerer als leer.

Sie brauchte ein Ziel, dann ginge es ihr besser. Zur Bunkerburg? Sie würde in eine Herde Büttler hineingeraten, die sie auch nicht so einfach aus ihrer Wohnung hinausbekäme. Sie stellte sich vor, wie sie befragt würde, und fühlte auf einmal, was die Büttler sehen würden. So wie Michaela Mahr sich verhielt, verhielt sich keine Frau, deren Familie kurz zuvor ausgelöscht worden war. Für die Büttler wäre sie verdächtig. Für sie wäre sie schuldig. Allein der Gedanke daran schmerzte Michaela. Und sie hatten Recht! So fühlte sie sich: schuldig! Sie hätte ihre Kinder beschützen müssen!

Mit den Büttlern würde sie niemals reden.

Wut stieg in ihr auf. Alte Wut. Hortfeuerwut. Um die Bunkerburg würde sie einen Bogen machen. Über alles andere könnte sie noch nachdenken. Sie könnte ins Niendorfer Gehege fahren und erst einmal dort bleiben. Vielleicht sollte sie mittags den Termin bei Dr. Rehling wahrnehmen. Vielleicht auch nicht. Hatte er etwas mit dem Anschlag zu tun? Dieser Verdacht durchzuckte sie. Sie müsste vorsichtig sein, würde ihr Vater raten. Jeder, dem sie begegnete, könnte mit den Morden in Verbindung stehen.

Süß duftete es vor der „Kleinen Konditorei", augenblicks fühlte sich Michaela angelockt. Der vertraute Schriftzug verhieß Leckereien. Ohne nachzudenken, betrat sie den Laden. Das tat gut. Sie atmete tief den verführerischen Duft von Gebäck und Brot ein, wählte aus der Fülle des Angebotes aus, bezahlte und stopfte die raschelnde Papiertüte in ihre Manteltasche. Am Heußweg blickte sie sich nicht zur Bunkerburg um, ging stattdessen Richtung Osterstraße.

An Almas Hauseingang hielt Mia inne. Auf dem Gehweg standen keine Möbel mehr. Sie hatte Lust, noch einmal hochzugehen und bei Alma zu klingeln:

»Darf ich mir noch einmal das ‚El Topo'-Plakat ansehen?«

Alma würde ihr Tee einschenken …

Es war alles so unsinnig.

Mia ging gebeugten Kopfes weiter. An der Grundschule Telemannstraße zauderte sie, überquerte aber dann doch die Straße, griff in den Papierkorb und holte die Visitenkarte hervor. Sie freute sich, dieses kleine Stückchen Papier wieder in ihrem Besitz zu wissen.

Mia kehrte der Schule den Rücken zu und bog in die Eichenstraße ein. Zu ihrer Überraschung sah sie beim Café Strauß eine Bedienung im Biergarten Tische putzen. Ungewöhnlich, die öffneten doch erst später. Sie näherte sich dem Eingang und lugte um die Heckenecke. Der Kellner lächelte. Die Küche habe noch nicht geöffnet, sie könne aber gerne Platz nehmen, sagte er.

»Könnte ich etwas zu trinken bekommen?«, fragte Michaela.

»Kaffee oder Tee?«

Sie überlegte kurz und wusste auf einmal, was sie unbedingt haben wollte:

»Haben Sie auch Kakao?«

»Mit Sahne?«

»Mit Sahne!«

»Nehmen Sie Platz, und haben Sie bitte ein wenig Geduld.«

Der Morgen war mild, aber nicht warm. Sie könnte draußen sitzen, ihren Mantel müsste sie jedoch wegen der Joggingsachen anbehalten. Im Schlampenluck wollte sie hier draußen nicht gesehen werden. Sie betrat das Strauß, ging nach hinten in den Spiegelsaal, wo sich das Café ins Unendliche verlängerte, und hatte auf einmal Lust, im Schlampenluck gesehen zu werden. Sie öffnete die Knöpfe des Staubmantels, löste die Schlaufen an den Beinen und hängte ihn über das Geländer. Kaum hatte sie Platz genommen, besserte sich ihre Stimmung. Sie fühlte sich in dem hellen, ruhigen Raum so, als hätte sie eine Räuspertaste gedrückt.

Michaela holte die „Kleine Konditorei"-Tüte hervor und schnupperte am raschelnden Papier. Süß dufteten Rosinen und Blätterteig.

6

Wind wischte durchs Laub der Heußwegbäume. Der viele Regen im Juni hatte ihnen gut getan. Den Mahrfall wollte er in aller Gelassenheit angehen. Nur ein Tag würde der in seinem Leben sein, länger nicht. Er würde auf das hören, was Clas und Kira sagten. Timo schlenderte an den Vorgärten der Geschossbauten vorbei. Bis zur großen Pause war noch Zeit. Nicht weit von der Schule Telemannstraße entfernt fluchte eine junge rothaarige Frau einen jungen Mann an, der aus seinem Auto eine Stehlampe hervorholte. Die Frau schien fürchterlich verärgert zu sein. Kleinlaut fischte der Mann aus dem Kofferraum eine pralle Tüte und überreichte sie ihr. Als Timo nah genug war, um zu hören, was gesagt wurde, schwiegen die beiden. Der Mann stieg in seinen Wagen und fuhr los. Die Frau blickte ihm wütend hinterher. Nett sah sie aus. Nicht so schön wie die Dunkelhaarige vom Morgen. Aber doch, ja. Die Frau verdrückte sich mit Stehlampe und Tüte ins Treppenhaus.

Trennung tat weh. Timo erreichte die Ampel vor der Grundschule, wo sein Sohn noch Unterricht hatte, und war einfach glücklich, ihn gleich wiedersehen zu dürfen. Am Nachmittag könnten sie etwas unternehmen, ehe Malte abends Turnen hätte. Alsterdampfer oder etwas anderes. Mal sehen, worauf sein Sohn Lust hatte. Hoffentlich brachte er nicht wieder seinen Spruch. Jedes Mal, wenn Timo an diesen Spruch dachte und sich den Kopf zerbrach, warum sein Sohn so etwas sagte, fühlte er sich unbehaglich. Die Allmächtige kümmerte sich nicht richtig um ihn. Das war eindeutig. Vernachlässigte sie ihn etwa? Timo schob diesen Gedanken beiseite, weil er ihn in eine falsche Stimmung brachte. Die Allmächtige war unantastbar. Daran konnte er nicht rütteln. Immerhin versorgte sie Malte gut, er machte einen gesunden Eindruck.

Besorgt bog Timo um die Heckenecke und betrat den umgrünten Biergarten des Cafés. Das Strauß war in der Tat bereits geöffnet. Und Meinolf, der die Tische im Inneren herrichtete, war erfreut über den Gruß von Hans Melzer.

»Grüßen Sie ihn herzlich von mir. Sie sind früh dran. Ihre Brötchen werden ein wenig dauern, wir öffnen die Küche gerade erst.«

»Nur keine Eile.«

Als Brötchenprinz durfte man sich Zeit lassen. Hell und ruhig war es im Strauß. Das Café war in gelben Tönen gehalten. In der vorderen Ecke versteckte ein Riesenstrauß seinen Kopf in der Decke. Witzige Skulptur, sie gefiel ihm jedes Mal, wenn er sie erblickte. Timo machte ein paar Schritte auf ihn zu, wollte sich gerade setzen, als er gebannt in den gespiegelten Saal blickte.

Da saß die dunkelhaarige Schönheit!

Und sie war allein.

Der Mantel hing über dem Geländer. Timo fühlte einen Kloß im Hals. Er könnte sie ansprechen. Er könnte es aber auch sein lassen. So eine wie die war immer in festen Händen. Er setzte sich, blickte hin und her zwischen der dunkelhaarigen Schönheit und der Theke, wo hin und wieder Meinolf herumwieselte. Es kam niemand. Die Frau saß allein am Tisch.

Was sollte er sagen?

Ihm fiel nichts ein. Er wusste, je länger er wartete, desto schlechter würde er sich fühlen. In zwei Minuten würde er sich nicht mehr trauen. Einfach aufstehen und hingehen. Und irgendetwas sagen. Timo blieb sitzen. Die Stühle im Strauß waren aus Holz und sehr bequem. Viel bequemer als irgendwelche anderen Stühle, an die sich Timo gerade zu erinnern versuchte. Wenn sie sich jetzt umdrehte, würde sie ihn genau ansehen.

Was würde sie denken?

Timo atmete ruhiger, versuchte seinen Spürsinn wachzurufen. Sie würde ihn erblicken. Hätte ihn noch nie gesehen, würde denken, dass da einer auf eine Bestellung wartete. Timo schaute entspannter zu ihr hinüber. Die wilden Haare fielen ungebändigt auf ihre Schulter, ihr Profil war fein geschnitten, doch herb, der Oberkörper eher zart. Sie trug noch immer die hellblaue Jogginghose, dazu ein dunkelblaues Polohemd.

Als Meinolf wieder einmal aus der Küche gewieselt kam und mit keinem Blick andeutete, dass das Hanspäckchen gleich fertig wäre, gab sich Timo einen Ruck und stand auf. Unsicher, mit klopfendem Herzen nahm er die zwei Stufen zum Spiegelsaal. Wenn sie sich zu ihm umdrehte, spräche er sie an. Sie saß da, ohne den Blick zu wenden. Timo erreichte sie, streifte mit einem Blick ihre leicht gelockten Haare und nahm die zwei Stufen abwärts am Ende des Spiegelsaals. Zwei Schritte weiter blieb er vor den Spiegeln stehen. So ungeschickt hatte er sich schon lange nicht mehr benommen. Das war so etwas von peinlich.

»Da geht es nicht weiter«, hörte er die dunkelhaarige Schönheit sagen.

Verlegen drehte sich Timo um und versuchte eine Handbewegung zu machen. Sie sagte:

»Das passiert jedem beim ersten Mal. Die Spiegel verschmelzen sehr schön mit dem Raum.«

All das wusste Timo. Er war nicht das erste Mal im Strauß. Noch immer schlug sein Herz in der Brust, und der Kloß im Hals drückte machtvoll. Er musste irgendetwas Souveränes, Charmantes sagen. Doch ihm fiel nichts ein.

»Schauen Sie nur.« Sie deutete links von sich auf den Rundbogen. »Das ist auch ein Spiegel.«

Timo tat so, als würde er ihre Worte anzweifeln, schüttelte den Kopf.

»Kommen Sie näher, dann sehen Sie es«, sagte sie mit einem Lächeln.

Timo machte zwei Schritte zum Geländer und erblickte dann sein Spiegelbild.

»Ach nein.«

»Doch, doch. Ich finde, dass ist der schönste Spiegel hier.«

Neben der gespielten Verblüffung war er von ihrer klaren Stimme gebannt. Irgendwie kam ihm dieser ruhige Tonfall vertraut vor. Jedes Wort ging ihm durch und durch. Woher kannte er sie? Aus dem Fernsehen nicht, er hätte sofort ihr Äußeres vor Augen gehabt.

»Nehmen Sie doch Platz«, sagte sie.

Michaela Mahr konnte etwas Aufmunterung vertragen nach den vielen düsteren Gedanken, die sich über sie hergemacht hatten in der Stille des Strauß. Warum hatte Klaus nur diesen unnötigen Kontakt verstärkt? Zwei Jahre lang war das gut gegangen. Und jetzt dieses Ende. Michaela mochte nicht mehr daran denken. Sie musterte den unsicher dastehenden Straußgast, der wohl zum ersten Mal in seinem Leben einen Spiegelsaal vor Augen hatte. Was der wohl zu ihrem Schlampenluck sagen würde? Trainingsschuhe – Jogginghose – Polohemd: Sie fühlte sich auch ungeduscht wohl. Und der Straußgast konnte gehen, wenn er sich daran störte, obwohl sie es nach dem belebenden Gespräch mit Alma schöner fände, wenn er bliebe.

»Das Strauß ist etwas Feines«, sagte Michaela und merkte im linken Bein einen leichten Schmerz. Sie rutschte auf dem Holzstuhl in eine bequemere Haltung. Das Sitzen auf der Kante hatte ihrem wunden Bein nicht gut getan.

Vor drei Jahren war Timo zuletzt hier gewesen, abends. Woher kannte er nur diese Stimme? Er nahm sich vor, weiter so zu tun, als wäre es sein erster Straußbesuch.

»Die Atmosphäre ist angenehm«, sagte er. »Hell, milde Farben und durch die Spiegel sehr weiträumig.«

»Gegen Mittag wird es leider laut, und abends ist es kaum auszuhalten.«

Meinolf brachte eine Tasse, die ein verlockend hübsches Sahnehäubchen trug und auf der Untertasse von einem Keks begleitet wurde.

»Möchten Sie auch was trinken?«, fragte er. »Das Frühstückspaket braucht noch ein wenig. Zu trinken geht schneller.«

»Ich nehm das Gleiche«, sagte Timo.

Seinetwegen konnte sich die Straußküche Zeit lassen. Die Straußfrau nahm den Keks, biss einen Krümel ab, lutschte ihn, schluckte und knabberte erneut einen Krümel ab. Fasziniert sah sich Timo das Schauspiel an. So würde sie einen ganzen Tag brauchen für den Keks. Ihm fiel auf, dass sich der starke Geruch ihres Kaffees noch nicht in seiner Nase entfaltete. Vielleicht lag es an dem üppigen Sahnehäubchen. Die Straußfrau knabberte erneut am Keks.

»Ist er gut?«, fragte Timo.

»Köstlich. Das ist ein Cinnamon Shortbread Ring.«

»Der sieht gar nicht nach Zimt aus.«

»Riechen Sie mal.«

Die Cinnamonfrau hielt ihm den angeknabberten Keksring unter die Nase. In der Tat duftete das Gebäck leicht nach Zimt. Sie lehnte sich wieder zurück und biss mit den Schneidezähnen ein weiteres Stück aus dem Ring. Mit der Zunge strich sie einen Krümel von den Cinnamonlippen, entspannt streckte sie ihr linkes Bein aus, so dass der Laufschuh in Timos Blickfeld geriet.

»Sie sind laufen gewesen?«, fragte er.

»Im Weiherpark.«

»Kann man dort gut laufen?«

Timo Hartwig fragte, was er eigentlich nicht wissen wollte. Vielmehr machte ihn neugierig, warum sie nach dem Laufen im Café saß. War sie am Morgen bereits laufen gewesen? Wohin tat sie beim Laufen den Mantel? Die Fragen waren nicht wichtig. Die Antworten wusste er bereits. Ihm saß eine Frau gegenüber, die eine ganz abgründige Mischung verströmte aus Zerbrechlichkeit und Härte. Sein Instinkt sagte ihm, dass er vorsichtig fragen musste.

»Für mich ist im Park die schönste Laufstrecke in ganz Eimsbüttel. Eine Runde hat genau die richtige Länge. Sie ist nicht zu kurz und nicht zu lang. Man freut sich auf die nächste Runde.«

»Wie lang ist eine Runde?«, fragte Timo.

»Etwa siebenhundert Meter.«

»Haben Sie es nachgemessen?«

Schmunzelnd schüttelte die Cinnamonfrau den Kopf, ihre borkenbraunen Haare schwangen fröhlich mit.

»Neinnein, mit dem Zollstock bin ich nicht unterwegs gewesen. Ich habe zwei Läufer gefragt. Der eine ist die Runde mit dem Rad abgefahren und hat den Tacho benutzt. Der meinte, es wären sechshundertachtzig Meter. Der andere läuft nach seiner Uhr und schätzt die Runde auf siebenhundertzwanzig Meter.«

Timo stellte sich diese schlanke Gestalt im Park vor, wie sie vor ihm langtrabte. Rhythmisch bewegten sich ihre Hüften. Er dachte an den schönsten Po, den eine Frau haben könnte, und wünschte sich, dass sie ewig um den Park liefe. Er fragte:

»Wie viele Runden laufen Sie?«

»Heute habe ich zum ersten Mal acht geschafft!«

Wie wundervoll! Timo versuchte, so gut es ging, seine Freude zu verbergen und brachte ein anerkennendes Nicken hervor.

»Fünfeinhalb Kilometer?«, murmelte er. »Meine Hochachtung. Und wie schnell?«

»Fragen Sie lieber nicht«, lachte sie. »Ich habe erst vor drei Wochen wieder angefangen. Das letzte Jahr hab ich keinen Sport getrieben.«

Er spürte, wie ihm warm ums Herz wurde. Sie würde nicht zu schnell laufen, was den Anblick stören würde. Sie würde genau mit der richtigen Geschwindigkeit laufen. Am liebsten würde er sie fragen, wann sie das nächste Mal im Weiherpark unterwegs wäre. Doch das wäre zu direkt. Ein paar Locken kräuselten sich um ihre Stirn. Sah hübsch aus.

»Das hat man mal«, sagte er verständnisvoll.

Während der letzten vier Jahre hatte er zwar seinen Körper in Schuss gehalten, aber nicht sein Leben. Er stellte sich vor, wie das Lockenmäuschen Runde um Runde um den Weiher lief.

Es knirschten die Dielen bei den vorderen Stufen. Das musste Meinolf sein. Er stellte die Tasse vor Timo ab. Timo hatte sofort den Geruch in der Nase. Das war kein Kaffee, was sich unter dem Sahnehäubchen verbarg, sondern Kakao.

»Verbrennen Sie sich nicht«, sagte Michaela. »Kosten Sie erst vom Zimtring.«

So hatte es ihr Klaus beigebracht, als er bereits in sie verliebt gewesen war, sie aber noch nicht in ihn. Sie nippte an ihrer Tasse, spürte, wie sich die Sahne zart auf ihre Lippen legte, und ließ die Schokoladenmilch über Zunge und Gaumen gleiten. Die herbe Kraft des Kakaos werde durch den Zucker gebändigt, aber nicht gebrochen, hatte Klaus damals gesagt, und sie hatte es genossen. Sie nippte erneut – genau richtig, nicht zu heiß, nicht zu kalt –, ließ die Schokoladenmilch wieder über ihre Zunge gleiten, kostete dem Aroma nach und ließ es sich gefallen, wie sich der Geschmack beim Schlucken in der Kehle entfaltete. Den ersten Keks hatte ihr damals Klaus gereicht. Sie knabberte ein Stück von ihrem Zimtring und vermischte die Krümel mit einem Schlücklein Kakao. Anfangs rau, dann krümelig, drückten sich die Gebäckstückchen an ihren Gaumen. Zwei, drei Bewegungen brauchte die Zunge, bis sich die Zimtringkrümel aufgelöst hatten und nur noch als Geschmack in ihrem Mund anwesend waren. Sie musste an das Laken und Klaus' Finger denken und schluckte bei den Erinnerungen.

»Der Keks schmeckt gut!«, sagte der Gast an ihrem Tisch.

»Ich hab nicht zu viel versprochen?«, fragte sie.

Auch wenn der Gast keine Gefahr war, fühlte sie sich so unbewaffnet merklich unwohl. Es könnte jederzeit einer von denen auftauchen, die sie töten wollten. Der Mann nahm den Teelöffel und durchbohrte den Sahneschutz auf seinem Kakao. Einen Löffel voll führte er an die Lippen, pustete und kostete. Das machte er schon ganz gut. Michaela sah ihm zu, um auf andere Gedanken zu kommen. Alleinsein tat weh.

Kindergetränk! Sie trank ein Kindergetränk! Überrascht legte er den Teelöffel zurück. Noch zu heiß. Nicht schlecht der Tag. Nach zwei Jahrzehnten trank er zum ersten Mal wieder Kakao. Hier könnte er sich also auch einmal mit Malte treffen. Kindergetränk. Die Cinnamonfrau schien daran mehr Gefallen zu finden als er. Sie nippte immer wieder an ihrer Tasse, löffelte auch einmal einen Klecks Sahne, knabberte am Keks, ließ das alles im Munde hin- und hergleiten, als wäre es eine Weinverkostung.

»Kennen Sie sich mit Filmen aus?«, fragte die Cinnamonfrau.

»Es geht so«, antwortete Timo.

»Wie gefällt Ihnen ‚El Topo'?«

»Tut mir leid, da muss ich passen.«

»Und ‚Nostalghia'?«

Timo schüttelte den Kopf.

»Und ‚Seom – Die Insel'?«

»Der ist hart und wunderschön.«

Seit einiger Zeit deckte Clas ihn hin und wieder mit Asien-DVDs ein. Diesen verstörenden Koreastreifen hatte er vor ein paar Monaten bekommen.

»Wovon handelt der?«, wollte sie wissen.

»Auf einem idyllischen See treiben bunte Hütten. Fischer mieten die Floßhütten, um zu angeln. Die stumme Vermieterin kümmert sich um alles, was Männer so brauchen. Eines Tages taucht dort ein Mann auf, der sich verstecken will. Das Ganze ist nichts für empfindsame Seelen.«

Timo nahm einen kleinen Schluck von seinem Kindergetränk. Mit ein wenig Sahne vermischt war es nicht mehr zu heiß. Die Cinnamonfrau fragte nach, er gab gerne Antwort. Sie gerieten ins Plaudern. Auf einmal wusste er wieder, woher er diese Stimme kannte.

»Kann es sein«, fragte er, »dass ich Sie gestern im Radio gehört habe?«

»Gut möglich. Worum ging es?«

»Sie haben vorgeschlagen, die Büttelei zu privatisieren.«

»Und hat Ihnen die Sendung gefallen?«

Timo Hartwig hatte sie gehört und noch am Nachmittag über diese Verrückte den Kopf geschüttelt. Mit den Geschwindigkeitskontrollen wollte sie beginnen. Sie hatte bereits eine Elterninitiative gegründet. Nach und nach sollten Lizenzen für Blitzkästen verkauft werden, um Temposünder effektiver zur Kasse zu bitten. Erst als sie in der Radiosendung am Ende die Schule Telemannstraße erwähnte, merkte er auf. Sie und ihre Mitstreiter wollten sicherstellen, dass Autofahrer vor Schulen das Tempolimit einhielten.

»Anfangs habe ich Sie nicht ernst genommen.«

»Warum?«

»Na, Sie haben schon provoziert, oder?«

»Zu viel?«

»Man muss ja nicht gleich Claims versteigern. Es gibt auch andere Möglichkeiten.«

Sie fingen an, über das Für und Wider des Vorschlags zu reden. Er merkte schnell, dass die Cinnamonfrau, deren Namen im Radio genannt worden war, an den er sich aber nicht erinnern konnte, von der Büttelei keine hohe Meinung hatte. Er nahm sich vor, seinen Beruf erst einmal nicht zu erwähnen. Um in ein ruhigeres Feld zu wechseln, unterbrach er sie und fragte:

»Was hat Ihnen der Radioauftritt eigentlich gebracht?«

»Schelte und Lob.«

»Ich meine an Eindrücken.«

»Wie meinen Sie das?«

»Ich bin auch schon mal zu einer Radiosendung in einem

der NDR-Studios gewesen. Am stärksten hat sich mir die Stille dort eingeprägt. Auf der Rothenbaumchaussee wurde mit Presslufthämmern gearbeitet und im Studio war es so unnatürlich still.«

Vorne an der Theke klapperte es, und Meinolf schaute um die Ecke:

»Das Frühstückspaket ist fertig.«

Timo spürte, dass die Cinnamonfrau auf seine Frage etwas antworten wollte. Was hatte ihr der Radioauftritt gebracht? Sie entschied sich dann jedoch anders:

»Nett, dass Sie mir Gesellschaft geleistet haben.«

»Ich heiße Timo. Wir könnten uns doch mal wiedersehen.«

Das war der Augenblick, in dem sich das Gespräch bündelte. Die Frau ließ sich Zeit. Viel zu viel Zeit. Er befürchtete, dass sie ihm noch nicht einmal ihren Namen nennen würde. Er hatte eben kein Glück bei Frauen.

Da sie nichts sagte, drängten sich ihm andere Gedanken auf. War er unhöflich gewesen? Hatte er sich einen Fauxpas erlaubt? Dann sagte sie doch etwas:

»Ich heiße Mia. Geben Sie mir Ihre Telefonnummer.«

Er gab ihr seine private Visitenkarte. Sie bedankte sich und fragte:

»Wie spät ist es?«

Timo starrte auf seine Uhr. Er hatte die Zeit vergessen!

»Schon Viertel vor zehn.«

Sein Sohn hatte bereits große Pause und wartete vor der Schule auf ihn. Das war wie ein Angelhaken, den man verschluckte. Er verabschiedete sich bei Mia, bezahlte Kakao und Frühstückspaket und verließ fliegenden Schrittes das Café Strauß.

7

Über die schwingenden Bohlen sauste Timo Hartwig durch den Biergarten. Zum Glück war die Schule nur einen Steinwurf weit entfernt. Er ärgerte sich, dass er die Zeit vergessen hatte.

Den Flirt hatte er in den Sand gesetzt!

Sie hatte seine Karte, doch sie würde ihn nie und nimmer anrufen.

Ihm war eingefallen, woher er Mia kannte, und er hatte sofort drauflosgeschwatzt. Das war das Dümmste, was man tun konnte. Und dann noch bei einem Thema, bei dem er nicht locker bleiben konnte. Er musste unbedingt ruhiger werden, damit das Gespräch mit seinem Sohn besser liefe als am Morgen. Sie wollte die Büttelei privatisieren! Mit den Blitzkästen und der Knöllchenverteilerei wollte sie anfangen.

So ein Unfug!

Warum konnte man die Zeit nicht zurückdrehen?

Da sah Timo seinen Sohn, wie verabredet, im Holzrund einsam sitzen. Er beschleunigte seine Schritte. Locker bleiben. Auf dem Schulhof hinter der Gittermauer tobten die anderen Schüler, während sein Sohn bereits die halbe große Pause auf ihn wartete. Seit drei Jahren ging er zur Schule, nie hatte sein Vater ihn dort besucht. Das schlechte Gewissen tat Timo so weh, als risse er einen verschluckten Angelhaken mit aller Gewalt aus seiner Kehle.

Er blieb stehen. Die Sache mit Mia war dumm gelaufen.

»Aus Fehlern wird man klug, darum ist einer nicht genug«, sagte Hans immer.

Es lag an Timo, ob er jetzt, wo es um alles ging, seine Sache gut machte. Malte freute sich auf einen Tag mit seinem Vater. Der Tag sollte so schön werden, wie nur möglich. Das war Timos Aufgabe. Auf keinen Fall, so der gute Rat von Hans, sollte er Malte über die Allmächtige aushorchen. Er würde nach und nach mehr als genug erfahren. Auch wenn die Allmächtige nicht dabei war, sollte er ihre Anwesenheit berücksichtigen. Sie würde von Malte erfahren, wie der Tag verlaufen sei, und sie würde entscheiden, ob es weitere Tage geben werde.

Machte er heute einen Fehler, sähe er seinen Sohn nie wieder.

Anfangs hatte er sich Hans' Ratschläge lediglich angehört, seit drei Jahren befolgte er sie. Er fühlte sich besser damit, und diesen Tag verdankte er Hans. Unzählige Stunden hatte er ihm zugehört. Wieder und wieder alles durchgekaut, bis er mit seinem Dickschädel begriffen hatte, dass er einen anderen Weg gehen musste, wollte er seinen Sohn wiedersehen.

Timo rief:

»Bin schon da!«

»Papa, endlich! Wo bist du gewesen?«, fragte Malte im Aufstehen. »Ich warte hier die ganze Zeit.«

Timo umarmte seinen Sohn und drückte ihn ganz fest an sich. Bevor er weinen musste, ließ er ihn wieder los und setzte sich mit ihm auf die Holzbank. Malte hatte ebenfalls feuchte Augen.

»Ist der Beruf«, sagte Timo. »Wir haben da einen Fall heute Morgen.«

Sein Sohn fragte. Er, der Vater, erzählte, freute sich über das Staunen seines beeindruckten Sohnes, als er andeutete, dass es im Viertel drei Morde gegeben habe.

Das Frühstückspaket neben ihm feixte: Brötchenprinz, Brötchenprinz, Brötchenprinz!

Sein Sohn fragte weiter. Timo lenkte das Gespräch fort von den Morden und gab ein wenig preis von seiner Arbeit. Maltes Bewunderung salbte seine zerrissene Kehle. Timo griff in die üppig gefüllte Tüte und fragte:

»Möchtest du Schinken mit Käse, Tomaten und Rucolasalat?«

»Ja!«

Sprachlos hielt sein Sohn das Edelluxusoberklasse-Strauß-Ciabatta in den Händen.

»Bewahr es für die zweite große Pause auf«, sagte Timo. »Ich werde wohl nicht vorbeischauen können.«

»Das Land ist krank, mein Herr«, sagte sein Sohn.

Seltsamer Spruch. Timo tat so, als hätte er ihn nicht gehört, und sagte:

»Es ist wegen dem Fall. Ich muss ermitteln.«

In Timo Hartwig hallte es wider: Brötchenprinz, Brötchenprinz …

»Wir können telefonieren«, sagte sein Sohn.

Sie holten ihre Handhexen hervor.

»Lass uns ein Blutbad anrichten«, sagte Malte.

Für einen Lidschlag spielte Timo mit dem Gedanken, seinen Sohn darauf anzusprechen, warum er solch widerlich unpassenden Satz beständig von sich gab. Doch dann gewann das Gefühl die Oberhand, dass es klüger wäre, es einfach hinzunehmen. Er würde schon herausfinden, warum sein Sohn mit so kranken Sprüchen um sich warf.

Den Staubmantel geöffnet, trat Michaela Mahr aus dem Strauß und ging langsam über die schwingenden Bohlen. Jeder Schritt gab Schwung zurück und immer meldete sich in ihrem Bein ein zarter Stich. Ganz ausgeheilt war das noch nicht. Sie wollte zur Waldhütte und dann zu Dr. Rehling. Sie musste bei dem Besuch in der Kanzlei mit allem rechnen, obwohl sie nicht glaubte, dass dieser durch und durch seriöse Anwalt mit dem Anschlag etwas zu tun hatte.

Am Ausgang des Biergartens erblickte sie diesen Timo, der im Holzrund neben einem kleinen Jungen saß. Ach deshalb war er so abrupt aufgestanden. Sie hatte schon gedacht, sie hätte ihn mit ihrer schroffen Blitzkästen-Knöllchen-Arie verschreckt. Immerhin hatte es Spaß gemacht, die eigene Laufleistung von sechs auf acht Runden aufzuwerten. Stracks ging sie auf das Holzrund zu, um einen Blick auf die beiden zu werfen. Als sie an ihnen vorüberging, tat sie so, als würde sie zufällig den Kopf wenden. Genau in dem Augenblick sah Timo von seinem Handhexengeklicke auf. Für einen Lidschlag schlug ihr Herz höher, ein Lächeln flackerte über ihr Gesicht. Sie deutete mit der Linken ein Winken an und schwenkte zur Ampel, die gerade auf Grün sprang. Rasch schritt Mia aus, sie wollte weg von Timo, der ihr hinterherblickte. Nicht mit ansehen, was sie sah. Sie würde nie wieder mit ihren Kindern vor der Schule sitzen.

Wohin wollte sie überhaupt? Nach links? Dann müsste sie vor den beiden entlanglaufen, das täte zu weh. Nach rechts? Zur Bunkerburg wollte sie auf keinen Fall, dort lagen Miena und Andel in ihrem Blut. Auf einmal litt Michaela darunter, dass sie ihre toten Kinder einfach zurückgelassen hatte. Fluchtartig betrat sie das Gelände der Grundschule Telemannstraße, die am Heußweg ihren zweiten Zugang hatte. Kaum war sie auf dem Schulhof, begriff Michaela, wie ungünstig ihre Entscheidung ausgefallen war. Ein Gehusche und Gewusel umfing sie, überall Geplapper, Lachen und Rufen. Ihre Kinder müssten hier herumtoben, wie sie es gestern getan hatten. Drüben bei der Turnhalle erblickte sie einen Pulk von Mienafreundinnen, die sie alle kannte. Und ein paar Lehrer kannte sie auch. Sie richtete ihren Blick auf den Ausgang Telemannstraße. Was gab sie für ein Bild ab? Staubmantel – Jogginghose – Turnschuhe: So war sie hier noch nie aufgekreuzt. Mit jedem Schritt über den Schulhof fühlte sie sich schlechter. Tief riss ihre Brust auf.

Ihre Kinder waren tot.

Zum ersten Mal fühlte sie, dass die beiden nie wieder über diesen Schulhof laufen würden. Aus dem Augenwinkel heraus sah sie, wie zwei Mienafreundinnen an der Turnhalle tuschelten und zu ihr herüberblickten. Michaela hoffte die Telemannstraße zu erreichen, ohne angesprochen zu werden. Doch es war bereits zu spät. Andels Klassenlehrer wendete sich ihr zu.

»Guten Morgen, Frau Mahr.«

Sie grüßte zurück, versteckte die Hände in den Taschen ihres Staubmantels, umklammerte die zwei Visitenkarten von Alma und Timo und lächelte gequält.

»Wo sind denn Ihre Töchter?«, wollte Herr Fischer wissen.

»Ihnen geht es nicht gut. Sie kommen heute nicht.« Michaela wunderte sich, wie leicht ihr diese Worte über die Lippen kamen. »Ich bin hier …«

»Um es mir persönlich zu sagen«, vollendete Herr Fischer den abgeschnittenen Satz. »Wir haben gestern im Lehrerzimmer Ihren Radioauftritt gehört. Wie angekündigt, ist er genau in der großen Pause gesendet worden. Sehr provokant, sehr witzig. Sie können das gut.«

»Danke, Sie machen mich verlegen.«

»Über die Vorbereitung für den Klassenausflug sprechen wir am besten nächste Woche. Die Pause ist gleich vorüber.«

Ende des Monats sollte Andel mit der Klasse eine Hafenrundfahrt machen. Michaela hatte sich als Begleitung angeboten. Sie sagte:

»Das machen wir.«

Zum Abschied gab sie Herrn Fischer die Hand und eilte zum Ausgang. Was hätte sie ihm sagen sollen? Dass man ihren Mädchen heute Morgen die Kehlen durchgeschnitten hatte? Er solle sich keine Gedanken darüber machen, dass könne jeden Tag in einem Hortfeuer geschehen. Sie wisse es seit ihrer Kindheit.

Auf dem Schulhof wurde ihr zum ersten Mal bewusst, wodurch sie sich von anderen unterschied. Sie war kaltblütig.

Michaela atmete tief durch, als sie auf die Telemannstraße hinaustrat. Es würde nie wieder Klassenausflüge geben. Ihre Kinder waren tot. Was war eigentlich eine MiniDV? Vielleicht wusste ihr Mann genauso wenig wie sie, was eine MiniDV war. Dann wäre alles nur ein Versehen. Die Mörder hätten heute Morgen ihre Kinder vor ihren Augen foltern können, ohne dass sie etwas hätte verraten können. Als sie sich vorstellte, wie ihr Mann sich gefühlt haben musste mit seinen abgetrennten Fingern, lief ihr ein eisiger Schauder über den Rücken.

Als Timo Maltes Handhexe ausgiebig bewundert hatte, riefen sie sich gegenseitig an und speicherten ihre Handhexennummern. Sein Sohn sagte strahlend:

»Jetzt habe ich schon zwei Nummern.«

Die erste dürfte von der Allmächtigen sein. Hatte sein Sohn gar keine Freunde? Handhexen waren die neuen Statussymbole. Auch in der Grundschule. Er fragte:

»Wie waren die ersten Stunden?«

»Doof.«

»Was kommt gleich?«

»Das Doofe noch mal.«

Maltes Handhexe düdelte los.

»Neun Uhr dreiundfünfzig. Ich muss zum Unterricht.«

Vater und Sohn gingen gemeinsam zur Ampel, umarmten sich fest und ließen sich erst los, als es Grün wurde.

8

Timo blickte seinem Sohn hinterher, der im Treppenhaus der Grundschule Telemannstraße verschwand, ohne sich umzudrehen. War er sauer, weil er so lange hatte warten müssen? Vielleicht war Mia Lehrerin. Wenn er gewusst hätte, dass sie in der Schule verschwand, hätte er seinen Sohn gefragt. Der würde sie kennen.

Aufgewühlt ging Timo den Heußweg entlang. Er brauchte am Nachmittag freie Zeit, um mit seinem Sohn etwas unternehmen zu können. Sie könnten nach dem Mittagessen zusammen in die Stadt fahren. Dafür müsste er mit Hans, aber auch mit Kira und Clas sprechen. Wieder meldete sich sein schlechtes Gewissen. Vielleicht sollte er sie zum Frühstück einladen und die Straußrechnung nicht auf die anderen umlegen. Könnte eine gute Idee sein. Könnte aber auch schlecht ankommen.

Er stellte seine Handhexenklingel auf elf Uhr dreißig. Noch einmal wollte er seinen Sohn nicht vergessen. Die Allmächtige ließ ihn ihre Macht spüren. So kurzfristig ihm den Sohnestag anzubieten war nicht in Ordnung. Und wann hatte die Allmächtige Malte erzählt, dass er seinen Vater wiedersehen würde? Vielleicht waren diese „Das Land ist krank, mein Herr"-Sprüche Ausdruck seiner Aufregung. Sofort schüttelte und reckte sich ein Verdacht. Diese Sprüche – nur zwei Handhexennummern –, seine ganze Art: Die Allmächtige ließ seinen Sohn verwahrlosen!

Am liebsten hätte er ihr in den Hintern getreten. Der gute

Hans in ihm hob mahnend den Zeigefinger: Solche Gedanken durfte man gar nicht erst aufkommen lassen. Das wäre ein Rückfall in das Dickschädelverhalten. Wollte er seinem Sohn etwas Gutes tun, sollte er ihm Vater sein.

Die Allmächtige hatte in allem, was sie tat, Recht. Das war das Gesetz, dem er sich unterwarf. Er stellte sich vor, wie sich die Allmächtige nach dem Tritt in den Hintern umdrehte und er sich, um Vergebung bittend, zu Boden warf. Dieses Bild ließ er wieder und wieder im Geiste ablaufen. Mit jeder Gehwegplatte des Heußweges wurde er ruhiger. Genieß diesen Tag, als wäre es dein letzter.

Dem Jungbüttler im Fahrstuhl steckte er sein zweites Edelluxusoberklassen-Strauß-Ciabatta zu. Timo war jetzt nicht nach Essen zumute. Er schmeckte immer noch dem Kindergetränk und dem Cinnamonkeks nach. Der Jungbüttler bedankte sich gerührt bei ihm. Timo fragte ihn:

»Haben Sie schon etwas über den Fall gehört?«

»Vorhin habe ich mitbekommen, was der Melzer meint. Die Frau hätte nichts mit den Morden zu tun. Auch keine Entführung.«

Timo fragte nach. Doch das war alles, was der „Liftboy" aufgeschnappt hatte. Immerhin etwas. Timo betrat den Vorraum, dann das Penthaus und ließ die Atmosphäre auf sich wirken.

So reich die Familie war, es hatte sie nicht vor dem Unglück bewahrt. Vielleicht lag der Grund für die Morde im Vermögen der Mahrs. Jeder Schritt in der Wohnung ließ die Jagdlust bei Timo Hartwig anwachsen. Mit jedem Schritt fühlte er aber auch das Bedauern.

Das hier war nicht sein Fall, er musste heute eine andere Aufgabe meistern.

»Das Land ist krank, mein Herr.«

Malte gab diese Statements von sich, als seien es Allerweltsworte. Er stellte sich vor, dass sein Sohn hier auftauchte und zu Hans sagte:

»Lass uns ein Blutbad anrichten.«

Da würde auch der weise Hans Melzer, sein Mentor, um Worte ringen.

»Timo, wir machen hier gleich dicht«, sagte Björn von der Spurensicherung. »Du kannst noch zur Küche durchgehen. Dort sind die anderen.«

»Habt ihr schon etwas herausgefunden?«, fragte Timo. »War es ein Täter oder waren es mehrere?«

»Es waren zwei.«

»Haben die Täter die Laken auf die Leichen gelegt?«

»Vielleicht. Ist aber kaum Blut am Stoff. Die Leichen wurden später zugedeckt.«

»Von der Haushälterin?«

»Nein.«

»Von der Frau?«

»Dann müsste sie noch einmal zurückgekommen sein«, sagte Björn. »Sie ist früh aufgestanden. Von den Zahnbürsten ist heute nur eine benutzt worden. Außerdem fehlen ihre Papiere. Die der anderen sind noch da. Frag am besten den Melzer.«

Timo bedankte sich bei Björn, der ihn zum Glück nicht wie einen Brötchenprinzen behandelt hatte, und ging durch den Flur zur Küche, wo ein großer begehbarer Schrank geöffnet war. Dahinter lag ein kleines Treppenhaus, in dem seine Kollegen wohl verschwunden waren. Dort gab es also einen zweiten Zugang zum Penthaus. Timo blickte sich staunend in der Küche um. Die war größer als sein Wohnzimmer in der Eduardstraße. Ein sehr hübscher Esstisch aus edlem, gemasertem Holz lag im Sonnenlicht, das zwischen den weiß-rot gewürfelten Vorhängen hereinströmte. Keine Krümel auf dem Tisch. Spüle leer. Keine Wassertropfen zu sehen. Timo lugte in die Geschirrspülmaschine: auch leer. Gefrühstückt hatte hier keiner. Oben auf den Schränken fiel ihm eine dunkelblaue Blechdose mit hellblauen Ornamenten auf. War wohl eine Keksdose.

»Melzer will dich sehen«, sagte Björn in der Küchentür stehend. »Du sollst in den Hinterhof kommen. Nimm am besten den Weg durch den Schrank.«

»Bin auf dem Weg.«

Im Treppenhaus nahm sich Timo noch Zeit für einen Blick auf das Schloss. Keine Spuren einer gewaltsamen Öffnung. Wenn die Täter einen Schlüssel hatten … Clas und Kira wussten bestimmt mehr. Das eine oder andere würde er noch in Erfahrung bringen, obwohl er heute der Brötchenprinz war. Die pralle Straußtüte sollte abgeliefert werden. Auf zu frischen Taten! Timo Hartwig nahm den Weg treppabwärts.

Noch immer hatte er den Geschmack von Kakao und Zimt auf der Zunge. Am Holzrund hatte Mia so nett gelächelt, vielleicht war ihr der Ausklang des Gespräches gar nicht so vorgekommen wie ihm. Wann würde sie sich wohl bei ihm melden? Morgen oder übermorgen? Am liebsten wäre es ihm, sie riefe heute Abend an. Sie würden sich verabreden. Er ließe sich von ihrer nach Zimt duftenden Stimme verzaubern. Sie naschte mit ihren fein geschwungenen Lippen von kakaobestreuter Sahne.

Vielleicht war sie wirklich Sportlehrerin. Vielleicht war sie die Sportlehrerin seines Sohnes. Er würde Malte nachher ein wenig ausfragen. Zwischen zwei Sportstunden naschte sie Zimt und Kakao: faszinierend. Wie ihre Küsse wohl schmeckten? Und am Sonntag würden sie sich zum Laufen im Weiherpark treffen: vier Runden – sechs Runden – acht Runden. Schwelgerisch malte er sich das Wochenende aus.

Im Hinterhof blühte es kräftig, zwei Kastanien spendeten Schatten. Ein paar Bänke mit Tischen luden zum Sitzen ein. Vor dem Treppenhaus waren Clas und Kira im Gespräch, sie würdigten Timo mit zwei Blicken. Kira sagte:

»Da ist ja der Müßiggänger.«

Timo Hartwig hielt noch immer die Straußtüte in der Hand und schluckte. Das saß. Er überlegte, ob er irgendetwas erwidern sollte, ließ es bleiben, weil es nichts gab, was er hätte antworten können.

»Lass mal die Sprüche«, sagte Clas zu Kira. »Du kennst die ganze Geschichte nicht.«

Hans kam herbei und sagte zu Timo:

»Fein, dass du da bist. Und wie war's mit deinem Sohn?«

»Nicht so gut.«

»Erkennt er dich nicht wieder?«

»Hat er hinbekommen. Es ist wegen der Mistschlampe. Ich könnte ihr ein Dutzend Mal in den Hintern treten!«

»Da hätten wir einen Rückfall in die alte Zeit«, sagte Hans.

»Ich hab ein ganz schlechtes Gefühl, wenn ich daran denke, wie er zu Hause seine Tage verbringt.«

»Wenn du deinem Sohn etwas Gutes tun willst, musst du ihm als Vater erhalten bleiben.«

»Klar. Die Allmächtige ist das Maß aller Dinge«, würgte Timo hervor.

In die Pause hinein fragte Kira:

»Warum wird die Mistschlampe auch als die Allmächtige bezeichnet?«

»Das erklären wir dir später«, sagte Clas.

»Ich habe eine Bitte«, sagte Timo in die Runde. »Ich brauch am Nachmittag mehr Zeit für meinen Sohn.«

»Kein Problem«, sagte Clas. Als Kira schwieg, fragte er sie: »Passt das?«

Schweigend blickten die drei auf Kira. Timo schluckte. Dann sagte sie:

»Passt.«

»Setzen wir uns«, meinte Hans.

Clas nahm neben Hans Platz, Timo setzte sich neben Kira.

»Fofftein«, sagte Clas und bediente sich aus der Straußtüte. »Sind ja so wenige.«

»Hab mit meinem Sohn schon gegessen«, meinte Timo.

Es störte ihn, dass er nicht ganz die Wahrheit sagte. Vom Jungbüttler im Fahrstuhl wollte er nichts erzählen. „Liftboy"! Es gab welche, die hänselten, und es gab welche, die wurden gehänselt.

Tomate-Mozzarella ging an Kira; Parmaschinken-Gouda-Salat-Weintrauben an Hans und Ei-Mais-Salat sowie Krabben-Dill-Gorgonzolasauce an Clas. Zufrieden mümmelten die drei, indessen sich Timo den Hinterhof ansah. An der Südseite gab es einen Durchgang zur Straße. Waren die Mörder hier entlanggekommen?

»Was hat es gekostet?«, fragte Hans.

»Ist gut so«, sagte Timo. »Ich lad euch ein.«

Glückliches Nicken der drei, sogar bei Kira. Schien ganz gut zu laufen.

»Habt ihr schon was rausbekommen?«, wollte Timo wissen.

»Jo«, sagte Clas.

Kira kaute ihren Bissen zu Ende, schien jedoch etwas sagen zu wollen. Hans hielt sich zurück. Kira sagte:

»Klaus Mahr ist seit zwei Jahren für die Schwarzbündner tätig.«

»Peripher«, das kam von Hans.

»Wie peripher?«, fragte Timo.

»Peripher intensiv«, antwortete Kira.

Die drei mümmelten weiter. Der Anwalt Klaus Mahr hatte also mit den Schwarzbündnern zu tun. Das veränderte alles. In Timo Hartwig arbeitete es. Nach der Ermordung des alten Grimm vor drei Jahren führte der junge Max Grimm die Schwarzbündner. Mit dem Anschlag heute war es mit der Ruhe unter den Bündnern vorbei, vielleicht drohte sogar ein Krieg. Er musste unbedingt mehr erfahren.

Kira knabberte an ihrem Croissant, Hans an seinem Korneck und Clas an seinem Krabben-Bagel, bei dem ein geschickt unterlegtes Salatblatt die Gorgonzolasauce am Durchtropfen hinderte. Die Edelluxusoberklassen-Strauß-Brötchen sahen schon lecker aus. Timo wartete darauf, dass die drei mehr vom Fall preisgaben.

»Eimsbüttel hat hübsche Hinterhöfe«, meinte Kira, die sich umblickte, das Tomate-Mozzarella-Croissant in den Händen.

»Eimsbüttel ist teuer geworden«, sagte Clas, der den Krabben-Bagel bereits verdrückt hatte und sich nun über die Ei-Mais-Salat-Laugenstange hermachte.

»Wie hat der Mahr mit den Schwarzbündnern zu tun?«, fragte Timo in die Runde.

Beim Zubeißen drückte Clas ein paar Maiskörner zwischen den Laugenstangenhälften hervor, die tischwärts fielen; mit dem kleinen Finger stupste er eine fallgefährdete Eischeibe zurück ins Brötchen.

»Pass auf die Körner auf«, sagte Kira mit croissantgefülltem Bäckchen.

»Das Viertel verändert sich«, sagte Hans. »Diese Bunkerumbauungen finde ich reizvoll.«

»Vorn zur Osterstraße hin«, sagte Clas, der mit fünf Fingern seine Ei-Mais-Salat-Laugenstange reparierte, »haben sie den Bunker aber platt gemacht.«

»Wo war da ein Bunker?«, fragte Kira.

»Er meint die Karl-Schneider-Passage«, sagte Hans, der eine Weintraubenscheibe einzeln aus seinem Korneck hervorpickte.

»Da war ein Bunker?«, fragte Kira.

»Ja«, sagte Timo. Die redeten sich die Lippen wund und ließen ihn verhungern. Er wollte nichts über die Bunker Hamburgs erfahren. Womöglich fingen sie gleich an, sich über die Mietpreise in den hundertvier Hamburger Stadtteilen auszulassen. Darüber konnte man wunderbare Gespräche führen! Doch es gab in diesem Augenblick nur eins, was von Interesse war. Er unterdrückte seinen aufkommenden Ärger und fragte mit leichter Stimme: »Was habt ihr über Frau Mahr herausgefunden?«

»Ihre DVD-Sammlung besteht aus Actionknallern und Rom-Coms«, antwortete Clas.

Timo mochte seinen Ohren nicht trauen. Diese Antwort hatte er nicht erwartet.

»Was sind Rom-Coms?«, fragte Kira.

»Romantische Komödien«, sagte Timo mit nicht mehr ganz so leichter Stimme. »Die Frau konnte fliehen. Was für ein Mensch ist sie?«

»Wir haben keinerlei Fotos von ihr gefunden. Bisher jedenfalls nicht«, sagte Kira. »Wo ist eigentlich der McDonald's vorne an der Kreuzung hin?«

»Den hat ‚Basic – Bio für alle' weggedrängelt«, sagte Clas. »Statt Burgern gibt's Grünzeug.«

»Was ist jetzt mit Frau Mahr?«, fragte Timo. Unter dem Tisch ballte er die Hände. Er war fast am Ende seiner Geduld.

»Kümmer dich drum«, sagte Clas.

»Klapper alle benachbarten Häuser ab«, sagte Kira. »Wir brauchen da einen guten Mann, auf den wir uns verlassen können.«

Erst Brötchenprinz – jetzt Treppentiger: Timo arbeitete sich hoch. Verdammter Mist! Während die drei sich über die Vorzüge und Nachteile von Fastfud in Eimsbüttel ausließen, fühlte er sich ausgeschlossen. Sie wussten über die Morde viel mehr, als sie sagten. Er wollte daran teilhaben. Jetzt! Nicht später! Sofort!

Am liebsten wäre er aufgesprungen und hätte auf den Tisch gehauen. Er öffnete die Vitrine mit den Wirawirs, nahm eines in die Hand, brach den Unseruns ab und ließ beides auf den Boden fallen. Das Wirawir zerbrach. Er nahm das nächste Wirawir, brach wieder das Unseruns ab, ließ beides auf den Boden fallen. Wieder zerbrach das Wirawir. Er nahm noch ein Wirawir und noch eins. Dann griff er eines und schleuderte es auf den Boden, es zersprang in tausend Teile. Es gab in der Wohnung viele Vitrinen mit Wirawirs. Als er die erste Vitrine geleert hatte, wurde er ruhiger.

Die Dickschädelzeit war vorüber. Vor vier Jahren hatte er alle Vitrinen leer geräumt. Das war vorbei! Er riss sich zusammen und machte sich an eine Analyse der Situation. Obwohl er immer noch voller Wut war, konnte er klar denken. Die drei schienen sich abgesprochen zu haben, mümmelten fröhlich an ihrem Straußmahl und klönten sich einen ab, dass Timo am liebsten losgeflucht hätte. Doch das wäre ein Rückfall in die Dickschädelzeit. Mit jedem Gedanken wurde Timo Hartwig ruhiger. Er sollte dasitzen und zuhören. Das war die Aufgabe von Brötchenprinz Treppentiger. Timo öffnete seine geballten Fäuste unter dem Tisch und entspannte sich.

Er hatte wieder einmal eine Wutprobe bestanden. Seit einiger Zeit gelang ihm das immer besser. Die Wut kam, riss ihn mit, doch sie blieb nicht so lange, dass er die Kontrolle über sich verlor. Erst seit er das konnte, hatte er der Allmächtigen gute Briefe schreiben können. Und die zwei Zufallsbegegnungen im Mai waren locker über die Bühne gegangen.

Mit Wut käme er in diesem Fall nicht weiter. Die drei mauerten. Er musste sich auf seine Intuition verlassen. Hans, Clas und Kira waren keine Unmenschen. Sie standen bei diesem Fall ähnlich unter Strom wie er. Sie konnten Informationen ordnen, sichten, Details hervorheben, würdigen. All das machte es leichter für sie, mit dem Mordfall klarzukommen. Aber die drei hatten den Vormittag bisher mit dem Fall verbracht. Sie waren nicht flirten gewesen im Strauß. Timo spürte auf einmal, dass er sich ruhig verhalten musste. Dann würde er erfahren, was er wissen wollte.

Er ließ die drei weiterreden. Mit gespitzten Ohren ließ er die Plauderei an sich heran. So erfuhr er als Erstes, dass Hans auf ein Wiederaufleben der Fischwochen bei McDonald's wartete, vor allem die Kabeljaustäbchen habe er gern gegessen. Kira bestellte immer Cheeseburger und Vanillemilchshake, während Clas nichts bevorzugte, sondern einfach alles gerne aß.

Dieses Nichteinbeziehen in die Ermittlung dürfte auf Hans zurückgehen; er hatte die beiden, die sich mittlerweile einen Spaß daraus machten, ihn in seiner Unzufriedenheit zu beobachten, bestimmt darauf hingewiesen, welche Aufträge für Timo passend seien. Während Timo immer ruhiger wurde, weil er begriff, was vor sich ging, musste er mehrmals nicken. Der Treppentigervorschlag war gut, so bliebe Timo in der Nähe von Maltes Schule.

»Du willst doch was über die Frau wissen«, sagte Clas. »Kuck dir mal ihre Heimkinoanlage an. Ein edler Biemer, das glaubst du nicht.«

Hatte Timo gesehen und nicht für der Rede wert befunden, passte zum Rest. Was die Frau wohl gerade machte? Sie dürfte verängstigt das Weite gesucht haben, während die Büttelei über ihre Rom-Coms und ihren Edelbiemer schluderte. Timo schaute Hans an, der gerade den letzten Bissen seines Parmaschinken-Gouda-Salat-Weintrauben-Kornecks kaute. Ihre Blicke trafen sich. Und Timo begriff, was Hans ihm sagen wollte: Mach es uns nicht so schwer, dies ist heute nicht dein Fall. Jajaja, das hatte er begriffen.

Er dürfte die drei eingelullt haben. Es war an der Zeit, einen Testballon zu starten. Er wollte sehen, wie sie auf das eine oder andere Thema einstiegen. Timo sagte in aller Beiläufigkeit zu Clas:

»Auf der Anlage müssten wir uns mal ‚Shiri' ansehen, oder?«

»Haste den schon gekuckt?«, fragte Clas.

»Letztes Wochenende«, sagte Timo.

»‚Schiri', ist das ein Fußballfilm?«, fragte Kira.

Jetzt lachte nicht nur Clas, sondern auch Timo. Eine so naive Frage hatte er von ihr nicht erwartet. Bei Clas drängte sich ein Maiskorn über die Lippen, mühsam hielt er beim Lachen mit der Linken den Mund geschlossen. Es dauerte, bis er antworten konnte:

»Shiri ist ein koreanischer Süßwasserfisch. Das ist der Deckname einer nordkoreanischen Topterroristin.«

»Ach, wieder einer dieser Filme«, meinte Kira.

Clas und Kira frotzelten und kabbelten sich eine Weile. Shiri hier, Schiri da. Es machte Spaß, ihnen zuzuhören. Die beiden hatten sich gut eingetaktet, wobei der dröge Clas schon gewöhnungsbedürftig war. Vielleicht war Kira gar nicht so schwierig, wie er dachte.

»Kuckst du auch Bollys?«, fragte Hans in die Kappelei hinein.

»Ja!«, rief Clas.

»Was, du stehst auf Bollywoodfilme?«, fragte Kira.

»Seit drei Wochen!«

»Du kuckst dir diese indischen ‚Schmonzetten' an?«

»Ich bin süchtig danach!«

Bisher waren sich Timo und Clas einig gewesen, was das indische Kino betraf. Da hatte es jedoch offensichtlich eine Veränderung bei seinem Kollegen gegeben.

»Das kann ich verstehen«, warf Hans ein. »Ich kuck jedes Wochenende einen. Vor einem halben Jahr hat meine Frau mich dafür begeistern können. Unser nächster Bollywoodfilm ist ‚Mohabbatein'.«

»Ach, der ist wundervoll«, schwärmte Kira. »Sehr romantisch. Liebe ist stärker als der Tod und das Einzige, worauf es im Leben ankommt.«

»Du kennst dich mit Bollys aus?«, fragte Clas. »Das hast du nie erzählt.«

»Hatte keine Lust«, antwortete Kira. »Ich bin schon lange in Indien vernarrt …«

Timo fiel ein, dass sie ihren letzten Urlaub in Goa verbracht hatte, was ihr aber nicht so gefallen hatte, weil es ihr zu unindisch war. Von der „Shiri"-Frage glitt das Gespräch ohne Schwierigkeiten zu den Bollywoodfilmen. Timo ordnete und sichtete, was er gehört hatte. Da gab es ein Detail. Hans hatte zugehört, und dann brachte er das Gespräch auf die Bollys. Sie hatten erzählt, dass Herr Mahr für die Schwarzbündner gearbeitet habe.

Peripher, meinte Hans.

Peripher intensiv, sagte Kira.

Wenn es einen Anschlag auf einen hochrangigen Bündneranwalt gab, waren die konkurrierenden Bündner mit Sicherheit involviert. Wo ging Hans' Verdacht hin? Noch aufmerksamer als zuvor, verfolgte Timo das Gespräch weiter.

»Welchen Film hast du als Erstes gesehen?«, fragte Kira.

»‚Main Hoon Na'«, sagte Clas. »Ein Kumpel hat mich mitgezerrt ins Kino. Eigentlich hatt ich keinen Bock auf diesen Dritte-Welt-Kitsch. Kaum hatte ‚Main Hoon Na' begonnen, saß ich wie verzaubert da. Drei Stunden habe ich zugeschaut mit leuchtenden Augen und pochendem Herzen. Danach waren wir noch indisch essen, dabei hasse ich Curry.«

»Bei mir war es ‚Kabhie Kush Kabhie Gham'«, sagte Hans. »Wenn ich einmal schlechte Laune habe, schaue ich mir einen Bolly an, und die Welt ist wieder in Ordnung.«

In Timo klang nach, dass Hans etwas von schlechter Laune in das Gespräch einbrachte. Peripher, peripher intensiv. Er bewertete den Kontakt von Mahr zu Grimm auffällig anders als Kira. Vielleicht gab es da ein Geheimnis, von dem er nichts erzählen wollte. Schlechte Laune? Er machte sich Sorgen. Timo war sich fast sicher, dass Hans einen Krieg zwischen den Bündnerbünden befürchtete. Gespannt lauschte er weiter dem „Smalltalk".

»Ein Gleichgesinnter!«, seufzte Kira. »‚K3G' ist klasse. Bollywood ist kitschig ohne Ende, aber mit einem Augenzwinkern. Die großen Gefühle sind noch große Gefühle. Es wird gesungen, es wird getanzt.«

»Ich bin süchtig nach tanzenden Indern!«, rief Clas.

»Bei mir hat es ein wenig gedauert, bis ich mich mit der Länge von drei Stunden anfreunden konnte«, sagte Hans. »Die Formelhaftigkeit hat mir dabei geholfen. Ich war sehr überrascht, dass die Filme nichts von Dritter Welt an sich haben. Und es gibt immer ein Happyend.«

»Die Bollys sind fantastisch produziert«, sagte Clas voller Anerkennung.

»Auf dem Steindamm laufen regelmäßig Bollywoodfilme. Ich muss da immer allein hin, weil mein Freund sie hasst wie die Pest«, sagte Kira. »Nun weiß ich ja, wen ich beim nächsten Mal mithandhexe, wenn ich mal wieder einen Schwung Bollyglückshormone brauche.«

»Das Savoy gibt's noch?«, fragte Clas.

»Doch, doch«, sagte Hans. »Das gehört einem Inder. Der zeigt montags die Filme, die am Freitag in Indien anlaufen. Da gehen fast nur Inder hin, ist ein großer Spaß.«

»Sie pilgern dort mit Großfamilie hin«, sagte Kira. »Die Inder kommentieren aufgeregt die Handlung, singen mit, tanzen mit und freuen sich die ganze Zeit. Im normalen Kinoprogramm inserieren die nicht. Die Infos werden in der Hamburger Inderszene weitergegeben. Wenn ich mal am Hansaplatz bin, schaue ich bei Janosch Janosch vorbei. Der hat alles: Reis, Gewürze, Bollys und das Kinoprogramm.«

Hans war schon mal im Savoy gewesen, um einen Bollywoodfilm zu sehen? Der Steindamm lag in St. Georg. Das war eines der Viertel, das zu den Blaubündnern gehörte. Krachte es also gerade zwischen den beiden Bündnerbünden? War es das, was Hans mit Sorgen erfüllte?

Ein Luftzug strich durch das Laub der Kastanien, das Rascheln und Rauschen der Kronen wurde stärker. Timo ordnete, was sich so angesammelt hatte.

Die Mörder kamen mit einem Schlüssel. Sei es mit Lift oder über das hintere Treppenhaus. Frau Mahr war bereits im Bad, als die Mörder eindrangen. Sie versteckte sich in dem weitläufigen Penthaus und kam erst wieder hervor, als die

Luft rein war. Die Laken legte sie über ihre tote Familie und flüchtete zu den Schwarzbündnern. Auslöser für den Angriff könnten bisher unbekannte Verwerfungen in der Bündnerwelt sein. Welche das waren, wusste keiner. Und er bekam den Auftrag, Frau Mahr zu finden. Suchen sollte er hier im Viertel, wo sie mit aller Wahrscheinlichkeit nicht mehr war. Damit bliebe ihm genügend Zeit, um sich um seinen Sohn zu kümmern. Und die drei hielten ihm alle störenden Details vom Leib, damit er entspannt den Tag überstand. Befriedigt lehnte sich Timo auf seine Unterarme. Er begriff endlich, warum seine Kollegen ihn bollywoodisiert hatten. Es war Zeit für einen Vorschlag:

»Ich hab noch nie einen Bollywoodfilm gesehen. Wollen wir mal einen Indisch-kucken-und-kochen-Abend veranstalten?«

Sofort leuchteten die Augen der drei.

»Ich übernehme das Kommando in der Küche«, sagte Kira.

»Welchen Film wollen wir kucken?«, fragte Hans. »Wie wär's mit ‚Kal Ho Naa Ho'?«

»Oh, der hat mich furchtbar aufgeregt«, stöhnte Kira. »Was die so unter Happyend verstehen! Sooo schrecklich … Aber ich verrat nix!«

»Oder wollen wir ‚Kuch Kuch Hota Hai' nehmen?«, fragte Hans.

»Der klingt gut!«, frohlockte Timo. »Endlich mal ein Titel, den ich mir merken kann.«

»Zuerst stehst du wegen der Titel wie ein Ochs vorm Scheunentor«, sagte Clas. »Du brauchst jemanden, der sie dir erklärt. Sonst bist du aufgeschmissen. Wollen wir bei mir auf dem Biemer kucken?«

»Guter Vorschlag. Dieses Wochenende habe ich aber keine Zeit«, meinte Hans. »Wie wäre Sonnabend in acht Tagen?«

»Passt«, sagte Clas.

»Hab Zeit«, sagte Kira.

»Gut!«, sagte Timo.

Die vier erhoben sich von ihrer Bank unter der Kastanie. Wuchtig ragte der Bunker in die Höhe. Ganz oben schwebte das Penthaus. Clas nahm Kira in den Arm und sagte:

»‚Shiri' hat was mit Fußball zu tun. Da liegst du ganz richtig. Der Schohdaun ereignet sich in einem voll besetzten Fussballstadion.«

Kira schien davon nicht gleichermaßen fasziniert zu sein wie Clas. Sie fragte, ohne auf den Hinweis einzugehen, in die Runde:

»Warum heißt die Allmächtige so?«

»Sie hat einen Namen, den man nicht nennen darf«, sagte Clas.

Timo folgte seinen Kollegen und ließ sich Anweisungen geben für den Treppentigereinsatz. Kuchkuchhotahai, summte es in seinem Kopf. Er sollte Handhexenkontakt halten, mehr nicht. Klang gut. Und er bekam eine CD mit Fotos von den drei Mahrs, die der Büttlerfotograf für ihn zusammengestellt hatte. Er solle sich Abzüge machen lassen. Bei Maltes Grundschule um die Ecke sei ein Fotogeschäft.

9

Nur schnell weg von Bunkerburg und Grundschule. Michaela Mahr entzog sich dem Lärm des Schulhofs und fühlte sich mit jedem Schritt elender. Sie schauderte und schüttelte sich, um dieses unangenehme Gefühl loszuwerden. Sollte sie zur Büttelei gehen und alles seinen ordentlichen Gang gehen lassen? Oder sollte sie sich in der Waldhütte verstecken, um Ruhe zu finden? Sie schob ihre Hände in die Manteltaschen, umschloss mit der Linken die Visitenkarten.

Jederzeit könnte sie in einen Hinterhalt geraten. So still die Telemannstraße dalag, so real war die Bedrohung. Ein Wagen würde neben ihr halten, sie würde in den Lauf einer Waffe blicken, man würde sie zwingen einzusteigen, erst befragen und dann foltern. Über irgendeine MiniDV könnte sie nichts verraten. Man würde sie töten. Und danach würden alle Personen aufgesucht, mit denen sie Kontakt gehabt hatte. Es war leichtsinnig, unbewaffnet umherzuwandern. Sie durfte ihren Feinden nicht lebend in die Hände fallen.

Am nächsten Papierkorb zögerte sie. Alma hatte sie sofort gemocht; und dieses kurze Gespräch im Strauß war mehr gewesen als ein „Ich sage etwas, du sagst etwas". Der rührend schüchterne Verehrer hatte ihr gefallen, auch wenn dieser Morgen der denkbar ungeeignetste Zeitpunkt für einen Flirt war. Unter sich fühlte sie die Straße beben, es fuhr gerade eine U-Bahn den Stellinger Weg entlang.

An der Methfesselstraße scheute sie vor dem langen Tunnel zum U-Bahnhof zurück. Sie wollte in die Waldhütte. Oder wäre es klüger, nicht dort hinzufahren, um sich zu bewaffnen? Sie könnte auch gleich zu Dr. Rehling in die Kanzlei fahren, der sie unbedingt heute wegen einer wichtigen Sache sprechen wollte. Was aber, wenn sie in eine Falle liefe? Michaela überquerte, als es Grün wurde, die Ampel. Im Rauchpark spielte eine Mutter mit ihren zwei Jungen. Michaelas Blick hakte sich an dem Bild fest: Klein waren die beiden, konnten laufen, hüpfen, Karussell fahren, jauchzen, eifersüchtig Mama umdrängeln. Es war, als wäre die schorfrote Räuspertaste gedrückt worden. Stille umhüllte Michaela. Sie steuerte die Treppe zum U-Bahnhof Lutterothstraße an und tauchte ein in den kühlen Untergrund. Am Automaten löste sie eine Tageskarte: vier Euro sechzig. Schnurrend wurde der Fahrschein gedruckt, und zwei Münzen klimperten in das Ausgabefach. Michaela würde sich im Niendorfer Gehege ausrüsten. Sie musste sich wappnen.

Ein Dutzend Fahrgäste wartete auf dem Bahnsteig auf die Züge der roten Linie. In der Mitte der Haltestelle erblickte Michaela die Huhufrau, die in ihrem Mantel und mit Handtasche auf und ab ging. Diese seltsame Gestalt war eher klein und unauffällig, zog jedoch stets die Aufmerksamkeit der Menschen auf sich. Die Huhufrau rief:

»Hier gibt's keine frischen Bananen, nur alte! Huhu, huhu!«

Das alles klang viel zu laut, doch so fröhlich, dass Mia in der Nähe blieb. Sie beobachtete die Wartenden und erkannte, wer bereits Bekanntschaft mit der Huhufrau gemacht hatte und wer nicht. Selbst im Brausen der einfahrenden U2 brachen ihre Worte hervor. Mia stieg bewusst in denselben Wagen ein wie die Huhufrau, weil der nicht so voll war wie der vordere Wagen, wo eine Schulklasse für Fülle sorgte. Die U-Bahn fuhr los, und die Huhufrau rief:

»Die langweiligen Männer werden abgeschafft! Huhu, huhu!«

Wieder beobachtete Mia die Verblüffung derjenigen, die der Huhufrau noch nie begegnet waren. Laut wiederholte sie, als die U-Bahn ins Tageslicht vorstieß:

»Die langweiligen Männer werden abgeschafft! Huhu, huhu!«

Mia lächelte. Das war Eimsbüttel. Alles nahm seinen gewohnten Gang auf, ohne Rücksicht zu nehmen, ob irgendwo Menschen gestorben waren.

An der Haltestelle Hagenbecks Tierpark stieg die Schulklasse aus und verstreute sich sogleich über den Bahnsteig, die Huhufrau spazierte stracks durch den Schwarm Grundschüler und huhute:

»Die langweiligen Männer werden abgeschafft! Huhu, huhu!«

Die Kinder waren kurze Zeit verblüfft, kicherten und juxten dann los. Leider fuhr die U-Bahn an und Mia verlor das Bild aus den Augen.

Die Huhufrau war immer wie ein guter Witz. Ein-, zweimal im Jahr lief sie Mia über den Weg. Die Huhufrau hatte es auch jetzt geschafft, sie aufzuheitern.

Hagendeel – Niendorf Markt: Michaela Mahr fuhr mit der Rolltreppe nach oben und steuerte den Taxenstand an. Der Taxifahrer war um die fünfzig und fragte mit einer sehr angenehmen, fremdländischen Stimme, wohin er sie bringen solle. Überrascht hörte Michaela einen Tonfall heraus, der so klang, als würde ihr Vater mit ihr sprechen.

»Ins Niendorfer Gehege«, sagte Mia. »Fahren Sie bitte über die Kollaustraße.«

Sie wechselten ein paar Worte. Mia mochte den Mann, der so gar nicht aussah wie ihr Vater. Er drückte sich in gewählten

Worten aus, wobei deutlich zu hören war, dass Deutsch für ihn eine Fremdsprache war. Sie blickte auf seinen Taxifahrerausweis: Kian Hajat. Bevor sie fragen konnte, woher er komme, seufzte er:

»Bütteleikontrolle. Das wird ein wenig dauern.«

Erschrocken sah Michaela, dass die Kollaustraße abgesperrt war. Ihr Puls schoss hoch, obwohl es nichts gab, was sie von der Büttelei zu befürchten hätte. Wurde sie bereits gesucht? Wenn dies die Rückfahrt wäre, läge auf dem Rücksitz eine große Tasche, gefüllt mit den Hortfeuerwaffen, die sie von ihrem Vater geerbt hatte. Der nette Herr Hajat wäre dann sehr überrascht, wenn die Büttler den Inhalt ausbreiten würden. Michaela merkte, wie hart ihr Herz schlug. Mit der Fahrt ins Niendorfer Gehege überschritt sie eine Grenze. Sie wollte unbedingt wissen, wer hinter den Morden steckte. Ihr Herz hämmerte, ihre Hände wurden feucht. Vorne kontrollierten Büttler, gesichert durch Büttler mit den guten HK-Maschinenpistolen, und Michaela spürte, wie sich aus dem Anblick der Waffen ein Sog entwickelte. Unbewaffnet weiter durch die Stadt zu laufen musste ein Ende haben. Sie wollte die beiden Mörder jagen und töten. Ihre Kinder verlangten danach. Wenn es etwas gab, was sie für sie tun konnte, dann das. Noch wusste sie nicht, wer die Mörder waren und warum sie den Anschlag verübt hatten. Sie würde es jedoch herausfinden.

»Ach, das dauert«, sagte Kian Hajat.

Mia atmete ruhiger und entzog sich der Rachelust. Sie musste auf andere Gedanken kommen. Warum mochte sie den Taxifahrer? Sie blickte ihn ein wenig länger an. Er hatte ein unauffälliges Gesicht, seine schwarzen, hie und da grauen Haare waren kurz geschnitten und seine Hände zart. Eigentlich verachtete sie ihren Vater, seit er sie an ihrem fünfzehnten Geburtstag um ein Jahrzehnt hatte altern lassen. Ihr Bruder hatte diesen Tag glorreich gemeistert, sie hingegen war fast gestorben. Als Teenager hatte sie sich fortan nicht mehr gefühlt. Doch vor diesem Tag hatte sie ihren Vater geliebt. Seit drei Jahren war er tot, und nun saß sie auf seltsame Weise neben ihm.

»Woher kommen Sie?«, fragte sie.

»Aus Persien«, sagte Kian Hajat.

»Sie sprechen sehr gut Deutsch. Wie lange sind Sie schon in Deutschland?«

»Mein halbes Leben«, sagte er traurig.

Er musste also Anfang der achtziger Jahre hergekommen sein.

»Was haben Sie beruflich im Iran gemacht?«

»Ich war Arzt in Teheran«, sagte er, »bis wir fliehen mussten.«

»Und Ihren Abschluss hat man dann in Deutschland nicht anerkannt?«

»Ja, leider. So musste ich zusehen, dass ich meine Familie irgendwie ernähren konnte.«

Die Büttler kamen näher. Mia wurde ruhiger. Sie würden nichts bei ihr finden.

»Was war Ihr erster Eindruck von Deutschland?«

»Meine Frau hat am Hauptbahnhof ausgerufen, Kian, die Deutschen essen Würmer!«

Herr Hajat lachte vergnügt vor sich hin.

»Warum lachen Sie?«, fragte Mia.

»Ich bin jetzt ein ‚Würmer'-Freund. Erzähle ich Ihnen gleich. Wir müssen jetzt ernst sein.«

Herr Hajat ließ sein Fenster herabsummen und lächelte dem Büttler zu. Mit so einem Taxifahrer käme man durch jede Kontrolle. Die Büttler blickten kurz in den Wagen und winkten sie dann weiter. Sie brauchte Waffen. Die Flucht hatte ein Ende gefunden. Die Jagd war eröffnet.

»Biegen Sie da vorne in den Lokstedter Holt ein«, sagte Mia. »Ich weise Ihnen dann den Weg.«

Sie überlegte, ob die Mörder vielleicht in der Waldhütte im Hinterhalt liegen könnten. Sie musste damit rechnen. Die Anspannung stieg in ihr. Wenn sie erst einmal bewaffnet wäre, sähe die Sache ganz anders aus. Dann sollten die Mörder ihr nur auflauern. Herr Hajat erzählte weiter:

»Als ich in Hamburg ankam, hätte ich nie gedacht, wie viel mir ‚Würmer' einmal bedeuten würden. Ich arbeite für den NABU.«

»Und was machen Sie so für den Naturschutzbund?«

»Gestern bin ich mit dem Kescher am Autobahnkreuz Moorfleet gewesen. Das glauben Sie nicht. Die riesige Autobahn mit den Automassen und Abgasen und ich fange ein Grünes Heupferd.«

»Ist das etwas Besonderes?«

»Das Grüne Heupferd ist wachsam und versteckt sich gut. Auf dem Trockenbiotop in Moorfleet findet es ein ideales Lebensklima.«

»Was braucht denn so ein Grünes Heupferd, um glücklich zu sein?«, fragte Mia und lotste ihren Taxifahrer in die „Schmiedekoppel".

»Wilde Möhre, Johanniskraut, Wiesenknopf, Flockenblume und Huflattich. Wo die wachsen, da fühlt sich auch das Grüne Heupferd wohl«, schwärmte Herr Hajat.

Mia fühlte sich zurückversetzt in die Kindheit auf eine der Sommerwiesen im Klövensteen. Ihr Vater hatte es geliebt, mit seinem Hortfeuer dort zu picknicken. Immer war ihr Leibwächter „Danke, danke Kuchen" dabei. Mit dem durfte sie Pusteblumen suchen, die sie dann ihrem Vater schenkte. Von allen Schwarzbündnern war „Danke, danke Kuchen" der netteste gewesen. Herr Hajat erzählte weiter:

»Trockenbiotope sind in Hamburg selten geworden. Häufig werden die Flächen gedüngt und getrimmt und damit Lebensraum zerstört. Gerade seltene Tier- und Pflanzenarten benötigen naturbelassene Flächen, die trocken und nährstoffarm sind.«

»Und so ein Grünes Heupferd ist selten?«, fragte Mia.

»Haben Sie schon mal eines in Hamburg gesehen?«, fragte Kian Hajat.

»Nein.«

»Sehen Sie!«

Herr Hajat hatte auch seine komischen Seiten. Mia musste schmunzeln, als sie an der Waldhütte vorbeifuhren. Nichts Verdächtiges. Keine pechschwarze Limousine mit Berliner Kennzeichen. Nichts dergleichen. Mia ließ Herrn Hajat noch zweihundert Meter weiterfahren. Niemand sollte wissen, dass es die Waldhütte gab. Nach dem Bezahlen bekam sie eine Visitenkarte mit der Handhexennummer des „Würmer"-Freundes, die sie gerne einsteckte. Jetzt hatte sie schon drei Karten in ihrer Tasche: Alma, Timo und Herr Hajat. Nach dem Aussteigen fragte sie:

»Was ist ein Grünes Heupferd?«

»Eine Heuschrecke«, sagte Herr Hajat lachend. »Eine große Heuschrecke.«

Sie blickte dem Taxi hinterher, bis es im Wald verschwunden war. Erst dann machte sie sich auf den Weg zur Waldhütte. Es war gefährlich, was sie tat. Sie wusste nicht, ob ihr Mann die Waldhütte verraten hatte. Sie könnte mit der Handhexe Kian Hajat anrufen und wenige Augenblicke später wäre sie bei den Büttlern auf der Kollaustraße. Sie würde ihnen erzählen …

Sie wischte den Gedanken weg.

Sie könnte ja später noch zu den Büttlern gehen. Immer

wieder hielt sie inne, ließ den Blick kreisen, die Luft schien rein zu sein. Ihre Finger spielten mit den Visitenkarten. Sie lehnte sich gegen die hohe Gartenpforte: zum Glück verschlossen wie immer. Wieder hielt sie inne. Ihr Herz begann heftiger zu schlagen. Die Bunkerburgtüren waren auch verschlossen gewesen. Wenn sich die Mörder hier in einen Hinterhalt legten, würden sie alles so unverdächtig aussehen lassen wie möglich. Leer war die Straße, verlassen schien die Waldhütte dazuliegen. Sie hätte an der Gartenpforte innen ein Stöcklein einklemmen sollen als Zeichen dafür, dass niemand das Grundstück betreten hatte. Sie hatte sich zu sicher gefühlt.

Ihre Knie waren weich. Ihr Herz hämmerte. Fliehen oder jagen? Wenn sie jetzt wegliefe, würde sie immer weglaufen. Michaela lauschte noch einmal auf alle Geräusche. Sie wusste ja nicht einmal, was eine MiniDV war. Ob die Mörder das glauben würden? Sie gab sich einen Ruck, schloss das Tor auf, verschloss es hinter sich, klemmte ein Stöckchen ein und schritt über die Feldsteine auf die Waldhütte zu. Die Gardinen waren zugezogen. Alles ruhig. Am Eingang beeilte sie sich. Schlüssel – Schloss: Sie betrat den Flur. Der vertraute Waldhüttengeruch aus altem Holz und Zimt empfing sie. Immer wenn sie hier in ihrer Hütte zusammen waren, musste sie für Klaus Milchreis mit Zimt kochen. In der Bunkerburg nahm sie oft ein Zimtschaumbad. Klaus mochte es, wenn ihre Haut nach Zimt roch. Er liebte diesen Geruch so sehr, dass sogar im Flur der Waldhütte ein Duftsäckchen mit Zimtaroma aufgehängt war.

Im Flur stutzte sie bei den Ledersabots. Leicht verschoben standen sie auf dem cinnamonbraunen Teppich. Michaela richtete sie immer genau aus. Klaus musste in den letzten Tagen hier gewesen sein, ohne ihr etwas davon gesagt zu haben.

Oder waren doch die Mörder hier? Sie horchte einen Moment in die Waldhütte hinein, dann zog sie die Tür ins Schloss und schaute in die Küche: leer. Wohn- und Schlafzimmer waren auch leer. Doch im Arbeitszimmer lag auf dem Sekretär ein praller Beutel. Sie strich über den Baumwollstoff und das Hamburgwappen. Da waren etwas Großes drin und viele kleine Teile. Sie ließ sich in den Ledersessel sinken. Warum hatte Klaus seinem „Zimtstern" nichts erzählt? Sie leerte den Beutel. Eine Videokamera und viele kleine Kassetten rutschten heraus. Sie nahm eine der kleinen Kassetten in die Hand. Das war also eine MiniDV. Aufzeichnungsdauer zwei Stunden. Die Meuchler suchten eine. Hier waren aber zwei Dutzend. Keine war beschriftet.

Michaela nahm die Kamera und versuchte sie anzustellen. Sie bewegte mehrmals den On-Schalter hin und her. Klickidiklick. Nichts geschah. Klickidiklick. Vielleicht fehlten die Akkus? Im Stapel der MiniDVs fanden sich zwei davon. Sie öffnete den Akkuschacht: Da befanden sich zwei Akkus in der Kamera. Michaela tauschte sie aus. Klickidiklick. Nichts geschah.

Selbst wenn sie ein Handbuch hätte, würde sie drei Tage brauchen, um sich die Bänder anzusehen.

Wegen dieser Bänder hatte sich Klaus foltern lassen und den Tod von Miena und Andel in Kauf genommen? Klickidiklick. Er wusste, dass es ihn nicht retten würde, wenn er die Waldhütte preisgab. Klaus und Michaela hatten sie als Versteck für den schlimmsten aller Fälle hergerichtet. Klickidiklick. Michaela sehnte sich nach Rache und Vergeltung. Bring sie alle um.

Sie stopfte die MiniDVs zurück in den Beutel, nahm jedoch die Kamera an sich. Sie würde später versuchen, sie irgendwie zum Laufen zu bringen. Den Beutel nahm Michaela mit in die Küche und hängte ihn am Handtuchhalter neben dem Kühlschrank auf. Da fiel er nicht so auf, falls doch jemand hier auftauchte. Sollte sie bei Dr. Rehling absagen? Das Wochenende hier im Wald verbringen? Sie könnte noch immer die Flucht wählen. Klickidiklick. Zum Flughafen? Klickidiklick. Oder zum Hauptbahnhof?

In Hamburg musste sie damit rechnen, dass sie gejagt wurde. Jeder Fremde könnte zu den Mördern gehören. Argentinien war als erster Zufluchtsort vorbereitet. Sie flöge am besten über Paris dorthin. Oder über Kopenhagen …

Was hatte ihr Dr. Rehling über Klaus mitzuteilen? Das würde sie schon gerne wissen. Es sollte wichtig sein. Sie musste auch Kontakt zu ihrem Bruder suchen, doch gleichzeitig war er der Letzte, an den sie sich wenden wollte. Die Sache zwischen ihm und Klaus konnte sie ihm nicht verzeihen. Klickidiklick: Sie spielte mit dem rauen Daumen am Schalter. Ein Lämplein an der Kamera leuchtete rot auf. Verblüfft registrierte Michaela, dass das Gerät doch zu funktionieren schien. Sie hatte nur mit dem On-Schalter gespielt. Vielleicht hatte sie ihn zu schnell umgelegt. Ganz langsam drückte sie ihn auf Off. Klick. Das rote Lämplein erlosch. Sie schob ihn zurück auf On. Klick. Die Kamera blieb tot. Klick … Klick. Nichts geschah. Klickidiklick. Nichts geschah. Sie schüttelte die Kamera. Klickidiklick. Nichts zu machen.

Warum war sie nur so dumm gewesen, die Kamera wieder auszustellen? Das Lämplein hatte geleuchtet. Auch wenn ihr nicht die Zeit blieb, die MiniDVs zu sichten, hätte sie gerne einen Blick hineingeworfen. Wegen dieser Bänder waren Klaus und die Miedelmädchen ermordet worden. Sie nahm sich den Beutel vom Handtuchhalter und sichtete die kleinen Kassetten erneut. Es waren fünfundzwanzig Stück. Alle unbeschriftet. Alle sahen gleich aus. Michaela legte eine MiniDV in die Kamera ein. Klick und klick. Das kleine Lämplein schien sich einen Spaß daraus zu machen, die Arbeit zu verweigern. Am liebsten hätte Michaela das Mistding an die Wand geschleudert. Sie ließ es bleiben. So angemessen ihr diese Bestrafung für die Kamera erschien, so ungünstig bewertete sie die Folgen. Vierundzwanzig Bänder steckte sie zurück in den Beutel. Die eine MiniDV ließ sie in der Kamera. Sie könnte nach dem Termin bei Dr. Rehling am Hauptbahnhof in ein Kaufhaus gehen.

Auf dem Grundstück war es ruhig. Sie fühlte sich sicher. Seltsam, dass keine Flugzeuge zu hören waren. Die Waldhütte lag genau in der Einflugschneise des Flughafens. Aus dem Schlafzimmer holte sie ein paar Handtücher, umwickelte die Kamera mit einem. Bevor sie zu Dr. Rehling an die Alster führe, wollte sie ihren Schlampenluck ablegen. Es wäre auch gut, kurz zu duschen. Zeit war noch genug. Michaela schlüpfte aus ihren Laufsachen, huschte über den cinnamonbraunen Teppich ins Badezimmer und wickelte ihre Haare in ein Handtuch.

Sie duschte zuerst heiß. Das Nadelwerk feiner Strahlen prickelte auf ihrer Haut, versprühte einen Tropfenschwarm nach dem anderen. Im Garten, wo die Kiefern und die Rosenstöcke wuchsen, könnte es dabei einen Regenbogen geben. Michaela mischte Blau zum Rotwasser und hielt den Strahler vors Gesicht. Ein Sturzregen warmer Tränen prickelte auf ihren Wangen. Eigene Tränen trauten sich nicht hervor.

Sie hängte den Strahler über sich auf, drückte einen Wurm aus der Rosenlotiontube hervor, zercremte ihn zwischen den Handflächen und massierte mit kreisenden Fingern ihre Brust ein, ihren Bauch und ihre Schultern. Unter dem Tränengalgen duftete es nach Regenbogen und Gartenschere. Bei den Kiefern wuchsen die Rosenstöcke, die ihrem Vater gehört hatten. Sie hatte sie eigenhändig hierher verpflanzt. Nun waren es ihre.

Michaela drückte einen weiteren Wurm aus der Rosenlotiontube hervor, zercremte ihn und massierte Arme, Beine, Po und Rücken und zuletzt den Hals ein. Mit dem Strahler spritzte sie den Wurmschaum von der Haut. Am Hals ganz vorsichtig, damit das Haarhandtuch nicht zu viel Wasser aufnahm.

Sie drehte das Rotwasser zu und das Blauwasser so weit auf, bis die kalten Strahlen auf ihren Leib prasselten und sie mit Wucht zittern ließen. Ihr Atem schlug im Kälteschauer an. Sie zwang sich still zu stehen, obwohl ihre Beine am liebsten fortlaufen wollten.

Michaela angelte sich das große Handtuch und rubbelte ihre Haut trocken. Erfrischt stieg sie aus der Dusche und watschelte auf dem flauschigen Teppichboden ins Schlafzimmer, wo sie ihre Haare glatt strich; nur ein paar Strähnen hatten Feuchtigkeit gezogen. Sie schlüpfte in die frische Unterwäsche, zog ein kaltwasserblaues T-Shirt an, streifte schorfrote Socken über und zwängte sich in die sandfarbene Leinenhose. War sie dick geworden? Sie machte ein paar Kniebeugen, sofort dehnte sich der Stoff, und im linken Bein blieb alles ruhig. Sie schlotterte mit den Knien, kreiste mit den Hüften und klopfte auf ihren Po. Alles in Ordnung. Die Hose saß so, wie sie immer saß. Als Oberteil brauchte sie etwas, was weit geschnitten war. Sie nahm eine warmwasserrote Bluse vom Bügel und probierte sie an. Passte wunderbar, die würde auch über der Weste noch weit genug sitzen. Dazu noch ein paar champagnerfarbene Lederhandschuhe, ein Taschentuch und die blonde Perücke. Michaela Mahr griff sich ihre Trainingsschuhe und stellte sie im Flur ab. Sie brauchte etwas Bequemes für die Füße. Sie entschied sich für die straußgelben Lederhalbschuhe, wunderbar altbacken und elegant zugleich. Eigentlich durfte sie die nur im Niendorfer Gehege anhaben. Vielleicht brauchte sie nachher noch einen flotten Schuh, wenn es hart auf hart ginge. Und in diesem Paar würde sie auf keinen Fall stolpern.

Den Staubmantel liebte sie über alles. Er sah auf den ersten Blick aus wie Leder, war aber aus leichtem Baumwollstoff, außen schwarz, innen sandfarben, konnte gewendet werden und saß luftig am Körper, so dass sie sich auch mit der Weste darunter wohl fühlen würde.

Brauchte sie sonst noch etwas aus der Hütte? Verbandszeug wäre gut. Und Klebeband. Sie stopfte die Sachen zusammen mit der Kamera in die große Sporttasche und steckte einen kleinen Rucksack mit hinein. Der Rest war auf der Veranda. Sie drehte sich auf dem Absatz um, ließ die schwere Sporttasche auf den Boden sinken und ging ins Badezimmer. Der Wasserdampf hatte sich durch das Kippfenster verzogen. Sie schloss es. Vor dem Spiegel kämmte sie ihre Haare kurz durch. Sie saßen noch gut. Unruhig schüttelte sie ihren Kopf. Ein wenig Make-up wäre für den Tag das Richtige. Nicht zu viel, nur ein wenig. Wenn sie schon als Leiche herumläge am Ende des Tages, wollte sie wenigstens passabel aussehen. Zum Schluss wählte sie den Lippenstift: Das dunkle Rot war so schön wie eine Wüste in Eimsbüttel.

Sie trat vor die Tür und fühlte sich sicher. Niemand wusste, dass es die Waldhütte gab. Hier würde sie lange Zeit unentdeckt ausharren können. Mitten in Hamburg und wäldlerisch weit weg. Während sie nach hinten zur Veranda ging, überlagerte ein anderes Gefühl ihre zurückgewonnene Sicherheit: Sie würde den Tag nicht überleben.

Am Sitzrund hinter der Hütte machte sie sich am Mechanismus der mittleren Holzbank zu schaffen. Zwei Handgriffe, ein kräftiger Ruck mit dem ganzen Körper und die Sitzfläche ließ sich nach oben klappen: Sie brauchte Waffen. Das Versteck unter der Sitzbank war von außen nicht zu erkennen, barg aber ein Dutzend Schußwaffen breiter Auswahl und noch einiges mehr an Hortfeuererbe. Michaela Mahr strich über einen schwarzen Flintenlauf. Trocken und kalt fühlte sich der Stahl an.

Sie griff sich den Smith-&-Wesson-Kraftzwerg. Der wäre gut. Leider laut. Sie legte den Kraftzwerg zurück und nahm die SIG-Sauer P226. Mit dem SD unschlagbar leise, und der Laseruntersatz könnte auch von Nutzen sein. Michaela nahme sie heraus. Sie griff sich die Maverick-Pumpflinte. Nur mit der leichten Pistole wollte sie nicht unterwegs sein. Sie brauchte noch etwas, womit sie Druck machen konnte. Bei der Maverick zögerte sie. Sie könnte auch gezwungen sein, auf längere Distanz anzulegen. Sie überschlug das Gewicht ihrer Ausrüstung und entschied sich gegen die Pumpflinte, obwohl es ihr schwer fiel. Sie hätte die Maverick gerne dabeigehabt. Die Heckler-&-Koch-MP5SD war die bessere Wahl. Zusammen mit der SIG-Sauer würde das reichen.

Neben den Schusswaffen lag noch die Gartenschere. Trocken und kalt begrüßte sie das Hortfeuererbstück. Darunter ein Satz falscher Papiere für die Mahrs: Drei davon hatten keinerlei Wert mehr. Sie würde Rache nehmen. In ihr stieg ein Klumpen auf, fing an in der Kehle zu drücken, bis sie schlucken musste. Sie nahm ihren falschen Ausweis, ausreichend Munition, eine der schusssicheren Unterziehwesten und die Gartenschere, verstaute alles mit Tüchern umwickelt in der Sporttasche, verschloss sorgfältig das Sitzbankversteck und schulterte die Sporttasche. Hart schnürte der Riemen in ihre Schulter.

Die Gartenpforte verschloss sie nicht. Sie würde den Tag nicht überleben. Wozu abschließen? Sie holte das Kärtlein von Kian Hajat hervor. Wo lag dieses Heuschreckenparadies noch gleich? Sie würde ihn fragen. Ihren Vater konnte sie nicht mehr fragen, wie man Rache nahm. Sie würde es einfach tun. Zuerst wollte sie jedoch von der Waldhütte weg und dorthin gehen, wo Herr Hajat sie abgesetzt hatte. Er musste nicht erfahren, wo das Mahr-Versteck lag. Vielleicht würde sie den Tag doch überleben.

Verwundert blickte Michaela zum Himmel. Kein einziges Flugzeug war bisher über die Waldhütte hinweggedonnert. Seltsam. Während sie schleppte, rieben sich in ihr die Gedanken. Vielleicht hatte das, was Dr. Rehling ihr sagen wollte, mit dem Anschlag zu tun. Nach dem Termin in der Kanzlei könnte sie sich immer noch entscheiden, ob sie fliehen oder jagen wollte.

10

In einem Vorgarten bot ein Maklerschild ein Objekt feil: Eigentumswohnung zu verkaufen. Der Heußweg war eine schöne Straße im wilhelminischen Eimsbüttel. Der Anstrich der Fassade war zwar alt, doch das Zierrat dekorativ. Hier zu wohnen wäre reizvoll. Timo wohnte im zerbombten Teil Eimsbüttels, in der Eduardstraße, wo schlichte Mietshäuser die alte Pracht ersetzt hatten. Dort hatte er nach der Sache mit den Wirawirs Zuflucht gefunden. Seit über drei Jahren mied er das Gebiet jenseits der Fruchtallee. Er wohnte zwar ganz in der Nähe, kaufte jedoch im Schanzenviertel ein.

Auf Rat von Hans.

Nach der Trennung hatte er wie ein Geist gelebt. Seit einem Jahr fühlte er sich langsam wieder besser. Vier Dutzend Briefe, manche lang, manche nur eine Postkarte im Umschlag, zeigten ihre Wirkung. Nicht nur bei ihm, sondern auch bei ihr. Anfang Mai war er der Allmächtigen auf dem Gänsemarkt über den Weg gelaufen. Zuerst hatte er einen Schreck bekommen, weil er nicht wusste, wie sie seine vielen Briefe aufgenommen hatte. Würde sie etwas von den Wirawirs erwähnen? Als die Looookstedterin lächelte, befreite es ihn von allen Scherben, die es gab. Sie setzten sich zusammen am Lessingdenkmal auf eine der Bänke. Sie habe sich über die Briefe gefreut, sagte sie gleich zu Beginn. Er spürte, wie der Stolz seine Brust füllte. Über kein anderes Lob hatte er sich in den letzten vier Jahren so gefreut wie über dieses. Sie erzählte ein wenig von sich, sie habe da beruflich eine Sache am Laufen. Sie schien sehr glücklich darüber zu sein. Er hörte ihr zu, erwähnte aber nicht mit einem Wort den gemeinsamen Sohn und auch nicht ihre Schuld. Zum Abschied reichte sie ihm die Hand. Noch am selben Abend saß er mit Hans im Borchers bis nach Mitternacht zusammen und bestaunte sein Glück. Beide waren sich sicher, dass diese Zufallsbegegnung ein Durchbruch war.

»Warte nur ab«, meinte Hans.

Es war ein Sonnabendabend gewesen. Da kuckte Hans mit seiner Frau immer Filme. Neuerdings sogar Bollys. Er war einfach gekommen, ohne zu erwähnen, dass er sich etwas so Feines wie „Kuchkuchhotahai" entgehen ließe.

Vor drei Wochen lief ihm dann die Allmächtige im Schanzenpark über den Weg. Er saß bei heißester Hitze auf der Wiese im Schatten der großen Bäume, und sie winkte ihm aus der Distanz zu. Und sie näherte sich und setzte sich zu ihm.

Wieder wechselten sie ein paar Worte, wieder blieb er gelassen. Sie schien ein schlechtes Gewissen zu haben. Er blieb ruhig. Als sie fort war, ließ er sich ins Gras fallen und weinte vor Glück. Erst am Sonntag telefonierte er mit Hans.

»Da tut sich etwas«, meinte er.

Er sollte Recht behalten. Gestern dann die SMS. Vielleicht war es bei der Allmächtigen gar nicht Bosheit, die sie so handeln ließ. Nach vier Jahren sollte er seinen Sohn wiedersehen dürfen, aber auf eine Art und Weise, die eigentlich garantierte, dass er dieses Angebot nicht annehmen konnte. Vielleicht war es Unsicherheit, vielleicht Gedankenlosigkeit.

Bester Dinge spazierte Timo am wuchtigen Backsteinbau von Maltes Schule vorbei. Am liebsten hätte er jeden einzelnen Ziegelstein gepriesen, so glücklich war er. Er durfte sich hier aufhalten. Jetzt ja. Morgen würde er zum ersten Mal nicht in der Schanze einkaufen, sondern im Eimsbütteler

Kern. Er könnte ja den neuen Biomarkt ausprobieren und den zweiten Sparladen, bei Karstadt könnte er auch vorbeischauen und im Café Strauß frühstücken. Vielleicht träfe er Mia wieder. Sie kaufte ein, er kaufte ein. Man würde sich verabreden. In ihm klang die klare, feste Stimme dieser Frau nach. Hatte sie eigentlich braune Augen oder grüne? Graubraun und graugrün lagen dicht beieinander. Ihre Augen hatten geleuchtet und gleichzeitig erschöpft gewirkt.

Am Fanny-Mendelssohn-Platz betrat er den Fotoladen. Glück gehabt. Im Geschäft schaute sich ein halbes Dutzend Kunden um, aber ein Verkäufer an der Kasse war frei.

»Könnten Sie die drei Bilder hier ausdrucken?«, fragte Timo Hartwig.

Der Verkäufer nahm die CD und antwortete:

»Sechzehn Uhr heute?«

»Oh, ist eilig.«

»Vierzehn Uhr.«

»Ich brauche sie für eine Ermittlung«, sagte Timo Hartwig und zeigte seinen Dienstausweis. »Könnten Sie es gleich machen?«

»Schauen Sie in dreißig Minuten wieder vorbei.«

Eigentlich hatte Timo gemeint, dass gleich gleich bedeutete und nicht erst in einer halben Stunde. Andererseits war er nicht in Zeitnot. Solange er den Treppentigerauftrag ausführte, bekäme er keinen neuen. Er nahm das Angebot an, steckte den Rückgabestreifen ein und verließ den Laden.

Auf der Osterstraße rollten Einsatzfahrzeuge stadteinwärts. Auch Mannschaftswagen. Schien ein größerer Einsatz zu sein. Ob das mit dem Mahrfall zusammenhing? Seit drei Jahren war es ruhig in der Stadt. Wenn aber die Bündnerbünde gegeneinander losschlügen, würde es viele Tote geben. Beunruhigend waren die neuen Allianzen. Die Blaubündner hatten seit einiger Zeit Kontakte nach Berlin aufgebaut. Dadurch verschob sich das Gleichgewicht zu ihren Gunsten. Wenn der Anschlag gegen einen Anwalt der Schwarzbündner auf ihr Konto ging, könnte das eine Kettenreaktion auslösen.

Nur wenige Gedanken reichten aus, dass der Fall ihn wieder packte. Er würde arg gerne wissen, was Hans, Clas und Kira gerade besprachen. Die letzten vier Jahre hatten aus dem ehrgeizigen Dickkopf, der er einmal gewesen war, einen Musterbüttler geformt. Der Ehrgeiz war jedoch geblieben. Er musste versuchen, wieder in die Stimmung von vorhin zu kommen. An diesem Tag gab es einen Auftrag, der wichtiger war als irgendein Fall. Es ging um seinen Sohn. Bevor er weiter darüber nachdachte, erblickte er das Weltnetzcafé neben dem Fotoladen. Eine halbe Stunde hatte er Zeit, die würde zur Ablenkung ausreichen.

Welche Filme hatte die Cinnamonfrau noch erwähnt? „Seom“ und zwei weitere. Timo gugelte los: 47700 Treffer. Immer diese Massen. Eigentlich suchte er eine Seite, auf der die Cinnamonfrau höchstpersönlich schrieb, warum sie diesen Film mochte. So etwas gab es natürlich nicht. Er überflog den Text auf der Verleiherseite. So etwas gefiel ihr also. Er würde Clas fragen, wie der Film einzuschätzen war. Er wwwühlte weiter und hatte auf einmal zwanzig Minuten vergugelt. Von einer Seite zur nächsten, dann mit dem Netzwühler noch ein Fenster öffnen, und die Zeit verging im Fluge. Timo wwwühlte sich in die einzige Filmseite, deren WWW-Zeile er auswendig kannte: die OFDb. Zu „Nostalghia“ gab es nur eine Kritik.

Ein russischer Intellektueller reist nach Italien auf den Spuren eines russischen Komponisten. Er stirbt in einem fremden Land, ohne seine Heimat wiedergesehen zu haben.

So etwas mochte sie also. Ob Clas den kannte? Timo

wwwühlte ein paar Seiten zum Regisseur hervor. Er prägte sich das Wichtigste ein, um für den nächsten Smalltalk mit Mia bestens versorgt zu sein. Zu „El Topo“ gab es mehr. Genres: Horror und Western. Klang gut. Er fing an, die erste Kritik zu lesen, die von einer „Alma weiß alles“ verfasst worden war. Als die Seite geladen wurde, fiel Timos Blick auf die Rechneruhr. Dreißig Minuten waren um. Leider musste er die Lektüre abbrechen. Er zahlte und trat hinaus ins Sonnenlicht. Er war zurück im Viertel. Kaum zu glauben, dass „Basic – Bio für alle“ McDonald's weggedrängelt hatte. Dabei kannte er diese Kette gar nicht. Den Laden würde er sich morgen ansehen. Vielleicht liefe ihm dabei Mia über den Weg.

Im Fotoladen musste er dieses Mal an der Kasse etwas warten. Neugierig holte er die drei Fotos aus dem Täschchen hervor. Die drei Bilder waren so am Faltrechner bearbeitet worden, dass er sie ohne weiteres bei den kommenden Befragungen herumreichen konnte, ohne gleich etwas von den Morden erwähnen zu müssen. Man sah nicht mehr, was mit den Hälsen geschehen war. Hatte der Büttler gut gemacht. Alle Augen offen. Die Bilder der beiden Mädchen setzten Timo doch zu. Sobald die Toten ein Gesicht bekamen, ließen sie einen nicht mehr los. Auf der CD standen die Namen der drei.

An der Schule gegenüber vom Strauß packte es ihn kalt im Nacken. Das Wiedersehen mit Malte war wie eine Auferstehung gewesen. Miena und Andel Mahr würden nie wieder zur Schule gehen. Er wünschte sich, dass Clas und Kira gute Arbeit machen würden. Sie würden den Fall aufklären und für Gerechtigkeit sorgen.

In gedrückter Stimmung erreichte er den Lokstedtplatz. Er würde im Heußweg beginnen. Lutterothstraße – Lastropsweg – Unnastraße: Die drei Straßen umschlossen den Bunkerblock. Danach könnte er sich noch die Ecke Eidelstedter Weg und Quickbornstraße vornehmen. Die zweite große Pause würde um halb zwölf beginnen. Er holte seine Handhexe hervor und stellte die Klingel auf elf Uhr vierzig. Für ein kurzes Telefonat würde sich Zeit finden. Bis dahin könnte er drei, vier Häuser abarbeiten. Vielleicht fände er doch etwas Brauchbares heraus.

11

Hart drückte der Riemen in Michaela Mahrs Schulter, schwer schaukelte die hortfeuerpralle Tasche an ihre Hüfte. Ein Grollen und Brausen näherte sich, gewann an Donner, vertiefte sich zu prasselndem Krach. Das war der erste Flieger, der am Niendorfer Gehege vorbeizog. Sie wartete, bis er leiser wurde, und handhexte dann Herrn Hajat an. Er wartete gerade am Stand Niendorf Markt und konnte gleich kommen.

Sie überlegte, ob sie ihn fragen sollte, wie es mit der Bütteleisperre aussähe. Sie wollte es gerne wissen, und zugleich war es ihr gleich. Also ließ sie es bleiben. Während sie wartete, fing sie an, mit dem Gedanken zu spielen, was geschehen könnte. Was sollte sie dem netten Herrn Büttler sagen, der sie kontrollierte und wissen wollte, was in der Tasche auf dem Rücksitz wäre?

»Was man so braucht«, würde sie sagen. »Eine Pistole und eine MP, beide mit Schalldämpfern, genügend Munition. Die Pumpaction habe ich zu Hause gelassen. Ich habe niemanden, der mir die Tasche trägt.«

Sie würde den Büttler anlächeln mit ihren dunkelroten Lippen, die so schön waren wie Rache und Vergeltung. Vielleicht würde er fragen:

»Warum benutzen Sie Schalldämpfer?«

»Dann kann ich ungestört im Wald meine Schießübungen abhalten. Die Pistole ist leise, die MP laut, ihre Schüsse klingen mit dem Schalldämpfer jedoch nicht wie Schüsse.«

Das eingebildete Gespräch heiterte sie auf; sie stellte sich vor, was sie sagte, wenn der Büttler die Tasche öffnen würde.

»Ich will ein paar Leute umbringen.«

»Warum haben Sie eine Gartenschere dabei?«

»Man kann nie wissen, wozu man sie gebrauchen kann.«

Da rauschte das bestellte Taxi heran. Herr Hajat stieg aus, begrüßte sie und verstaute die hortfeuerpralle Tasche im Kofferraum:

»Die ist aber schwer.«

»Ich mach Urlaub.«

»Zum Flughafen?«

»Nein, zum Hauptbahnhof«, antwortete Mia und stieg ein. »Ich muss vorher noch an die Alster. Ich werde Ihnen sagen, wie Sie fahren müssen. Wie sieht es mit der Bütteleisperre aus?«

»Aufgehoben. Da war was am Flughafen. Keine Sorge, wir haben freie Fahrt.«

»Wo liegt dieses Heuschreckenparadies?«

»Moorfleet, an der A eins Feldhofe heißt die kleine Straße.«

»Ist es da nicht zu laut?«

»Vor allem die Abgase! Wir sind alle überrascht, dass sich da eine so feine Wiese findet.«

Sie ließ ihn weitererzählen von seiner Arbeit beim NABU. Würde sie irgendwann, irgendwo auf der Welt als Flüchtling in einem fremden Land Heuschreckenwiesen hüten? Ihre Tage in Hamburg waren gezählt.

Kollaustraße – Lokstedter Steindamm – Hoheluftchaussee: Kian Hajat erzählte von einer wunderschönen Magerwiese mit Thymian, Johanniskraut und Hauhechel, wo er vor kurzem mit seiner Frau gezeltet hatte.

Mia hatte immer wieder daran gedacht wegzugehen, es aber nie ernsthaft ihrem Mann als Wunsch vorgetragen. Sie hatte sich in Hamburg sicher gefühlt. Ihr Bruder war zu mächtig. In den letzten Jahren hatte er zielstrebig seine Macht abgesichert und ausgebaut. Wer das Hortfeuer seiner Schwester angriff, griff ihn an. Wer Krieg wollte, konnte sich auch gleich selbst umbringen. Die Schwarzbündner waren zu stark. Zwei Männer betraten ihr Zuhause wegen irgendeiner MiniDV und ermordeten drei Menschen. Sie benutzten eine pechschwarze Limousine mit Berliner Kennzeichen. Von den Hamburger Bündnerbünden hatten die Schwarzbündner traditionell die besten Kontakte nach Berlin. War ihr Bruder zu ehrgeizig geworden und rivalisierenden Berliner Bündnerbünden in die Quere gekommen? Dann wäre der Anschlag heute Morgen eine Art Warnschuss. Vielleicht hatte Dr. Rehling ihr wirklich etwas Wichtiges zu berichten.

Wilde Möhre – Johanniskraut – Wiesenknopf – Flockenblume – Huflattich: Kian Hajat erzählte wieder von seiner Moorfleetwiese.

»Haben Sie keine Angst, dass die vielen Heupferde alles kahl fressen?«

»Kahl fressen? I wo!« Er schüttelte den Kopf. »Das Grüne Heupferd ernährt sich räuberisch. Insekten, Raupen, auch kranke Artgenossen stehen auf seinem Speiseplan. Kleine Beutetiere werden im Sprung ergriffen und sofort mit den kräftigen Kiefern zerbissen. Hin und wieder isst es auch Kräuter und …«

Mia unterbrach ihn:

»Warum hat Ihre Frau gedacht, dass die Deutschen Würmer essen?«

»Wegen der Tierfilme!« Kian Hajat lachte vergnügt. »In Teheran sind wir mit unseren Kindern gerne ins Kino gegangen. Am liebsten haben die Kleinen Tierfilme angesehen. Im letzten Film vor unserer Flucht gab es viele Würmer zu sehen.

Und am Hauptbahnhof entdeckte meine Frau einen Stand, wo auch Würmer verkauft wurden. Wir waren schockiert von den Deutschen. Die essen Würmer!« Wieder lachte Kian Hajat fröhlich los. »Meine Frau mag die Würmer heute auch gerne. Es sind Shrimps.«

Sie rauschten am Dammtorbahnhof vorbei. Herr Hajat war mit seinen Kindern rechtzeitig geflohen.

Alsterglacis – Kennedybrücke – An der Alster: Was würde sie in der Kanzlei erwarten? Niemand wusste, dass sie heute dort einen Termin hatte. Sie stellte sich kurz vor, wie Dr. Rehling aus Geldgier einen vierfachen Mord plante und Auftragskiller anheuerte. Sie legte die Vermutung beiseite. Ihr alter Anwalt war loyal. Es könnte allerdings sein, dass sie in der Kanzlei oder davor in einen Hinterhalt lief. Sie ließ Herrn Hajat ein Stück weiter als nötig fahren und bezahlte. Er reichte ihr die schwere Sporttasche.

»Vielleicht brauche ich nachher noch eine Fahrt.«

»Rufen Sie an. Ich habe viele Stammkunden. Für die fahre ich am liebsten.«

Hart schnitt der Riemen in ihre Schulter. Sie musste nicht Rache nehmen. Sie könnte die Flucht wählen und dann in Buenos Aires von ihrem Geld leben. Niemand würde sie finden. Es gab keine Fotos von ihr. Diesen Rat ihres Vaters zum fünfzehnten Geburtstag hatte sie befolgt, obwohl dieser Tag so grausam verlaufen war.

Sie überquerte die Straße und suchte sich eine Bank an der Alster. So schön das Wetter war, keiner der zahlreichen Spaziergänger fühlte sich bemüßigt, in der milden Luft am Wasser Platz zu nehmen. Laubbäume umsäumten das Ufer, spendeten Schatten, schenkten Rauschen auf Rauschen. Michaela Mahr zog ihren Staubmantel aus, strich über die Hose – sie war wirklich nicht dick geworden – und ließ sich auf die Bank gleiten. Der Wind riffelte die Alster auf, dass es Sonnenspäne rieselte. Sie öffnete die hortfeuerpralle Tasche und holte die Verbandssachen hervor. Sie zog den Reißverschluss der Hortfeuertasche wieder zu. Es saß zwar niemand auf den Bänken, auf dem nahen Alsterspazierweg waren aber zu viele Leute unterwegs, als dass sich Michaela unbeobachtet fühlen könnte. Wie leicht könnte jemand einen Blick hineinwerfen. Und sie müsste den neugierigen Spaziergänger in der Alster versenken.

Unten an den Schößen trennte sie die Naht auf und krempelte den Staubmantel bis zu den Taschen um. Mit der Schere schnitt sie die rechte Tasche auf, schnitt von einem Leinenhandtuch ein passendes Stück Stoff ab und nähte die Taschenverlängerung an. Sie stellte sich ungeschickt beim Nähen an. Frau Athmer konnte das besser. Immer wieder flutschte der Zwirn aus dem Öhr. Immer wieder fädelte Michaela Mahr ihn ein. Sie setzte die Stiche eng, zog die Naht fest, richtete die Taschenverlängerung aus und freute sich darüber, dass sie es genau so hinbekam, wie sie es haben wollte.

Auf der Alster glitten Segelboote vorüber, zwei Schwäne sahen ihr neugierig beim Staubmantelumnähen zu, und im Westen über dem Niendorfer Gehege setzte ein Jet zur Landung an. Sie könnte morgen Abend in Buenos Aires sein. Wilde Möhre, Johanniskraut und Flockenblume: Ihr Vater würde sie verachten, sie selbst würde sich verachten; die beiden Mörder mussten sterben.

Zum Schluss zog sie drei Knoten fest zu, krempelte den Mantel um und steckte ihre Hand hinein. Das fühlte sich gut an. Sie holte aus der Hortfeuertasche die SIG-Sauer, schob sie in die Tasche des Staubmantels, zog sie heraus, beobachtete den Stoff und schob sie wieder in die Tasche. Sah gut aus. Sie schlüpfte in den sandfarbenen Staubmantel, steckte die rechte

Hand in die Tasche und prüfte den Sitz der Waffe. Sie blickte an sich herab, ging ein paar Schritte, drehte sich auf dem Absatz um: Es war kaum zu erkennen, dass da etwas in der Tasche steckte.

Die Kanzlei von Dr. Rehling lag etwa zweihundert Meter entfernt. Sollte sie die schusssichere Weste anziehen? Hier in der Öffentlichkeit wäre das zu auffällig. Außerhalb der Kanzlei wusste niemand von diesem Termin. Sie ließ es bleiben. Michaela Mahr schulterte die Hortfeuertasche, überquerte die Straße „An der Alster" und blickte an den parkenden Autos entlang. Nirgends eine teerschwarze Limousine. Wenn sie das Auto entdeckte, müssten die Mörder in der Nähe sein. Michaela war sich sicher, dass die Mörder ihren Auftrag nicht als besonders gefährlich eingestuft hatten. Sie sollten die Familie eines wehrlosen Anwaltes auslöschen, die sie zudem noch im Schlaf überraschen konnten. Warum sollten sie den Wagen weit entfernt parken, wenn es auch bequemer ging? Die Mörder wussten nicht, mit wem sie es zu tun hatten, und verhielten sich leichtsinnig. Das würde ihnen zum Verhängnis werden.

12

Gegenüber am Bunker fuhr der Fahrstuhl hoch, hielt ganz oben. Timo Hartwig konnte den „Liftboy“ erkennen, der weiter brav seinen Dienst verrichtete. Nie wieder würden die zwei Mädchen mit dem Fahrstuhl nach oben fahren, nie wieder würden sie mittags von der Schule nach Hause gehen, nie wieder auf dem Schulhof spielen. Am liebsten hätte er mit seinen Erkundigungen in der Schule begonnen, doch die gehörte nicht zu seinem Aufgabenfeld. Es blieb ihm also nichts anderes übrig, als brav seinen Dienst zu tun. Schräg gegenüber der Bunkerburg wählte Timo Hartwig das erste Etagenhaus aus. Wie einladend, die Tür war geöffnet und eingeklinkt. Aus alter Gewohnheit stieg er zuerst in den fünften Stock. Er arbeitete sich am liebsten von oben nach unten vor. Die Fotos hielt er bereit. In der rechten Jackentasche den Vater zuoberst, darunter die Töchter. Gleich an der ersten Tür öffnete eine junge Frau, vielleicht eine Studentin.

»Guten Tag«, sagte er, »ich bin von der Büttelei. Kennen Sie die Familie Mahr? Sie wohnt gegenüber im Penthaus auf dem Bunker.«

Die Frau schüttelte den Kopf. Er zeigte ihr das Foto des Vaters.

»Nein.«

»Und die Töchter?«

»Nein.«

»Vielen Dank auch. Ich wünsche noch einen schönen Tag.«

Im oberen Stockwerk öffnete sonst keiner. Timo Hartwig notierte sich, wo er später noch einmal vorbeizuschauen hatte. Die hundert Jahre alten Stufen knarrten. Was würden die nächsten Türen bringen? So oft die Heußwegler auch den Kopf schütteln würden, im Laufe des Tages würde er ein Bündel Auskünfte zusammenklauben. Es wäre schön, wenn Clas und Kira das Gefühl hätten, dass er ordentlich arbeitete.

»Guten Tag« und »Kennen Sie« und »Nein« und »Nein« und »Vielen Dank auch«. Drei von vier Türen im vierten Stock geöffnet: dreimal nichts. Die hundert Jahre alten Stufen knarrten. In der Eduardstraße wohnte er in einem Fünfziger-Jahre-Bau. Nichts knarrte dort unter seinen Schritten. Die nächste Wohnung würde wieder im Altbau sein. Das hatte einfach mehr Atmosphäre.

»Guten Tag« und »Kennen Sie« und »Nein« und »Nein« und »Vielen Dank auch«. Zwei von vier Türen im dritten Stock geöffnet: zweimal nichts.

Beim Knarren der Stufen dachte er daran, dass sich die Tür öffnen und er plötzlich vor der Cinnamonfrau stehen könnte. Sie wohnte bestimmt im Viertel. Vielleicht hatte sie am Freitag vorzeitig Schulschluss. Sein Herz schlug rascher. Wahrscheinlich würde er rot, weil er nicht wüsste, was zu sagen wäre. Er klingelte. Eine Frau, Anfang fünfzig, öffnete.

»Guten Tag«, sagte er, »ich bin von der Büttelei. Kennen Sie die Familie Mahr? Sie wohnt gegenüber im Penthaus auf dem Bunker.«

Die Frau schüttelte den Kopf. Er zeigte ihr das Foto des Vaters.

»Doch. Den habe ich schon mal gesehen Was ist mit ihm?«

Sofort hakte Timo Hartwig nach und zeigte ihr die Bilder der Kinder.

»Ja, die habe ich auch schon gesehen. Wie die heißen, weiß ich aber nicht.«

Auf die weiteren Fragen kam nichts Neues. Die Frau wusste, dass die Mahrs hier an der Ecke lebten; wie Michaela Mahr aussah, war ihr jedoch nicht bekannt.

»Guten Tag« und »Kennen Sie« und »Nein« und »Nein« und »Vielen Dank auch«. Vier Türen im ersten Stock: dreimal nichts.

Im Erdgeschoss schaute sich ein verwegen aussehender junger Mann – Mayer sein Name – ausgiebig die Bilder an und nickte fortwährend, als hätte er einen Tick oder etwas geraucht:

»Ja, ja, ja.«

Hatte Timo eine Quelle gefunden? Er schien Glück zu haben.

»Die sind tot, oder?«

»Ja.«

»Sieht stark aus!«, lachte der junge Mann. »Kann ich die Fotos behalten?«

Timo angelte sich seine Fotos zurück. Zum Glück machte der junge Mann keine Schwierigkeiten. Da wäre er der Gelackmayerte gewesen, wenn ihm der Kerl die Tür vor der Nase zugeschlagen hätte. Er hätte von den Fotos nicht nur einen Satz bestellen sollen. Anfängerfehler. Das lag aber daran, dass er im Mahrfall gar nicht richtig zum Einsatz kam. Auf einmal ärgerte es ihn, dass er einen ganzen Tag den Hampelmann machen sollte.

Er klingelte an der nächsten Tür im Erdgeschoss. Ein Rentner mit akkurat gestutztem Haupthaar grüßte zackig.

»Guten Tag«, sagte Timo Hartwig, »ich bin von der Büttelei …«

»Ich hab nichts verbrochen!«

Der Rentner drückte die Tür zu und hängte die Kette vor. Das machte Timo Hartwig neugierig. War der leicht paranoid? Oder wollte der Alte etwas verheimlichen? An den beiden anderen Türen tat sich nichts. Wieder notierte Timo sich, dass er später noch einmal vorbeischauen sollte. Für den Alten machte er sich ein Sternchen: seltsamer Zeitgenosse.

Draußen auf den Gehwegplatten ließ er den Blick vom Bunker den Heußweg entlangschweifen. Fünfmal die Woche waren die Mädel hier zur Schule gegangen. Er könnte auch zuerst den gesamten Heußweg bis zur Schule abklappern und sich danach in die Seitenstraße begeben.

Im Nachbarhaus war wieder die Haustür geöffnet. Über hundert Jahre alte Stufen stieg Timo Hartwig ins oberste Geschoss. Vier Türen: viermal nichts. Ein Stockwerk tiefer öffnete ein alter Mann mit ansehnlichem Weißhaar: Fritz Bentey.

»Guten Tag«, sagte Timo, »ich bin von der Büttelei. Kennen Sie die Familie Mahr? Sie wohnt gegenüber im Penthaus auf dem Bunker.«

»Ja«, sagte der Greis und nickte kräftig.

»Ach, Sie kennen die Mahrs gut?«

»Das kann man nicht sagen«, sagte Herr Bentey, den das Stehen anzustrengen schien, »wollen wir uns nicht hinsetzen?«

Dankend trat Timo ein und spazierte im Flur durch die Ablagerungen von Jahrzehnten. Als er in der guten Stube Platz genommen hatte, fragte er:

»Wie lange wohnen Sie schon hier?«

»Seit 1960.«

So war die Wohnung auch eingerichtet. Sechziger-Jahre-Schick hatte hier alle Moden überdauert. Und in der Ecke stand eine dieser alten Musiktruhen, die Timo noch von seinen Großeltern aus Barmbek kannte. Radio und Plattenspieler in einem, das alles als Möbelstück gut in Holz verarbeitet.

»Was wissen Sie über die Mahrs?«, fragte Timo.

»Sie wohnen seit etwa einem Jahr auf dem Bunker gegenüber. Vorher haben sie in der Ottersbekallee gewohnt. Doch war ihnen die Wohnung dort zu klein.«

»Woher wissen Sie das?«

»Von der Frau Mahr. Die wohnt schon seit einem Jahrzehnt hier im Viertel. Ganz am Anfang im Heußweg auf der anderen Straßenseite. Das war noch, als sie unverheiratet gewesen war. Früher hieß sie anders.«

»Wie war ihr Name?«

»Das weiß ich nicht mehr. Kennen gelernt habe ich sie nach dem Tod meiner Frau. Ich hatte damals eine schwere Einkaufstüte und fühlte mich plötzlich schlapp. Sie hat mir die Tüte in die Wohnung getragen. Sie saß da, wo Sie jetzt sitzen.«

Das war eine erste Spur. Timo ließ dem Mann die Zeit, die er brauchte, um seine Erinnerungen hervorzuholen. Vielleicht kam da noch etwas.

»Wir haben uns dann jeden Monat ein-, zweimal gesehen. Meistens im Weiherpark, wo ich zum Luftschnappen hingehe.«

»Worüber haben Sie sich unterhalten?«

»Worüber man so redet.«

Timo Hartwig fühlte sich in der Gegenwart dieses bedächtigen Mannes wohl. Herr Bentey dachte nach und sagte dann:

»Ich glaube, es war letztes Jahr im April. Da hat sie von einem Streit mit ihrem Mann erzählt. Es schien ihr nahe zu gehen.«

Wenn man sich lediglich dann und wann unterhielt, erzählte man nicht von einem Streit. Da schien sich mit der Zeit ein gewisses Vertrauen bei Frau Mahr eingestellt zu haben.

»Worum ging es?«, fragte Timo.

»Ihr Mann ist Anwalt. Es hatte etwas damit zu tun. Mehr weiß ich nicht.«

»War es ein Ehestreit?«

»Nein, es war etwas Grundsätzliches.«

»Können Sie sich erinnern, was genau?«

»Da war etwas zwischen ihrem Mann und ihrem Bruder.«

»Streit?«

»Nein.« Herr Bentey schüttelte mehrmals den Kopf. »Und doch schien sie so besorgt, als wäre es etwas Fürchterliches.«

»Und was?«

»Das hat sie nicht erzählt.«

Timo unterhielt sich noch ein wenig mit Herrn Bentey und bedankte sich dann bei dem alten Herrn. Frau Mahr hatte braune Haare, war etwa ein Meter fünfundsechzig groß und noch immer ein hübsches Mädel, sie lebte seit einem Jahrzehnt im Viertel, drei Wohnungen hatte sie bewohnt. Diese Informationen konnte er sich immerhin notieren. Leider kannte Herr Bentey nicht die Hausnummern der Vorwohnungen. In der Ottersbekallee, meinte er, war es ein Etagenhaus gewesen, aber nicht am Park. Immerhin ein Hinweis. Vielleicht sollte Timo, bevor er den halben Heußweg abklapperte, dort weitermachen. Hätte er erst einmal die alten Nachbarn gefunden, käme auch mehr bei den Befragungen heraus. Leider hatte auch Herr Bentey kein Foto von Frau Mahr. Clas und Kira wollten ihm eines besorgen.

Im Rest des Hauses gab es keine weiteren Hinweise.

Beim dritten Haus musste er klingeln. Er sagte in die Gegensprechanlage, was er wollte, und wurde von einer Frau Bittrich eingelassen. Im obersten Stockwerk erwartete ihn bereits die besorgt dreinschauende Rentnerin. Er musste sie erst einmal beruhigen, dass es nicht um sie ginge, bevor er seine Fragen stellen konnte.

»Die Mädchen kenne ich«, sagte Frau Bittrich. »Die sind oft im Haus. Zweiter Stock, bei Finkenaus. Da wohnt eine Freundin.«

Die Frau erzählte noch ein wenig. Bei Timo war die Versuchung groß, sogleich hinunterzugehen, weil er für einen Lidschlag das Gefühl hatte, dass Miena und Andel dort wären. Er wusste, dass es absurd war, aber vielleicht würde er dort Frau Mahr antreffen. Doch auch den Gedanken verwarf er. Sie gehörte zu den Schwarzbündnern und war bestimmt schon lange anderswo untergetaucht.

Stock für Stock arbeitete er sich nach unten vor, doch im dritten und zweiten Stock öffnete niemand, bis er bei Finkenaus angekommen war. Er klingelte zweimal und horchte in die Wohnung hinein. Das war Pech! Nichts zu machen. Niemand da. Irgendwo weiter unten im Haus wurde ein Staubsauger abgeschaltet. Na, einmal hätte er wenigstens noch Erfolg. Wieder notierte er sich eine aussichtsreiche Wohnung für einen erneuten Besuch.

Im ersten Stock öffnete Herr Bodde, ein wuchtiger Mittdreißiger, etwas kleiner als Timo, und hörte aufmerksam zu. Er trug eine Jeansjacke und ein T-Shirt, die Unterarme zierten ein paar kleinere Tattoos.

»Ja, die Familie kenne ich«, sagte er. »Ihn nicht, aber seine Frau. Die vergisst man nicht.«

»Wie haben Sie sie kennen gelernt?«

»Oben am Parkplatz bei der Bushaltestelle. Letztes Jahr.«

Timo nickte, Herr Bodde meinte den Looookstedtplatz.

»Wolln Sie nicht reinkommen? Dann erzähl ich es Ihnen.«

Herr Bodde trank gerne Bier, das sah man, und er rauchte viel, das roch man. Immerhin parkte im Wohnzimmer ein Staubsauger. Der Teppichboden war fleckig, der Sofatisch glänzte frisch gewischt und über der Heizung hing ein feuchtes Tuch. Über dem Fernseher lag ein HSV-Schal. Auf den zweiten, dritten Blick fühlte sich Timo Hartwig gar nicht mehr so unwohl im Wohnzimmer. Er könnte in der nächsten Spielzeit mal wieder das eine oder andere HSV-Heimspiel besuchen. Kaum dass sie saßen, legte Herr Bodde los:

»Da war was letztes Jahr. Ein Pitbull hatte sich losgerissen und ging auf einen Jungen aufm Fahrrad los. Der kleine Junge stürzt, der Mistköter verbeißt sich in einem Arm. Der Junge schreit wie am Spieß, hält sich aber geschickt die Hände vors Gesicht und schützt mit den Armen seinen Hals. Der Pitbull zerrt ohne Ende rum. Da kommt die Frau Mahr angerannt vom Bunker.«

»Wo waren Sie?«, wollte Timo Hartwig wissen.

»Beim Kumpel im vierten Stock.«

»Auf dem Balkon?«

»Jo, das ging so schnell. Das Geschrei, das Blut«, brachte Herr Bodde hervor, »das war alles zu viel. Ich wusste nicht, was ich machen sollte. Mein Kumpel rennt zurück in die Wohnung und ruft die Büttelei. Und dann ruft schon die Frau Mahr von unten.«

Herr Bodde stützte seine wuchtigen Hände auf die Schenkel und sah leicht hilflos aus.

»Was hat sie gerufen?«, fragte Timo.

»›Haben Sie ein Messer?‹«

Herr Bodde zog aus seiner Jeansjackentasche ein Schweizermesser hervor, legte es auf den feucht glänzenden Sofatisch und sagte:

»Ich werf ihr das Messer zu, und sie fängt es. Was dann geschah, glauben Sie nicht.«

Timo erwartete, dass Herr Bodde sich eine Zigarette anzünden oder eine Flasche Bier öffnen würde. Doch nichts dergleichen passierte. Für einen Moment erwischte sich Timo bei dem Gedanken: Hoffentlich war der Junge auf dem Rad nicht Malte. Selbst das hätte er nicht gewusst. Bis zum Mai hatte er vier Jahre lang nichts von der Allmächtigen erfahren.

»Was geschah?«, wollte Timo wissen.

»Die Frau geht mit dem Messer auf den Pitbull los. Zuerst beachtet der sie gar nicht. Doch dann sticht sie zu. Sofort fährt der Köter herum und verbeißt sich in ihrem Unterschenkel. Und was meinen Sie: Kein Schrei kommt über ihre Lippen! Sie klemmt das Viech zwischen ihre Beine, packt ihn mit der Hand am Hals und sticht zu – immer wieder. Auf einmal kommt so 'n Dummbatz vom Weiherpark angewetzt und schreit: ›Mein Hund, mein Hund, mein Hund!‹ Als er beim Parkplatz ankommt, liegt der Pitbull bereits in den letzten Zuckungen. Überall Blut, der weinende Junge kriecht unterm Rad hervor, und …«

Herr Bodde atmete tief durch und sagte nichts mehr. Timo Hartwig ließ ihm seine Pause, doch da kam nichts. Er fragte nach:

»Und dann?«

»Weiß nicht. Ich bin ins Bad und hab Verbandzeug und Handtücher gepackt und ab nach unten. Der Dummbatz liegt jammernd über seinem Mistköter. Um den Jungen kümmert sich ein Mann, und Frau Mahr steht da mit einem Schnürsenkel und bindet sich das Bein ab. Sie trägt einen Rock. Ihr Bein blutet übel. Ich geb ihr das Verbandzeug, sie gibt mir das Schweizermesser und sagt Danke. Und dann kommt der Krankenwagen. Und am nächsten Tag steht alles in der Zeitung. Ich mach mir noch heute Vorwürfe.«

Die Frau Mahr habe ein halbes Jahr an der Beinverletzung laboriert, erzählte er noch. Anfangs hatte er sie im Heußweg mit Krückstock gesehen, später humpelte sie, seit dem Frühjahr bewegte sie sich besser, doch Röcke trug sie nicht mehr.

Timos Handhexe klingelte. Erschrocken fingerte er sie hervor. Wieder hatte er die Zeit vergessen.

»Ja, Timo Hartwig.«

»Hier Clas. Na, wie kommst du voran?«

»Gut.«

»Wir auch. Konzentrier dich auf den Heußweg bis zur Schule. Wir haben ihre alte Adresse herausgefunden. Sie haben in der Ottersbekallee gewohnt. Um die Straße kümmern wir uns. Falls du Frau Mahr findest, bring sie umgehend in Sicherheit. Sie ist in diesem Fall wichtiger als angenommen.«

»Inwiefern?«

»Erzähl ich dir später. Wenn du der Putzfrau begegnest, nimm sie auch gleich unter deine Fittiche. Sie wollte in ihre Wohnung, um sich von dem Morgen zu erholen, hat sich dann aber in Luft aufgelöst. Heißt übrigens Frau Athmer. Ist Mitte fünfzig, klein und ein büschen rund. Bis denne.«

Schon war das Handhexengespräch vorbei. Herr Bodde stand auf:

»Ich brauch jetzt ein Bier. Wollen Sie auch eins?«

»O nein, danke. Ich muss weiter.«

Timo Hartwig verabschiedete sich und blickte auf die Uhr: elf Uhr einundvierzig. Doch nicht die Zeit der großen Pause verpasst. Warum hatte aber die Handhexe nicht geklingelt? Vielleicht kaputt? Das käme völlig unpassend. Dunkel empfing ihn das Treppenhaus.

13

Wachsam ging Michaela Mahr die Straße „An der Alster“ hinunter, die zweigeteilt war. Auf dem Hauptstrang brauste der Verkehr Richtung Uhlenhorst und Barmbek, auf dem Nebensträßlein suchten Autofahrer nach Parkplätzen, was aber zu dieser Tageszeit fast aussichtslos war. Bei jeder schwarzen Limousine zuckte Michaela zusammen, doch alle trugen das HH-Kennzeichen, keines das B-Kennzeichen. Vor dem Bürogebäude, wo die rehlingsche Sozietät ein Stockwerk belegte, sah alles ruhig und unverdächtig aus. Keiner außer den Kanzleimitarbeitern wusste, dass sie heute einen Termin hatte. Sie würde die schusssichere Weste nicht brauchen. Es reichte, wenn sie die SIG-Sauer in der Manteltasche bereithielt.

Fahrstuhl oder Treppenhaus? Fahrstuhl wäre bequemer, Treppenhaus sicherer. Fürs Herunterfahren könnte sie den Fahrstuhl nehmen. Mit der geschulterten Hortfeuertasche merkte sie jede Stufe in der linken Wade. Warum schleppte sie nur diesen ganzen Ballast mit sich herum? Eine Pistole hätte gereicht. Es war durchaus nicht sicher, ob sie das alles auch einsetzen würde. Im dritten Stock vor der Tür zur Kanzlei gönnte sie sich eine Pause und stellte die Hortfeuertasche auf dem Boden ab. Während sich ihr Atem beruhigte, horchte sie ins Treppenhaus. Zum Glück war sie wieder gut zu Fuß. Das Laufen am Morgen hatte sie nicht müde gemacht, ganz im Gegenteil. Sie war hellwach.

Den Finger am Abzug, klingelte sie an der Kanzleitür; die andere Hand hielt sie in der Tasche. Sie wurde gleich eingelassen. Die junge Rechtsanwaltsgehilfin, Frau Ehlert, war so freundlich und gelöst wie immer. Das sah nicht nach einer Falle aus. Michaela Mahr sollte im Büro Platz nehmen, Dr. Rehling komme gleich, er sei noch in einer Besprechung. Im Büro legte sie die Hortfeuertasche neben dem Stuhl ab, auf dem sie immer Platz nahm, und trat ans Fenster. Auf der blauen Alster leuchteten einige weiße Segel. Dahinter erhob sich der Baumsaum des gegenüberliegenden Alsterufers. Könnte man fliegen, wären es nur ein paar Schwingenschläge bis Rotherbaum und bis Eimsbüttel mit der Bunkerburg. Erst jetzt löste Michaela den Finger vom Abzug. Allmählich wurde ihre Handfläche feucht.

Sie knöpfte die Manteltasche zu, hängte den Staubmantel über ihren Stuhl und nahm Platz. Sofort fühlte sie sich wohler. Hier war sie bei Dr. Rehling, einem Schulfreund ihres Vaters, ihm konnte sie vertrauen. Er war nicht verbandelt mit den Bündnerbünden, und so eine wie sie lag bereits an der Grenze der Mandate, die er zu übernehmen bereit war. Vor einem Jahrzehnt hatte ihr Vater seinen Schulfreund, den Gustav, um den Gefallen gebeten, sich um die wirtschaftlichen Belange seiner Tochter zu kümmern. Damals, mit zwanzig, hatte sie ihre Haare ganz kurz getragen, was ihr Vater als schick empfunden hatte. Die Frisur vom achtzehnten Geburtstag hatte ihn anderthalb Jahre lang bis zur Weißglut gereizt, ohne dass er es je zugegeben hätte. Um mit ihm ganz zu brechen, hatte sie ihn zu sehr geliebt. So war sie allzu bereitwillig seinem Wunsch nachgekommen, dass er sie gut versorgt sehen wollte. Dr. Rehling hatte sie von Anfang an gemocht.

Die Tür knarrte hinter ihrem Rücken. Nun zuckte Michaela Mahr doch zusammen. Erst als sie die warme, dunkle Stimme von Dr. Rehling vernahm, erhob sie sich. Glücklich, ihn guter Dinge zu sehen, begrüßte sie ihn, wie sie es immer tat: ein wenig mädchenhaft.

»Wie geht es deinem Bein?«, fragte er. »Machst du mit dem Laufen Fortschritte?«

»Heute Morgen hat es zum ersten Mal wieder für sechs Runden im Weiherpark gereicht.«

Einen Timo aus dem Café konnte sie anschwindeln, bei Gustav würde sie es nicht tun.

»Wie viel ist das?«

»Etwa vier Kilometer. Ich bin aber nicht schnell gelaufen.«

»Sehr schön. Wenn man bedenkt, dass sie dein Bein fast amputiert hätten. Ich mag mir das gar nicht ausmalen«, sagte Dr. Rehling. »Diese Infektion im Bein bist du ja fast nicht mehr losgeworden.«

»Ich muss jeden Tag meine Übungen machen. Und nach dem Aufstehen braucht es ein paar Schritte, bis ich richtig auftreten kann. Und auf harten Stühlen merke ich es auch noch.«

»Hier sitzt du bequem?«

Michaela rutschte behaglich auf dem Lederpolster des Stuhles herum. Dr. Rehling fragte:

»Und wie war es nach dem Laufen?«

»Wunderbar! Schmerzfrei!«

Sie blickte hinaus auf die Alster, wo auf blauem Wasser weiße Segel leuchteten und von wo es nur ein paar Flügelschläge bis zur Bunkerburg waren. Waren die Miedelmädchen bereits weggebracht? Wer aus dem Hortfeuer stammte, der kannte die Gesetze. Es konnte nur eine Antwort geben auf die Morde: Rache. Der Gedanke an Flucht war eine Illusion gewesen. Sie hatte viel zu viel von ihrem Vater an sich, als dass sie das könnte. Sie konnte noch nicht einmal zur Büttelei gehen und um Schutz bitten. Sie würde einen Büttler eher umbringen, als dass sie sich ihm anvertraute.

»Sind die Unterlagen zum Grundstückskauf bereits fertig?«, fragte Michaela.

»Die werden noch von unserem Steuerberater geprüft. Das wird noch eine Woche dauern, bis wir die Problematik mit der Grunderwerbssteuer geklärt haben. Der Fall ist recht komplex«, sagte Dr. Rehling.

Auf einmal brachen bei Michaela Tränen hervor. Dr. Rehling stand auf, reichte ihr ein Taschentuch und setzte sich zu ihr.

»Danke«, sagte sie.

Michaela tupfte sich die Augen trocken und senkte ihren Blick, so wollte sie nicht gesehen werden. In ihrem Bauch zuckte es. Einmal. Noch einmal. Ihr Zwerchfell schlug los und trieb weitere Tränen hervor. Michaela konnte nur noch hilflos schluchzen. Mit zuckenden Schultern stand sie auf und zog sich ans Fenster zurück. Ihr Zwerchfell schüttelte sie mit solcher Auflehnung, dass sie sich nicht dagegen wehren konnte. Sie sehnte sich nach einer Räuspertaste, die ihr eine Auszeit gönnen würde. Sie versuchte ruhig zu atmen. Sie streckte sich. Nichts half. Weiße Segel auf rotem Blut. Dr. Rehling stand auf, kam näher und nahm sie in den Arm. Michaela war es unangenehm, dass sie von ihren Tränen fortgeschwemmt wurde, ließ sich jedoch den Trost gefallen.

Als sie sich beruhigt hatte, sagte er:

»Möchtest du dich ein wenig frisch machen? Ich könnte inzwischen ein paar Kleinigkeiten erledigen.«

Dankbar zog sie sich zurück und ließ im Waschraum das Wasser sprudeln. Sie kühlte ihre Hände, prickelnd schoss der Strahl auf ihre Pulsadern. Immer noch vibrierte ihr Zwerchfell. Sie atmete tief und ruhig, sog Luft in sich hinein. Als sich das Zucken in ihrem Bauch gelegt hatte, formte sie mit ihren Händen eine Schale, fing etwas Wasser auf und machte ihr

Gesicht frisch. Eines der Handtücher aus der Hortfeuertasche könnte sie jetzt gut gebrauchen. Michaela trocknete sich mit den Papiertüchern ab und strebte zurück ins Büro, wo Dr. Rehling gemütlich an seinem Schreibtisch saß und etwas in sein Aufnahmegerät diktierte. Die Hortfeuertasche hatte immer noch ihren Platz auf seinem Teppich. Mit den Waffen, die sie hier anschleppte, war sie eigentlich als Mandantin für Gustav nicht mehr tragbar.

»Du hast mich sprechen wollen?«, fragte sie.

»Es ist wegen Klaus. Du bist ja so besorgt wegen seiner Kontakte zu deinem Bruder.« Dr. Rehling machte ein nachdenkliches Gesicht. »Es gibt da zwei Sachen, die ich dir nicht vorenthalten möchte. Zum einen habe ich ihn am Mittwoch in seltsamer Gesellschaft gesehen. Es war auf dem Steindamm. Ich wartete im Auto an der Ampel, und Klaus sprach mit einem hier aus dem Viertel, den ich zufällig kenne. Er heißt Janosch Janosch und hat einen Laden irgendwo beim Hansaplatz.«

»Janosch vom Hansaplatz?«, fragte Michaela erstaunt.

»Dein Mann hat sich einen Beutel geben lassen und dann bar dafür bezahlt.«

»Mitten auf der Straße?«

»Nein, sie haben sich in einen Hauseingang gedrückt.«

»Wie sah der Beutel aus?«

»Er war aus Stoff mit einem Hamburgwappen.«

»War er voll?«, sagte Michaela, die an den Beutel in der Waldhütte dachte.

»Gut gefüllt.«

»Woher kennst du den Janosch vom Hansaplatz?«

»Ich kenne ihn nur flüchtig. Über einen Kollegen, der diesen Vogel Anfang des Jahres vor Gericht verteidigt hat. Es ging um Raubkopien.«

Michaela war elektrisiert. Klaus hatte Kontakt zu jemandem gehabt, der eng mit den Blaubündnern zu tun hatte? Kein Wort hatte er darüber verloren. Die Kontakte zu ihrem Bruder und den Schwarzbündnern waren schlimm genug. Was trieb er sich in St. Georg herum? Der war verrückt geworden!

»Und was war die zweite Sache?«, fragte sie.

»Am Montag war ich in Berlin. Nach einem langen Tag sind wir noch in einen Nachtklub gegangen. Und dort habe ich deinen Mann getroffen.«

Von Berlin hatte Klaus nichts erzählt, schoss es ihr durch den Kopf. Am Montag hatte er irgendeinen Termin in München gehabt.

»Du hast ihn in einer Woche zwei Mal getroffen?«, fragte sie.

Dr. Rehling nickte und sagte:

»Dein Mann war in dem Nachtklub nicht allein. Er befand sich in Gesellschaft von Berliner Bündnern, und er schien sich gut zu amüsieren. Ich bin wenig später gegangen.«

»Hat er dich gesehen?«

»Nein.«

In Michela brach sich eine unglaubliche Wut auf ihren Mann Bahn. Was war nur in den gefahren? Berliner Bündner – Janosch vom Hansaplatz – die pechschwarze Limousine: Der Anschlag heute Morgen hatte einen Hintergrund! Wie hing das alles zusammen? In ihr schwirrte es von überallher auf sie ein, bis sich alles drehte und ihr kein klarer Gedanke mehr blieb. Sie brauchte unbedingt Ruhe. Sie sagte:

»Du brauchst ein paar Unterschriften von mir?«

»Ja, sonst kommen wir mit der Grundstückssache nicht voran. Schön, dass du hier bist. Dann schicken wir es noch heute hinaus.«

Er reichte ihr eine Unterschriftenmappe. Drei Schriftstücke, zwei kürzere, ein längeres, waren zu unterschreiben. Dr. Rehling erklärte mit ein paar Worten, wo bei dem Grunderwerb in Buenos Aires Schwierigkeiten aufgetreten waren. Sie hörte zu, fragte nach und verstand, worum es ging. Alles Formalien. Sie unterschrieb die Schriftstücke und wandte sich zum Gehen. Beim Verabschieden sagte sie:

»Wir sprechen in den nächsten Tagen noch einmal.«

Vielleicht würde er auch morgen aus der Zeitung erfahren, was sie ihm zu sagen hatte. Michaela zog den Staubmantel über, bevor Dr. Rehling ihr behilflich sein konnte, und schulterte die Hortfeuertasche.

»Was trägst du denn da so schwer?«, fragte Dr. Rehling.

»Sachen von meinem Vater, die ich loswerden will.«

Michaela nahm den Fahrstuhl und ließ sich mit Hornissengebrumm nach unten bringen. Sie würde für die nächsten Tage ein Hotelzimmer brauchen können. Jetzt hatte sie eine Spur, wo sie suchen musste. Auf der Straße „An der Alster" brauste der Verkehr vorüber. Von der Gurlittstraße näherte sich ein Büttler und verteilte Strafzettel auf Strafzettel. Instinktiv drehte sich Michaela Mahr um und steuerte die Schmilinskystraße an. Sie könnte sich im Reichshof ein Zimmer nehmen. Der lag zentral, war aber auch weit genug vom Hauptbahnhof entfernt.

14

Ein wenig aufgeregt drückte Timo Hartwig den Lichtschalter im düsteren Treppenhaus. Schnurrend sprang das Licht an. Zwei, drei Minuten würde ihm der Zeitschalter gewähren, dann verschwömmen die Farben des alten Treppenhauses wieder im Zwielichtgrau. Beinahe hätte er Malte vergessen. Er wollte die Zeit nutzen.

Sein Sohn besaß eine Handhexe, was die Möglichkeit eröffnete, jeden Tag mit ihm zu sprechen. Vielleicht würde alles gut, so wie Hans es immer gemeint hatte. Timo drückte die Schnellwahltaste und starrte auf den Bildschirm. Die Verbindung wurde hergestellt: besetzt. Er drückte die Schnellwahltaste erneut, wiederum besetzt. Geduldig wiederholte er sein Fingerspiel, starrte voller Erwartung auf den Bildschirm und bekam nichts weiter als die Nachricht, dass Malte handhexte. Na ja, zum Glück waren die Einheiten teuer, das Gespräch würde nicht ewig dauern. Er drückte ein ums andere Mal, bis ihm das Licht die Gunst versagte. Kaum hatte er wieder für Helligkeit gesorgt, öffnete sich im Stockwerk über ihm eine Tür. Da war keiner zu Hause gewesen, als er vorhin geklingelt hatte. Eine quirlige Frau, Mitte vierzig, nahm flink die Treppe zu ihm herab. Auf seinen freundlichen Gruß bekam Timo Hartwig eine barsche Antwort:

»Das ist hier keine Telefonzelle!«

»Da haben Sie Recht«, sagte Timo. »Vorhin habe ich bei Ihnen geklingelt.«

»Das war nicht zu überhören. Worum ging's?«

»Herr Bodde hat mir schon weiterhelfen können.«

»Hat er wieder seine Frau verprügelt? Das passt zu ihm.«

Sie ließ ihn stehen und eilte die Treppe nach unten. Timo frischte das Licht auf und drückte erneut die Schnellwahltaste: Es war nicht besetzt:

»Malte Engler.«

Endlich!

»Da hat aber einer lange gehandhext«, sagte Timo.

»Stark, ich habe zum ersten Mal an einem Tag zwei Anrufe.«

Timo Hartwig spürte einen Stich in seiner Brust. Er fragte:

»Mit wem hast du gesprochen?«

»Mit Mama.«

»Und worüber?«

Kaum hatte Timo das gefragt, hörte er die Ermahnungen seines Mentors. Wenn er mit seinem Sohn zusammen sei, solle er nicht darauf aus sein, etwas über die Allmächtige in Erfahrung zu bringen. Aushorchen wäre nicht gut.

»Sie wollte wissen, wie es in der Schule war«, antwortete Malte.

»Und wie war's in der Schule?«

»Doof.«

»Wie doof?«

»So doof, dass die Knochen krachen.«

»Und was kommt gleich?«

»Das Doofe noch mal.«

»Und wie doof wird das sein?«

»So doof, dass die Knochen krachen.«

»Da weiß man wenigstens, was kommt.«

Sein Junge lachte vergnügt auf. Die Handhexerei durchfuhr Timo wie ein Lichtgeschenk.

»Was wollen wir am Nachmittag machen?«

»Nach Baltrum fahren!«

»Das ist aber weit«, entfuhr es Timo.

»Ach bitte!«

»Baltrum ist ganz weit von Hamburg entfernt.«

»Bitte, bitte, bitte!«, bettelte sein Sohn.

»Erst einmal wollen wir Mittag essen, wenn das Doofe vorbei ist, oder?«

»Und dann fahren wir nach Baltrum.«

»Warum gerade Baltrum?«

»Das ist die schönste Insel, die es gibt.«

»Und was ist so schön daran?«

»Das Parkhaus!«

Damit hatte Timo nicht gerechnet. Aus vielen Verhören und Gesprächen war er einiges an Antworten gewohnt. Diese hatte es in sich. Soweit er wusste, gab es auf Baltrum gar keine Autos.

»Was ist so Besonderes an dem Baltrumer Parkhaus?«

»Es ist das schönste Parkhaus von ganz Deutschland«, antwortete sein Sohn.

»Wie schön?«, wollte Timo wissen.

»So schön, dass die Knochen krachen.«

»Und die Hamburger Parkhäuser?«

»Die kannste vergessen.«

»Hat dich letztes Jahr ein Hund gebissen?«

»Nö.«

»Wann soll ich dich vor der Schule abholen?«

»Um zwölf Uhr fünfunddreißig ist Schluss.«

»Ich freu mich auf das Mittagessen!«, sagte Timo.

»Tschüs, Papa.«

»Tschüs, Sohnemann.«

Der Mitjäger Timo Hartwig lehnte an der Wand im Treppenhaus, wo der schwarze Lack auf den Holzhandläufen glänzte, wo die roten Stahlstreben leuchteten, wo die milchig weißgraue Wand Ruhe ausstrahlte. Das Licht erlosch. Alles verrutschte ins Zwielicht. Timo stieg träge die Treppe nach unten und trat ins Freie. Dass die Knochen krachen: Von Mal zu Mal wurde der Schock kleiner, doch jeder dieser Sätze traf Timo in die Magengrube. Die Sonne hatte sich bereits kraftvoll vorgearbeitet und tauchte den Heußweg in pralles Licht. Kuchkuchhotahai – Cinnamonkekse – Brötchenprinz & Treppentiger: Sein Sohn lag nicht unter einem Laken im Wohnzimmer; er würde ihn jeden Tag anrufen können.

15

Auch der Page hatte an der Hortfeuertasche schwer zu tragen. Äußerst sorgfältig setzte er das pralle Etwas auf der Kofferbank ab, worüber sich Michaela Mahr freute. Vielleicht sollte sie sich so einen Helfer für ihren Rachezug ausborgen. Selbst schleppen kostete unnötig Kraft. Sie gab einen Euro Trinkgeld und verriegelte hinter sich die Zimmertür. Das Einzelzimmer lag zur Straße „Borgesch", von wo es nur einen Flügelschlag bis zum Hansaplatz war. Durstig ging sie ins Badezimmer, drehte den Wasserhahn, blaukalt, auf und zuckte im letzten Moment zurück, bevor sie ihre Lippen benetzte. Braunkalt sprudelte eine Brühe ins blankweiße Becken, gurgelte in den Abfluss und wurde nicht weniger. Michaela drehte den Hahn ganz auf. Es sprudelte braunkalt, als wäre das der Trinkgenuss schlechthin. Bei der Dusche sah es gleich schlecht aus. Dann pochte und röchelte es in der Leitung, nur noch spuckend kam das Wasser hervor, bis es sich in Tropfen erschöpfte. Sie rief bei der Rezeption an:

»Was ist mit dem Wasser? Es ist braun.«

»Das tut mir leid, meine Dame. Wir haben einen eigenen Brunnen, auf den wir sehr stolz sind. Doch wir haben gerade Reparaturen an den Leitungen gehabt. In einer halben Stunde dürfte das Problem behoben sein.«

»Ich habe aber Durst.«

»Bedienen Sie sich bitte auf Kosten des Hauses aus der Kühlbox. Unsere Haustechniker sind dabei, das Problem zu lösen.«

Mit trockenem Mund machte sich Michaela über eine Flasche Sprudel her, legte sich aufs Bett und genoss das Prickeln auf Gaumen und Zunge. In kleinen Schlucken linderte sie ihren Durst, ließ sich Zeit dabei. So stark hatte sie sich an etwas so Schlichtem schon lange nicht mehr erfreut. Vielleicht wäre dieses Mal das letzte Mal. Sie würde gleich mit blonder Perücke und Sonnenbrille die Baumeisterstraße entlanggehen. Hansaplatz war reinstes Blaubündnergebiet. Wer steckte hinter den Anschlägen? Dass Klaus in dem Milieu herumgestochert hatte, verstand sie überhaupt nicht. Trieb sich in Hauseingängen mit einer so schmierigen Gestalt wie Janosch vom Hansaplatz herum. Die Vorstellung schnürte ihre Kehle zusammen.

Aus der Hortfeuertasche nahm sie die SIG-Sauer, dazu Schnüre, Klebeband, die MiniDV ohne die Kamera, zwei Handtücher, Verbandszeug, Perücke, Sonnenbrille, Handschuhe und die „Man weiß nie, wozu man sie gebrauchen kann“, ein Dreivierteljahrhundert durfte dieses Erbstück alt sein. Der Großvater hatte es dem Vater vermacht, und jetzt trug sie es bei sich. Sie verschloss das kleine Zahlenschloss der Hortfeuertasche und packte den Rucksack. Die gesicherte Pistole nahm sie in die tiefer genähte Manteltasche. Perücke und Sonnenbrille würde sie erst draußen anlegen; fürs Hotel wollte sie „Maria Müller“ bleiben, wie es in ihrem Pass hieß.

In der „Langen Reihe“ betrat Michaela den Supermarkt. Obwohl sie das Gefühl hatte, den Tag nicht zu überleben, wollte sie abends nicht im Hotelzimmer sitzen und alle Läden wären geschlossen. In den Einkaufswagen legte sie Zahnbürste, Zahnpasta und eine Rosenduschlotion. Bei den Keksen schaute sie nach den Cinnamon Shortbread Rings, doch war für diese Edelkekse St. Georg nicht das richtige Viertel. Ein

Schächtelchen Vollmilchschokoladenrosenblättchen, eine Tüte Studentenfutter, eine Banane und eine Orange sowie eine Halbliterflasche Sprudel landeten nach und nach im Gitterkasten. Vor ein paar Jahren hatte sie ihre Kinder noch im Wagen vor sich her geschoben. Nie wieder würden sie an der Kasse nach der Quengelware greifen. Still legte sie noch einen Friesenlolli aufs Band, bekam dafür ein Papiertütchen und bezahlte. Vor dem Einpacken setzte sie die Sonnenbrille auf, um die feuchten Augen zu verbergen.

Es war nun zwei Jahre her, dass sich ihr Mann und ihr Bruder näher gekommen waren. Sie hatte den Riss sofort gespürt, den es zwischen ihr und Klaus gab. Ihm war das Mandat für einige der legalen Firmen ihres Bruders wichtiger als seine Ehe. Der Umzug in die Bunkerburg brachte nicht die erhoffte Besserung. Jeder lebte für sich. Dann kam die Sache mit dem Hund, der langwierige Heilungsprozess. Michaela fühlte sich von Klaus und seiner Kaltherzigkeit schwer verletzt. Kaum humpelte sie einmal, beachtete er sie nicht mehr. Und nun stellte sich heraus, dass er da in eine zwielichtige Sache verwickelt war.

Die Tränen waren aus Michaelas Augen verschwunden, doch behielt sie die Sonnenbrille auf. In der Baumeisterstraße zog sie im Gehen die blonde Perücke über, in einem Fenster prüfte sie den Sitz. Sah gut aus. So konnte niemand sie erkennen. Sie war zu etwas völlig anderem geworden. Die SIG-Sauer in der rechten Tasche schwang angenehm beim Ausschreiten mit. Das Viertel um den Hansaplatz war eins der Hamburger Drogenlöcher, vor ihr torkelte eine Elendsgestalt an der Hauswand entlang, einen Köter mit verfilztem Fell im Schlepptau. Gegenüber war ein Straßenkehrer im Einsatz: wenigstens ein Lichtblick in diesem verdreckten Viertel. Drei Streifen Hamburg lagen in St. Georg dicht beieinander: die edle Alsterfront, wo Dr. Rehling residierte, die Lange Reihe, wo sich die Szene eingerichtet hatte, und das Elend des Drogenloches.

Das Sonnenlicht krabbelte über den Hansaplatz, in dessen Umfeld Janosch Janosch sein Souterraingeschäft führte. Michaela Mahr nahm die Stufen nach unten und betrat den ersten Verkaufsraum, auf einem Holzschild an der Wand war „Torrance“ zu lesen. Es roch nach indischen Gewürzen. Von Janosch Janosch war nichts zu sehen. Nur ein Mann stöberte in einer Pappkiste mit Filmplakaten.

»Verlassen Sie bitte den Laden«, sagte sie bestimmt. »Wir schließen gleich.«

»Haben Sie nicht bis abends offen?«, fragte der Kunde.

»Tut mir leid. Heute ist eine Ausnahme.«

Der Mann schaute genervt, wandte sich aber dem Ausgang zu. Michaela betrat den zweiten Verkaufsraum, auf einem Holzschild stand „Toluca Lake“. Zwei Boys hobelten sich die Augen wund an alten Männermagazinen. Sie klappten die Hefte zu, als Michaela neben sie trat. Sie sagte:

»Verlassen Sie bitte den Laden. Wir schließen gleich.«

»Haste einen an der Waffel? Mittags schließen?«

Die beiden Boys bauten sich frech vor ihr auf. Entspannt hielt sie ihre rechte Hand an die Pistole. In einer Bewegung würde sie sie entsichern und ziehen können. Sie antwortete:

»Ich bin die Besitzerin des Ladens. Wir haben einen Tipp bekommen, dass die Büttelei hier gleich aufkreuzen wird. Ist besser, wenn ihr verschwindet. Wir müssen noch aufräumen und brauchen keine Zuschauer. Kapiert?«

Beim Wort Büttelei legten die beiden Boys die Magazine zurück und verließen „Toluca Lake“. Ein herablassender Tonfall wirkte manchmal Wunder. Von Janosch war auch hier nichts zu sehen, dann musste er hinten sein. Kaum war sie zurück im „Torrance"-Raum – die drei Kunden waren bereits draußen –, trat Janosch Janosch zur Tür herein. Michaela Mahr entsicherte und zog die Pistole, was bei dem Schmierkopp alle Bewegungen auf Flucht stellte.

»Lauf nicht gleich weg!«

Janosch vom Hansaplatz zögerte. Michaela Mahr näherte sich ihm und befahl:

»Dreh dich um! Hände auf den Rücken!«

Der Schmierkopp gehorchte.

»Knie dich hin!«

Der Schmierkopp ging zu Boden. Sie holte Schnur und Klebeband aus dem Rucksack und fesselte seine Arme und Beine, so dass er nur noch Trippelschritte machen konnte, falls er doch Reißaus nehmen wollte. Sie filzte seine Taschen und zog einen Schlüsselbund hervor. Bewaffnet war er nicht. Vorne schloss sie die Ladentür ab und scheuchte den Schmierkopp in den hinteren Raum, eine Mischung aus Büro und Lager, auch hier hing ein Holzschild an der Wand: „Hermosa Beach". Mit einem Tritt in die Kniekehlen zwang sie Janosch Janosch zu Boden, sein Stöhnen begleitete sie zum Hintereingang, den sie gleichfalls versperrte.

»Janosch, wollen wir anfangen?«

»Was wollen Sie? Das Geld ist vorne in der Kasse.«

»Das, was ich will, ist hier versteckt.« Sie drückte den Lauf der SIG-Sauer auf seinen Mund. »Spuckst du es aus? Oder soll ich es herausschneiden?«

»Was denn?«

»Warum sollte ich dir verraten, was ich wissen will?« Sie holte die „Man weiß nie, wozu man sie gebrauchen kann" hervor. »Vielleicht redest du ja gleich, und dann steh ich hier, ohne meinen Spaß gehabt zu haben.«

Sie zog sich die Handschuhe über und strich mit dem kalten Erbeisen über seine Nase, seine Lippen, seine Wangen und seine Ohren. Angst zuckte über Janoschs Gesicht.

»Dein Fleisch ist weich. Welche Blutgruppe hast du?«

Das war ein Satz ihres Vaters, den Michaela voller Schrecken an ihrem fünfzehnten Geburtstag gehört hatte. Sie hatte nichts vergessen von dem, was gewesen war. Janosch vom Hansaplatz stand das Grausen ins Gesicht geschrieben. Mühsam brachte er hervor:

»AB.«

»Ich glaube, ich werde das nachprüfen müssen.«

»Nein!«, rief Janosch Janosch aus und wälzte sich am Boden von Michaela Mahr fort, blieb jedoch an einer Regalwand hängen, die den Raum teilte.

»Bist du ein Spielverderber?«

»Ich hab Ihnen doch nichts getan. Ich kenn Sie nicht mal.«

»Möchtest du mich kennen lernen?«

Voller Angst starrte Janosch Janosch Michaela Mahr an. Sie trat ihn mit aller Wucht in die Rippen. Er schrie auf. Sie hielt den Zeigefinger an die gespitzten Lippen und sagte:

»Ich bin nicht schwerhörig.«

In dem Schmierkopp löste sich alles auf, was er an Widerstand aufbieten konnte. Schweiß perlte über seine Stirn, sein Bauch pumpte. Noch sah Michaela Mahr nirgends Blut. Die Stimme der Grimms in ihr befahl ihr weiterzumachen. Sie war auf dem richtigen Weg. Dieser Janosch vom Hansaplatz wusste, was sie wissen wollte, und es tat ihr gut, ihn leiden zu sehen, weil sie wusste, dass er ihr nicht gewachsen war. Sie holte aus dem Rucksack Klebeband hervor.

»Ich klebe dir den Mund zu.«

»Was hab ich getan? So sagen Sie doch, was Sie wissen wollen!«

»Komm her.«

Er schüttelte den Kopf und drückte sich, auf dem Boden liegend, dichter an die Regalwand. Sie schob sich einen Stuhl zurecht und nahm Platz.

»Komm her.«

Sie wartete viele Flügelschläge lang: Alstervorland – Rotherbaum – Eimsbüttel. Michaela Mahr nahm die „Man weiß nie, wozu man sie gebrauchen kann" in die Hand, löste den Sicherungsbolzen und ließ sie aufspringen. Schnapp. Langsam drückte sie den Schnabel zusammen. Ein zartes Quietschen erfüllte den Raum. Schnürk. Sie entspannte ihre Handmuskulatur, der Schnabel öffnete sich. Schnapp. Schnürk.

»Wenn ich zu dir komme, tut es weh.«

Schnapp – schnürk – schnapp.

Janosch Janosch starrte Michaela Mahr an, wälzte sich mühsam auf dem Boden herum und robbte zu ihr, bis sein Kopf ihre Füße berührte. Sie zog vom Klebeband einen Streifen ab und schnürkte ihn ab. Sie nahm eines der Handtücher, tupfte Janoschs Lippen und Wangen ab und drückte den Klebebandstreifen auf seinen Mund.

Schnapp – schnürk – schnapp.

Voller Furcht blickte er sie an. Sie sagte:

»Ich mag es, wenn man sich der Reihe nach vorarbeitet. Eine schöne Tortur muss einen Anfang haben, eine Mitte und ein Ende. Unseren Anfang haben wir beide gut hinbekommen. Ich würde dir gerne ein Ohr abschneiden. Darf ich das?«

Wild schüttelte er seinen Kopf. Sie sagte:

»Blut gehört dazu. Glaub es mir. Wir wollen beide unseren Spaß haben, oder?«

Er schüttelte zustimmend den Kopf.

»Ich kann dir auch den Blutaar ritzen. Dazu drehe ich dich auf den Rücken und trenne deine Rippen von der Wirbelsäule, um sie nach außen zu biegen. Sie schneiden sich so leicht wie Rosenstöcke.«

Schnapp – schnürk – schnapp.

Aus seinen Augen schrie blankes Entsetzen.

»Der Aar, das wäre das Ende. Doch so weit sind wir noch nicht.«

Sie stand auf und stieg auf seinen pumpenden Bauch, der deutlich unter ihrem Gewicht nachgab. Mit beiden Armen balancierte sie auf ihm.

»Sag jetzt nicht, dass ich dick bin.«

Sie sprang in die Luft und landete mit beiden Füßen auf dem Dielenboden: rums. Michaela Mahr sprang wieder in die Luft, jetzt aber viel höher, und landete neben dem Schmierkoppkopf: krachrums.

»Möchtest du dein Gesicht verlieren?«

Janosch Janosch schüttelte den Kopf.

»Darf ich dir glauben?«

Janosch Janosch nickte. Auf seiner Stirn zerflossen die Schweißperlen zu Schnüren. Mit dem Schwung aus einer Drehung trat Michaela Mahr ihm erneut in die Rippen. Er krümmte sich vor Schmerzen.

»Möchtest du reden?«

Janosch Janosch nickte eifrig. Wieder rammte ihm Michaela Mahr den Fuß in die Seite.

»Spielverderber! Ich hab doch noch gar nicht angefangen.«

Schnapp – schnürk – schnapp.

Sie hockte sich neben ihn und streichelte mit der „Man weiß nie, wozu man sie gebrauchen kann" sein Gesicht, zog die Schweißschnüre zu Mustern zusammen, befeuchtete das Hortfeuereisen, vom Großvater dem Vater vererbt, vom Vater der Tochter geschenkt. Sie bohrte den Schnürkschnabel ins linke Nasenloch.

»Die Haut hier ist so zart wie ein Rosenblatt.«

Janoschs Kopf wurde von Michaela Mahr gegen das Tischbein gedrückt. Behutsam bohrte sie den geöffneten Schnürkschnabel auch ins rechte Nasenloch. Sie schob den Schnappschnabel tiefer in die Nase des Schmierkopps und drückte ihre Hand zusammen.

Aus der aufgeschnittenen Nasenscheidewand rann ein kräftiger Blutstrahl über die Oberlippe und perlte in mehreren Fäden über die Wangen. Michaela musste beständig mit dem Handtuch das Blut auftupfen, so unablässig quoll es aus der Wunde.

»Bekommst du noch genügend Luft durch die Nase?«

Janosch Janosch schüttelte ganz leicht den eingeklemmten Kopf.

»Ich könnte dir einen Kehlkopfschnitt setzen.«

Schnapp – schnürk – schnapp.

Janosch Janosch schüttelte heftig den Kopf und bekam ihn fast frei, doch Michaela Mahr nahm ihn in den Schwitzkasten und drückte das Handtuch auf seine Nase. Neugierig blickte sie ihm in die Augen. Jetzt bekam er keine Luft mehr. Sein Körper bäumte sich auf und rebellierte gegen das Ersticken. Michaela Mahr genoss sein Leiden. Er würde alles erzählen, was sie wissen wollte. So gefesselt, wie er war, konnte er sich fast nicht bewegen. Sie musste kaum Kraft aufwenden, um ihm die Luft abzudrücken. Seine Augen waren braun wie Kaltwasser aus dem Reichshofbrunnen. Die Atemnot setzte dem Schmierkopp arg zu. War er mit schuld an dem Tod ihrer Töchter? Wer das Hortfeuer antastete, kam darin um. Janosch Janosch kannte die Gesetze der Bündnerwelt. Für ein wenig Geld hatte er ein Unheil heraufbeschworen. Noch eine Zuckung gönnte sich Michaela Mahr, dann gab sie seine Nase wieder frei. Sie wollte von ihm wissen, was er wusste.

Ruckartig blähten sich die Flügel.

Jeder Atemzug pustete Blut über seinen Mund.

Sie zog das Klebeband mit einem Schwung ab. Heftig rang Janosch Janosch nach Luft. Sobald er wieder zu Atem gekommen war, ließ er es sich gefallen, dass Michaela Mahr ihm die blutende Nase mit einem Handtuchzipfel zuhielt.

»Die Blutung ist gleich gestillt. So tief habe ich nicht geschnitten.«

»Sie sind wahnsinnig«, röchelte Janosch vom Hansaplatz.

»Blutaar, Kehlkopfschnitt oder Ohr: Du hast die Wahl.«

»Was wollen Sie überhaupt wissen?«

»Alles.«

Schnapp – schnürk – schnapp.

»Wie alles?«

»Du weißt viel und hast eine Menge gehört. Wir haben Zeit. Kein Kunde wird uns stören.«

Während der nächsten zehn Minuten erzählte Janosch alles, was sie wissen wollte. Er hatte sich mit Klaus getroffen und ihm die MiniDVs übergeben. Fünfundzwanzig Stück, zwei Dutzend leere Bänder und ein bespieltes. Was darauf sei, wisse er nicht. Die Tüte mit den Bändern habe er nur kurze Zeit gehabt. Für fünftausend Euro habe er die Bänder überbracht. Ob der Herr Mahr sonst noch Geld zahlen musste, wisse er nicht. Sein Auftraggeber sei einer von den Blaubündnern, Marc Dirkler.

Janosch vom Hansaplatz kannte die Gesetze. Sie stopfte ihm das Handtuch in den Mund und drückte den Rest des Stoffs auf die angeschnürkte Nase.

Mit aller Kraft wand sich der Schmierkopp in ihren Armen. Doch gefesselt hatte er keinen Halt, um sich aus der tödlichen Umklammerung zu lösen. Sein Todeskampf würde ein bis zwei Minuten dauern, je nachdem, wie viel Luft er noch hatte. So wie er sich drehte und strampelte, würde es nicht lange dauern. Er versuchte seinen Kopf zu drehen. Mit einem Ruck nach links, dann mit einem Ruck nach rechts.

Michaela war in die Horfteuerwelt ihres Vaters geboren worden, hatte mit ihrer Herkunft gebrochen und steckte nun doch wieder mittendrin. Es war ein Freitagmittag im Juni des Jahres 2005, sie hatte keine Sultana Biscuits in der „Langen Reihe" kaufen können, auch keine Cinnamon Shortbread Rings oder Toffee & Pecan Biscuits, dafür aber Studentenfutter und einen Friesenlolli. Die Sultana Biscuits kauten sich leicht und hatten durch die Rosinen etwas Weiches und Zähes zugleich in sich, der Teig hatte eine verführerische Herbheit, die den Cinnamon Shortbread Rings abging, denen verlieh der Zimt jedoch ein unvergleichliches Aroma. Die Toffee & Pecan Biscuits wiesen von allen Keksen den brüchigsten Teig auf. Sie kauten sich anfangs eher schlecht, sobald der Karamell im Verein mit den Pecannüssen aber seinen Siegeszug antrat, durften sie stolz vortreten. Miena mochte die Sultana Biscuits am liebsten, Andel die Toffee & Pecan Biscuits. Sie bekamen zur Belohnung immer nur einen aus der kaltwasserblauen Blechdose, auf der sich türkisfarbene Bänder und Schleifen rankten und die oben auf dem Küchenschrank stand. Die Dose hatte ihrem Vater gehört, der darin schon seine Kekse aufbewahrt hatte. Wann immer Michaela einen Keks hatte haben wollen, war sie zu ihrem Vater gelaufen, der ihr meist auch einen geschenkt hatte. Seit drei Jahren gehörte die Dose ihr. Max hatte sich fürchterlich darüber geärgert, dass seine Schwester diese Blechdose vermacht bekam.

Janosch vom Hansaplatz war ein Schmierkopp par excellence. Nie wieder würde er durch „Torrance", „Toluca Lake" und „Hermosa Beach“ geistern, nie wieder Kunden Stücke aus seinem Sammelsurium verkaufen.

Auch wenn es nur eine Antwort gab: Rache.

Durfte man sie verweigern?

Michaela Mahr war zwar im Hortfeuer aufgewachsen, doch hatte sie sich bereits vor langer Zeit von ihm losgesagt. Nach ihrem fünfzehnten Geburtstag hatte sie auf ihren Vater geflucht und mit achtzehn gegen ihn aufbegehrt. Doch sie war nichts geworden, worauf sie stolz sein konnte. Nach den Gesetzen des Hortfeuers musste sie Janosch vom Hansaplatz töten. Man konnte aber auch einfach das Gegenteil von dem tun, was man eigentlich vorhatte. Das war eine ihrer Lebensregeln. Sie konnte ihn am Leben lassen.

Sie zog das Handtuch aus Janoschs Mund und schaute ihm zu, wie er keuchend und japsend Luft pumpte. So ganz gestillt war die Blutung in der angeschnürkten Nase noch nicht. Sie ließ seinen Kopf zu Boden gleiten und holte das Verbandszeug hervor. Sie nahm sich, was sie brauchte, und zog Janosch ein wenig zum Regal hinüber, das den Raum teilte und wo der Boden frei von Blutspritzern war. Sie setzte sich bequem hin und sagte zu ihrem Pflegefall:

»Komm, leg deinen Kopf in meinen Schoß.«

Kuhäugig glotzte Janosch Janosch Michaela an. Sie hatte sich von der Welt ihres Vaters losgesagt, sie musste nicht so handeln, wie er es getan hätte. Sie fädelte den Faden ein und sagte:

»Ich muss deine Nase nähen. So kann ich dich hier nicht liegen lassen. Wir sind noch nicht am Ende.«

Janosch vom Hansaplatz drehte sich leicht und bettete seinen Kopf in ihren Schoß. Sein Blick folgte ihren Fingern, die den Faden abschnürkten. Mit Nadel und Pinzette nähte sie den Schnitt in der Nasenscheidewand. Immer wieder tupfte sie Blut von seiner Oberlippe. Nach dem letzten Stich cremte sie den Schnitt von beiden Seiten ein und führte zwei Verbandsröllchen in die Nasenlöcher ein.

»Du solltest noch eine Weile ruhig hier liegen bleiben. Den Laden lasse ich geschlossen. Durch die Hintertür kommt man auf die Straße?«

»Ja.«

»Übers Wochenende solltest du deine Nase schonen. Wenn es weh tut, geh am besten zum Arzt. Die Röllchen wechselst du jeden Tag. Und wenn alles verheilt ist, gehst du zu einem HNO-Arzt, der kann dir die Fäden ziehen.«

Den kleinen Scherz schien Janosch vom Hansaplatz nicht zu verstehen, unverändert starrte er voller Todesangst zu ihr hin. Er mochte noch nicht glauben, dass Michaela ihn verschonen würde. Sie packte ihre Sachen zusammen, schloss die Hintertür auf, warf den Schlüssel in Richtung des Schmierkopps und trat in den schattigen Hinterhof hinaus. Mit wenigen Schritten war sie auf dem Hansaplatz und steuerte auf die Rostocker Straße zu. Die Blaubündner waren es. Irgendein Marc Dirkler war der Nächste, den sie finden musste.

16

Parkhaus – Baltrum – „Dass die Knochen krachen“: Er musste den Kopf freibekommen. Malte verhielt sich nicht so, wie man es sich als Vater wünschte. Sein Sohn brauchte ihn. Da lief etwas schief. Mit jedem dieser Gedanken spürte Timo stärker seine Ohnmacht. Heute würde er nicht reparieren können, was in vier Jahren kaputtgegangen war. Ein paar Häuser sollte er noch schaffen, bevor er im Strauß mit seinem Sohn Mittag äße. Er musste sich zwingen, an etwas anderes zu denken.

So hübsch zog sich der Heußweg dahin. Die Wolke am Himmel könnte ein Vorzeichen sein für einen Guss.

Zum Mittagessen gäbe es keine Cinnamonkekse. Oder doch? Spaghetti mit Zimtkeks: Wie das wohl schmeckte, wenn man ihn in die Tomatensoße stippte, oder Cola mit Sahne? Mit Mia würde er gerne am Wochenende ausgehen. Herausfinden, in welchem Freibad sie am liebsten baden ginge. Wie es sich wohl anhörte, wenn sie lachte? Lachen verriet mehr über den Charakter eines Menschen als das Nippen am Kakao. Sie war so ruhig gewesen. Auf eine seltsame Weise in sich gekehrt.

Seine Handhexe klingelte. Es war Hans:

»Wie geht es?«

»Die Mahr ist eine widersprüchliche Frau. Hier in der Straße kennen sie viele vom Sehen.«

»Das meinte ich nicht«, sagte Hans.

»Malte?«

»Genau. Kommt ihr klar?«

»Hab gerade mit ihm gehandhext.«

»In der großen Pause?«

»Ja, nach der fünften Stunde gehen wir Mittag essen.«

»Erwarte nicht zu viel vom ersten Tag. Bleib locker.«

»Ich würde gerne am Wochenende mit dir mal genauer darüber reden, wie es gelaufen ist.«

»Machen wir.«

»Und was gibt es Neues zum Fall?«, fragte Timo.

»Der scheint Kreise zu ziehen. Ich ruf gerade vom Flughafen an.«

»Was ist los?«

»Erzähle ich dir später.«

Wieder ein Handhexengespräch, bei dem sich Timo wie ein „Liftboy" fühlte.

Gruß auf Gruß. Und die Handhexe verschwand in seiner Tasche. Zurück ins Haus. Da waren noch ein paar Türen, an denen er klingeln wollte. Zuletzt hatte er mit Herrn Bodde über die Pitbull-Sache geredet. Im ersten Stock öffnete an den anderen zwei Türen keiner. Im Erdgeschoss hatte er mehr Glück. Es öffnete ein junger Mann, Norddeich sein Name.

»Die Frau kenne ich. Nicht richtig. Aber vom Sehen. Ein-, zweimal im Monat laufen wir uns über den Weg.«

»Ist Ihnen irgendetwas aufgefallen?«

»Sie sieht gut aus.«

»Sie gefällt Ihnen?«

»Ja, schon. Da läuft aber nichts. Die ist verheiratet, hat ihre Kinder.«

»Haben Sie zufällig ein Foto von ihr?«

»Sie meinen, ob ich mit meiner Knipse mal draufgehalten hätte?«

Herr Norddeich holte seine Fotohandhexe hervor, rückte Timo Hartwig ins Bild und drückte auf den Auslöser.

»Und«, fragte Timo lachend, »könnte ich ein Foto von Frau Mahr haben?«

»Nein.«

»Warum nicht?«

»Hab keins«, sagte der junge Mann. »Einmal habe ich sie fotografiert. Niendorf Markt. Sie hat mich gebeten, das Foto zu löschen.«

»Haben Sie es getan?«

»Natürlich. Das ist Ehrensache.«

»Was könnte Frau Mahr in Niendorf Markt gemacht haben?«

»Hab mich auch gewundert. Bin dort häufiger, ein Freund wohnt dort. Ich hab die Frau Mahr dort noch mal gesehen.«

Mit jedem kleinen Hinweis wurde Timo Hartwig neugieriger. Vielleicht war sie gar nicht zu den Schwarzbündnern geflohen. Das wäre schon etwas, wenn er bei diesen Klingelaktionen herausfände, wo sie sich versteckte. Er suchte hier nach Frau Mahr, weil alle der Meinung waren, dass er sie hier nicht finden könnte. Doch gerade dieser junge Spund, Herr Norddeich, hatte seinen Ehrgeiz wachgerufen. Es wäre triumphal genial, wenn er am Ende des Tages seine Aufgabe gelöst hätte, obwohl er eigentlich keine Zeit dafür hatte.

Er notierte sich den Hinweis. Niendorf Markt lag vier Stationen von der Osterstraße entfernt. Sonst nichts im Erdgeschoss.

Ein paar Leute aus dem Heußweg kannten die Familie. Je weiter er sich jedoch vom Bunker wegbewegte, desto öfter musste er erklären, wo die Familie Mahr wohnte. Zwei Häuser hatte er sich in Geduld zu üben, bis er wieder einen Treffer landete, einen wirklichen Treffer. Endlich! Die ältere Frau trug eine Küchenschürze und hielt ein Geschirrtuch in den nassen Händen. Timo Hartwig fragte Frau Becks:

»Kennen Sie die Familie Mahr …«

Bevor er seinen Spruch vollenden konnte, wurde er von der Frau unterbrochen:

»Nein. Worum geht es?«

»Ich bin von der Büttelei und …«

»Milda, komm doch mal!«, rief sie durch den Flur. »Meine Freundin wird Ihnen helfen können. Sie ist die Haushälterin bei den Mahrs. Treten Sie ein.«

In der Tür zum Wohnzimmer tauchte die sichtlich mitgenommene Frau Athmer auf.

»Es tut mir leid, dass ich …«, sagte sie. »Ihre Kollegen wollten bei mir vorbeikommen, doch ich musste mit jemandem reden.«

»Ist schon gut. Wir haben Sie ja gefunden.«

»Ich muss wieder in die Küche«, sagte Frau Beck. »Nehmen Sie Platz. Sie können sich hier unterhalten.«

Sie schloss die Wohnzimmertür. Die fahrig wirkende Frau Athmer ließ sich aufs Sofa sacken, unruhig kullerten ihre Augen. Da musste im Bunker etwas schief gelaufen sein, dass man so eine wichtige Zeugin einfach gehen ließ. Aber dafür hatten sie ja den Treppentiger. Das war der Fund, den er brauchte.

Timo nahm Platz und fühlte sich wohl in dem weit ausladenden Ledersessel. Er legte sich Stift und Block zurecht. Auf Frau Athmers Stirn glänzten ein paar Schweißperlen. Und ihre Augen waren vertränt. Timo sprach ihr gut zu, es sei alles in Ordnung, sie habe sich völlig richtig verhalten. Sie könne noch bei ihrer Freundin in Ruhe Mittag essen, dann würde man sie dann gerne ins Bütteleihaupthaus bringen, sie sei eine ganz wichtige Zeugin. Milda Athmer nickte, schluckte, nickte, tupfte sich mit einem Taschentuch, das recht feucht schien, Stirn und Augenwinkel ab.

»Es war da so ruhig am Morgen«, sagte sie. »Ich hatte gleich ein schlechtes Gefühl. Und dann die Laken im Wohnzimmer. Ich bin fast ohnmächtig geworden. Haben Sie Frau Mahr schon gefunden?«

»Wir suchen sie. Haben Sie eine Idee, wo sie sein könnte?«

»Vielleicht bei Freunden.«

»Niendorf Markt?«

»Nein, da kennt sie niemanden.«

»Sicher?«

»Sie legt viel Wert auf Recht und Ordnung. Ihr ist bestimmt was zugestoßen, sonst hätte sie sich gemeldet.«

Entführung, notierte sich Timo Hartwig. Er setzte dann aber doch ein Fragezeichen dahinter und fragte:

»Wie war das Verhältnis zwischen ihr und ihrem Mann?«

»Sie haben eine gute Ehe geführt.«

»Gab es auch mal Streit?«

»Nicht in meiner Gegenwart. Frau Mahr hat mal davon erzählt. Das letzte Jahr ist nicht leicht gewesen. Sie war ja krank, und ihr Mann hat viel zu tun gehabt.«

»Was hatte sie?«, fragte Timo.

»Sie ist von einem Hund gebissen worden, und das hat und hat nicht heilen wollen.«

»Vom Hund gebissen? Wissen Sie mehr darüber?«

»Gegenüber der Bushaltestelle ist das gewesen. Ein Jahr her vielleicht.«

»Mehr hat sie Ihnen nicht erzählt?«

»Das ist schon eine ganze Menge für sie. Viele Worte macht sie nicht. Sie hat starke Schmerzen gehabt, aber nie geklagt«, sagte Milda Athmer, die sich allmählich beruhigte. »Ein halbes Jahr ist sie an Krücken gegangen.«

»Haben Sie sie mal darauf angesprochen?« Er schien selbst mehr zu wissen als die Hausangestellte.

»Es muss sich etwas entzündet haben. Sie hat lange gebraucht, um sich davon zu erholen. Und die Ehe hat darunter gelitten.«

»Und die Kinder?«, fragte Timo.

Milda Athmers Mundwinkel zuckten leicht, sie griff ihr Taschentuch fester. Ihre Lippen fingen an zu beben, Tränen flossen. Sie schluchzte, stand auf, ging hinaus auf den Balkon und gab ein Handzeichen über die Schulter. Sah so aus, als wollte sie mit ihrem Schmerz allein sein. Timo holte seine Handhexe hervor und smste ein paar Worte an Clas:

Habe Frau Athmer gefunden. Schick jemanden vorbei.

Dazu tippte er noch die Anschrift. Milda Athmer stand im Sonnenlicht und stützte sich mit den Händen aufs Geländer. Immer wieder tupfte sie mit dem Taschentuch im Gesicht herum. So bequem Timo im Sessel saß, sie tat ihm leid. Er hatte auch die drei Laken gesehen. Doch Frau Athmer hatte die beiden Mädchen über all die Jahre heranwachsen gesehen. Sie dürfte sie geliebt haben wie eigene Kinder. Ohne diesen Morgen würden die beiden Mädchen in zwanzig Minuten den Heußweg entlangkommen, sich aufs Mittagessen freuen. Als er merkte, dass seine Augen feucht wurden, zog er ein Taschentuch hervor. Seine Handhexe hoppelte. Clas hatte ihm eine SMS geschickt:

Prima Tiger! Zwei Büttler sind unterwegs. Danke.

Timo hielt seine Handhexe in der offenen Hand und smste an seinen Sohn:

Freu mich schon aufs Essen. Bis gleich.

Er könnte seinem Sohn so viele SMS schicken, wie er wollte. Jeden Tag, wann immer er wollte.

17

Mit wilden Schritten ging Michaela Mahr die Rostocker Straße hinunter. Es war so leicht gewesen, Janosch zum Reden zu bringen. Ihr Vater wäre stolz auf sie, und gerade das beunruhigte sie und berauschte sie zugleich. Sie war nicht zu weich, wie ihr Vater immer gedacht hatte. Sie hatte seine Welt rigoros abgelehnt, und nun wurde ihr mit jedem Schritt klarer, wie tief sie in dieser Welt verwurzelt war. Sie konnte so frei handeln, wie sie wollte. Sie musste niemanden um Hilfe bitten, und sie würde auch nicht auf Gerechtigkeit warten müssen. Sie wollte Rache: jetzt, sofort und ohne Gnade. Und wenn sie es als richtig empfand, konnte sie auch jemanden verschonen, selbst wenn der den Tod verdient hatte. Rechter Hand lag der Steindamm mit dem Unterschlupf der Blaubündner, den Janosch genannt hatte, linker Hand lockte die „Lange Reihe“ mit zahllosen Lokalen.

Sie sollte am besten auch gleich bei den Blaubündnern vorbeischauen und dort aufräumen. Was bei Janosch gut gegangen war, musste aber bei den Blaubündnern nicht klappen. Das waren härtere Brocken. Vor allem lungerten da keine weichkinnigen Boys herum, denen man nur einmal streng in die Augen blicken musste, damit sie den Schwanz einzogen. Würde sie dort von Marc Dirkler die Antwort bekommen, wer hinter den Anschlägen steckte? Sie war sich nicht sicher, ob sie dort auch wirklich die Richtigen erwischte. Ob sie mit ihrem Bruder reden sollte? Über kurz oder lang musste sie es sowieso. Sie konnte noch immer nicht einschätzen, welche Rolle er in der ganzen Angelegenheit spielte.

An der Schmilinskystraße bog Michaela nach links ab. Erst einmal brauchte sie ein ordentliches Mittagessen. Dabei hätte sie genügend Zeit für ruhige Gedanken. Sie nahm die Perücke ab, verstaute sie samt Sonnenbrille im Rucksack und strich ihr Haar zurecht. Vielleicht sollte sie einfach ihre Sachen packen, Kian Hajat anrufen und sich im Taxi nach Lübeck fahren lassen. Dort übernachten und am Sonnabend nach Kopenhagen weiterreisen. Von dort wäre die weitere Flucht leicht zu planen. Und in Buenos Aires würde sie anfangen, das Grüne Heupferd zu schützen und all das, was es brauchte, um sich wohl zu fühlen: Wilde Möhre – Johanniskraut – Wiesenknopf – Flockenblume – Huflattich. Auf einer Wiese Kräuter pflücken. Das war die friedliche Seite ihres Vaters gewesen, wie Mia sie als kleines Mädchen im Klövensteen hatte erleben dürfen.

An der Ampel bei der „Langen Reihe" rief eine Frau:

»Mia, schön dich zu sehen!«

»Jetzt hast du mir doch einen Schrecken eingejagt.«

»Tut mir leid. Ich komme gerade aus der Filmstube und will einen Happen essen. Magst du mitkommen?«

»Wohin denn?«

»Zu ‚Frau Möller'.«

Mia folgte der rothaarigen „Seom"-„El Topo"-„Nostalghia"-Schätzerin in das urige Lokal, dessen Glastüren weit geöffnet waren und viel Luft ins Innere strömen ließen. So früh am Mittag waren kaum Gäste an den Tischen. Alma ging zielstrebig an der Theke vorbei und sagte:

»Wir setzen uns hinten hin. Pass auf die Dielen auf. Sie sind ausgetreten.«

Die Dielen wirkten wie ausgehobelt und schwangen stärker als die Bohlen im Biergarten des Strauß. Zum Glück hatte Mia gute Schuhe an. Am Tisch setzte sie sich mit dem Rücken zur Wand, so hatte sie die Straße gut im Blick. Ihren Mantel legte sie so auf der Holzbank zurecht, dass sie schnell an die Waffe kommen konnte. Ein paar Blicke nach allen Seiten, und sie fühlte sich sicher. Von der Straße war sie kaum zu sehen, während sie von hier den Überblick hatte.

»Hier gibt's nur einfache Sachen. Ich nehm das Bauernfrühstück«, sagte Alma.

»Die Preise sind günstig«, sagte Mia beim Überfliegen der Karte.

Einfachste Tische – einfachste Bänke – dazu die pittoresk ausgetretenen Dielen: Lokale wie „Frau Möller" hatte sie schon lange nicht mehr besucht. Aber jetzt mochte sie es. Die Kellnerin nahm die Bestellungen auf und zündete auch die stummelige Kerze an, die ein Tropfenwerk aus Wachs an ihrer Seite hatte.

»Das ist unser Stammlokal«, sagte Alma. »Nach unserem Monatstreffen im Kulturladen gehen wir immer noch möllern. Das dauert dann bis drei oder vier. Im Sommer wackelt der harte Kern dann an die Alster und wartet auf den Sonnenaufgang.«

»Was ist die Filmstube?«, fragte Mia, die ein wenig Ablenkung nach der Janoschsache gut gebrauchen konnte.

Alma erzählte von diesem Netzwerk unabhängiger Filmemacher. Man drehe dort Filme auf der Basis „Ich helfe dir bei deinem Film, du hilfst mir bei meinem Film". Einmal im Jahr veranstalte man eine Kinonacht im „Metropolis". Im WWW-Forum habe man hundertfünfzig Mitglieder. Zu den Treffen kämen dreißig bis sechzig Leute. Irgendwie finde sich immer einer, der einen Biemer mitbringe, und so würde man frisch gedrehte Kurzfilme ansehen. Und über dies und das schnacken, neue Projekte vorstellen, sich streiten, sich versöhnen und davon träumen, das deutsche Kino zu revolutionieren.

Mia knickte eine Tropfenspur von der Kerze ab. Seit so vielen Jahren war sie nur noch in Restaurants zu Gast gewesen, wo man das unmöglich tun durfte. Zu Weihnachten hatte sie den Miedelmädchen verboten, mit dem Wachs zu spielen. Die Bunkerburg sollte schließlich nicht abbrennen. Sie führte den Tropfenstab zum Docht und fütterte die Flamme, die gierig zu schlecken anfing. Mit jedem Tropfen wurde Mia ruhiger. Beiläufig fragte sie:

»Studiert dein Freund auch Film?«

»Wir haben uns gerade getrennt. Habe, kurz nachdem du weg warst, eine SMS bekommen.«

»Traurig?«

»Nein, ich hab es vorher gewusst.«

Michaela Mahr zuckte zusammen. Auf der Schmilinskystraße hielt eine teerschwarze Limousine. Zwei Männer saßen darin. Sie erinnerten Michaela an die beiden Männer in der Bunkerburg. Von der Seite betrachtet, könnten es die Mörder sein! Sie drückte die leckende Tropfenstange gegen den Kerzenstummel und ließ die Hand zu ihrem Staubmantel gleiten. Die Seitenfenster der Limousine waren geöffnet und die Männer in ein Gespräch vertieft. Der Augenblick der Rache war gekommen. Sie stand auf, den Mantel über dem Arm, und steuerte das geöffnete Türenfenster an.

»Was ist los, Mia?«, fragte Alma.

»Bleib, wo du bist.«

Mit wenigen Schritten war Michaela Mahr auf dem Gehweg der Schmilinskystraße. Zwei Schritte noch und sie wäre am Seitenfenster und könnte die beiden Männer exekutieren. Die teerfarbene Limousine sah so aus wie die aus dem Heußweg. Doch der Mann am Steuer hatte einen zu fleischigen

Nacken. Sie machte ein paar Schritte zum Kofferraum, um sich das Kennzeichen anzusehen. Ein HH-Kennzeichen, kein B-Kennzeichen. Dazu prangte auf der linken Kofferraumseite ein Aufkleber:

Schiet
ge
schiet

Und rechts glänzte die Syltsilhouette. Zudem lag auf dem Rücksitz ein Blumenstrauß. Das waren nicht die Mörder. Noch im Jagdfieber, blickte sich Michaela um. Die Stimme der Grimms in ihr sagte, dass die Mörder irgendwo unterwegs waren. Sie würden sich nicht verstecken. Enttäuscht ging Mia zurück ins „Frau Möller" und setzte sich. Falscher Alarm.

»Schickes Auto«, meinte Alma.

Mia legte sorgfältig den Mantel zurecht und begann wieder mit der Tropfenstange und dem Feuer zu spielen. Wie hätte Alma wohl gekuckt, wenn sie die beiden Männer auf offener Straße hingerichtet hätte? Wer aus dem Hortfeuer kam, machte so etwas.

Der Staubmantel mit der SIG-Sauer lag griffbereit auf der Bank, ihre Blicke kreisten durchs „Frau Möller", schlenderten hinaus auf die Schmilinskystraße und hüpften hinüber zur „Langen Reihe", während Alma sich den Ärger von der Seele redete. Mit einer SMS habe noch nie einer mit ihr Schluss gemacht!

Die Bratkartoffeln mit Spiegeleiern waren einfache Kost. Mia kringelte einen langen Wurm Ketchup darüber, trank vom Sprudel und dachte an den charmant-schüchternen Spiegelmann aus dem Strauß. Es war schön, mit Alma hier zu sitzen.

Während Alma weitererzählte, behielt sie die Straße im Auge, gabelte Bratkartoffel um Bratkartoffel auf und war sich sicher: Jeden Moment könnte ihr einer der Mörder begegnen.

Sie ermahnte sich, nicht leichtsinnig zu werden. So entspannend das Zusammensein mit der jungen rothaarigen Frau war, sie durfte sich keinen Fehler erlauben.

»Schmeckt es dir?«, fragte Alma.

»Doch, doch. Habe lange nicht mehr so was gegessen.«

»Wollen wir am Wochenende zusammen ‚El Topo' kucken?«

»Vielleicht«, sagte Mia. In Hamburg war zu wenig Wüste. Es müsste Sand geben, überall Sand.

»Ich könnte Gesellschaft gebrauchen.«

»Ich hätte Lust. Nur weiß ich nicht, ob ich in Hamburg sein werde. Das entscheidet sich erst heute Nachmittag.«

»Schade.«

Die junge rothaarige Frau saß bekümmert da. Als Mia den letzten Bissen aufgegabelt hatte, streichelte sie ihr über den Handrücken und sagte:

»Vielleicht klappt es ja, Alma. Deine Handhexennummer habe ich. Kennst du dich mit Videokameras aus?«

»Ich bitte dich! Natürlich!«

Mia holte aus dem Rucksack die MiniDV hervor und sagte:

»Ich wollte heut Morgen diese Kassette abspielen. Meine Kamera hat aber ihren Geist aufgegeben. Einmal hat sie kurz aufgeleuchtet, dann nicht wieder.«

»Vielleicht ein Wackelkontakt, vielleicht ist ein Chip kaputt. Hatte ich beides schon mal.«

Alma holte aus ihrem Bastbeutel eine Videokamera hervor und zeigte ihr, wo der Fehler gelegen hatte. Ihre Finger tänzelten über das Gehäuse.

»Hat mich dreihundert Euro gekostet, und ich habe drei Wochen warten müssen.«

»Kann ich meine MiniDV auch darauf abspielen? Ich würde gerne wissen, was drauf ist.«

Während Alma ihr Bauernfrühstück aß, starrte Michaela gebannt auf den winzigen Bildschirm. Nichts war zu sehen. Sie spulte schnell vor, nichts war zu sehen, spulte schnell vor. Warum waren ihre Töchter und ihr Mann ermordet worden? Fünftausend Euro hatte Janosch fürs Überbringen der Bänder erhalten. War das nun viel Geld oder wenig? Wegen dieser Bänder waren drei Morde begangen worden.

»Ist sie leer?«, fragte Alma.

»Scheint so. Was kostet eine Kamera, mit der ich mir die Kassetten ansehen kann?«

»Neu? Da biste mit drei- bis vierhundert Euro dabei. Willst du nur kucken?«

»Ich muss in den nächsten Tagen einen Stapel MiniDVs sichten. Die sind leider nicht beschriftet.«

»Kauf dir eine einfache. Und gib sie eine Woche später zurück.«

Michaela schaute ihre neue Bekanntschaft an. Alma schätzte ihren „SÖS" völlig falsch ein.

»Du kannst dir aber auch eine leihen. In der Gärtnerstraße, nicht weit vom Weiherpark, ist ein Kameraverleih. Dann zahlst du nur zehn Euro pro Tag.«

»Ecke Mansteinstraße?«, fragte Mia.

»Genau.«

An dem Laden war Mia oft vorbeigegangen, ohne seine Bedeutung zu kennen. Sie erzählte Alma nicht, dass sie sich bei ihrem „sozioökonomischen Status" lieber für vierhundert Euro eine neue Kamera kaufen würde, als eine für dreißig Euro zu leihen, die sie dann wieder zurückbringen müsste. Sie würde nach dem Essen den Blaubündnern am Steindamm einen Besuch abstatten. Anschließend könnte sie sich eine neue Kamera besorgen.

18

Vom Holzrund aus beobachtete Timo Hartwig, wie die Schüler auseinanderströmten. Seinen Sohn konnte er nicht ausmachen. Wartete der etwa auf der anderen Seite des Schulhofes? Er hatte bei Frau Beck länger auf die beiden Büttler warten müssen als gedacht. Sie waren erst gekommen, als Frau Athmer schon mit dem Mittagessen angefangen hatte. Leider hatte er von ihr nichts mehr erfahren können. Doch insgesamt war Timo mit dem Vormittag zufrieden. Seine Kollegen hatten einen Fehler begangen. Er hatte ihn ausgebügelt.

Aufmerksam blickte er zur Schule hinüber. Immer wieder kam ein Schwung Schüler aus dem Backsteingebäude. Sie lachten, scherzten, schienen sich aufs Wochenende zu freuen. In zwei dieser Klassen fehlten die Mahrmädchen. Unzählige Male hatte sich Timo während der letzten Jahre vorgestellt, seinen Sohn von der Schule abzuholen. Er vertraute darauf, dass er gleich käme.

Ob er ihm noch eine SMS schicken sollte?

Da kam Malte auch schon die Stufen heruntergerannt und hüpfte zur Ampel, wo er winkend wartete, dass es Grün wurde. Timo ging zur Eichenstraße und begrüßte seinen Sohn:

»Wie doof war die Schule?«

»Richtig doof.«

»Hast du Hunger?«, fragte Timo.

»Lass uns ein Blutbad anrichten.«

»Bis die Knochen krachen?«

»Das Land ist krank, mein Herr.«

Sie schlenderten zum Strauß und nahmen unter dem dichten Laub der Bäume im Biergarten Platz, wo schon einige Gäste saßen. Malte machte sich über die Speisekarte her und hatte schnell etwas gefunden. Er fragte:

»Papa, was ist Spaghetti arabiata?«

»Das schmeckt gut.«

»Dann nehme ich das und eine Cola.«

Da eine Bedienung den Nachbartisch abräumen wollte, konnten sie umgehend bestellen. Vergnügt scharrte Malte mit den Füßen im Biergartenkies. Sein Blick kreiste umher, schwang sich von den Straußfenstern in den Biergarten, schwirrte über Timos Schulter, landete am Eingang, schien sich an einen neuen Gast zu heften.

Timo konnte sich nicht satt sehen an seinem Sohn. Am liebsten hätte er ein Plakat aufgestellt: Dies ist mein Sohn!

Mit roter Schrift auf weißer Pappe.

Welches Fach hatte er in der letzten Stunde gehabt? Warum war er ein paar Minuten zu spät gekommen? Was hatten diese gruseligen Sprüche zu bedeuten? Wie waren seine Schulnoten? Würde er aufs Gymnasium kommen? Hatte er nicht doch ein paar Freunde, vielleicht Nachbarskinder oder Turnkameraden? Wie verbrachte er zu Hause seine Tage? Kümmerte sich die Allmächtige gut um ihn? Mit jeder Frage fühlte Timo stärker, dass er auf Scherben saß. Nichts dergleichen durfte er fragen. Das war der Preis für die zerbrochenen Wirawirs.

Maltes Hände spielten mit einem Bierdeckel, ließen ihn um seine Achse kreisen, schnippten ihn hoch, und er fiel herunter: plopp – popp – plopp.

»Papa, fahren wir gleich nach Baltrum?«

»Das wird knapp mit der Zeit«, sagte Timo. »Weißt du, wie lange man mit dem Auto nach Baltrum braucht?«

»Eine Stunde?«

»Vier bis fünf Stunden.«

»Hin und zurück?«

»Nur hin.«

»So lange?«, staunte sein Sohn. »Dann können wir heute nicht hinfahren?«

»Das schaffen wir nicht.«

»Aber morgen?«

Das wäre schön, seinen Sohn nehmen und einfach losfahren nach Neßmersiel, sich in einem Hotel einquartieren, morgens gleich in der Früh die erste Fähre nehmen, das schöne Wetter am Strand genießen, in der Brandung baden.

»Da würden wir deine Mama aber traurig machen.«

»Ach, die würde das nicht merken. Die hat so viel um die Ohren«, sagte sein Sohn.

»Wir sollten den Tag in aller Ruhe in Hamburg verbringen«, sagte Timo. »Vielleicht können wir im Sommer ein paar Tage zusammen verreisen.«

»Dann fahren wir aber nach Baltrum und kucken uns das Parkhaus an!«

»Abgemacht. Nur muss deine Mutter erst zustimmen.«

Wie gefesselt saß Timo Hartwig auf der Biergartenbank. Ob das jetzt gut wäre, wenn Malte gleich am Abend die Allmächtige löcherte? Vielleicht würde er seinen Sohn dann niemals wiedersehen. Vor Ohnmacht bekam er ein flaues Gefühl.

»Dafür möchte ich heute aber in den Zoo«, sagte Malte.

»Das können wir machen.«

»Vorher fahren wir mit dem Alsterdampfer und dem Doppeldeckerbus.«

Die Bedienung brachte das Essen. Malte schlürfte sofort von der Cola und stellte das kältebeperlte Glas danach zurück auf den Bierdeckel, den er sorgsam neben seinem Spaghetti-arabiata-Teller ausrichtete. Timo Hartwig fragte die Kellnerin:

»Könnten Sie bitte ein Schälchen Sahne bringen und ein paar von den Zimtkeksen, die man zum Frühstück bekommt?«

»Ich schau mal.«

Zu seinem Sohn sagte er:

»Doppeldeckerbus, Alsterdampfer und Hagenbecks Tierpark an einem Nachmittag? Du hast noch Turnunterricht.«

»Den kann ich sausen lassen.«

»Diesen Vorschlag würde deine Mutter nicht gutheißen.«

Malte bugsierte eine arabiatarote Nudel in seinen Mund und sagte:

»Turnen ist jede Woche.«

Das flaue Gefühl bei Timo löste sich: Sein Sohn liebte ihn.

Ein leichter Luftzug raschelte durchs Laub, setzte manchmal aus, raschelte dann weiter. Der Tag würde warm und trocken bleiben. Die Wolken im Westen brächten keinen Regen. Gegen halb zwei kämen sie hier weg. Gegen vierzehn Uhr könnten sie einen Alsterdampfer nehmen, wobei eine Rundfahrt zu lange dauerte. Turnen wäre für Malte um fünf am Kaiser-Friedrich-Ufer. Da wollte er ihn auf jeden Fall pünktlich abliefern. Die Doppeldeckerfahrt würde auch zu viel Zeit kosten.

Während sein Sohn beim Turnen wäre, könnte er mit der Treppentigerei weitermachen.

Die Kellnerin brachte zwei Näpfchen: eins mit Schlagsahne und eins mit Zimtkeksen. Timo Hartwig stippte einen der Kekse in die Arabiatasoße und fädelte eine Nudel durch die Mitte, wickelte sie vor den staunenden Augen seines Sohnes um den Keksring und kostete von seiner Kreation.

»Was machst du da, Papa?«

»Unfug.«

»Schmeckt das?«

»So gut wie die Wolke da oben am Himmel.«

»Wie schmecken Wolken?«, fragte sein Sohn.

»Besser als Cola.«

Malte griff sich einen Zimtkeks und versuchte sich am Einfädeln einer Nudel, was ihm mühsam gelang, strich mit dem Messer eine Schicht Arabiatarot aufs Nudelgelb und aufs Keksbraun. Vorsichtig biss er ein Stück ab und strahlte. Sofort verschwand der ganze Keks in seinem Mund. Dann löffelten beide einen Sahneklecks in die Colagläser, was vorzüglich aussah – der Sprudel knispelte munter an den Sahneinseln –, aber leider nicht so gut schmeckte. Malte griff sich einen Zimtkeks, tunkte ihn in die Sahne, biss ein Stück ab und freute sich.

»Magst du mal kosten, Papa?«

Timo biss die Hälfte vom Rest ab und gab seinem Sohn Recht. Einträchtig verputzten sie die Reste von ihren Tellern und aus den Näpfchen.

»Das Land ist krank, mein Herr«, sagte sein Sohn.

»Woher kommt dieser Spruch?«

»Mamas letzter Freund hat seinen alten Rechner dagelassen …«

Bevor der Satz vollendet war, machte sich sein Sohn über den letzten Zimtkeks her. Geschickt wickelte er eine Nudel um das Gebäck und krönte das Ganze mit einem Klacks Arabiata und einem Klacks Sahne obenauf.

Timo verspürte einen Stich in der Brust. Da hatte es einen Mann gegeben, der mit seinem Sohn gespielt hatte? Wie viele

Ersatzväter hatte Malte bereits gehabt? Ihm wurde bei dem Gedanken ganz übel. Einer von denen hatte offenbar einen Rechner mit Spielen dagelassen. Timo erinnerte sich grau an eigene Zockereien. Er hatte vor ewigen Zeiten ein Spiel mit Sprachausgabe auf der Festplatte gehabt. Für die Abenteuerreise der Helden gab es nur eine begrenzte Anzahl Sprüche, die für alle Lebenslagen passen mussten. Timo sagte zu seinem Sohn:

»Lass uns ein Blutbad anrichten.«

»Bis die Knochen krachen«, antwortete sein Sohn.

»Auf zur Alster!«

Timo zahlte die Rechnung, und zusammen verließen sie den Biergarten über die schwingenden Bohlen.

19

Im Reichshof saß Michaela Mahr auf ihrem Bett und schnitt die linke Manteltasche auf, so dass sie, unter dem Mantel versteckt, die Heckler & Koch tragen konnte. In der rechten, tiefer genähten Tasche wäre weiterhin Platz für die SIG-Sauer oder ein Ersatzmagazin für die MP. Das Mittagessen hatte gut getan. Auch Almas Art war eine Belebung gewesen. Michaela legte die schusssichere Weste an, zog die warmwasserrote Bluse über und schlüpfte in den sandfarbenen Staubmantel. Im Rucksack verstaute sie die Heckler & Koch, ein paar Ersatzmagazine, Klebeband sowie die blonde Perücke und die Sonnenbrille.

Unten am Empfang zahlte Michaela die Rechnung für eine Nacht, bevor sie das Hotel verließ. Sie wollte nichts schuldig bleiben, wenn es sie erwischte. Ihre Bewegungen in der schusssicheren Weste fielen ungelenker aus als sonst, vor allem trug sich der hortfeuergefüllte Rucksack ganz anders. Ungewohnt war es auch, mit der Hand durch die linke Manteltasche fassen zu können, die sie im Hotelzimmer aufgeschnitten hatte. Von der „Langen Reihe" bog sie in die Baumeisterstraße ab und setzte dort erneut die blonde Perücke und die Sonnenbrille auf. Die tiefer genähte Tasche bot der SIG-Sauer so guten Halt, dass sie nie und nimmer herausfallen könnte. Michaela war zufrieden mit ihrer Nadelarbeit. Im Mund hatte sie noch den Nachgeschmack der Bratkartoffeln.

Bei Janosch vom Hansaplatz versuchte gerade ein Kunde

die Ladentür zu öffnen. Verwundert blickte er in den geschlossenen Laden.

»Tja, der hat die Nase voll«, rief ihm Michaela zu.

»Der hat sonst immer offen.«

»Hab mich auch schon geärgert«, sagte sie.

Angespannt ging sie die Rostocker Straße entlang, auf der kaum Passanten unterwegs waren. Je näher sie dem Unterschlupf der Blaubündner kam, desto unruhiger wurde sie. Aufmerksam schwebte ihr Blick über die Straße, jedes Geräusch nahm sie wahr. Gegenüber kehrte ein Mann in Blaumann und T-Shirt den Fußweg. Ihre rechte Hand hielt die Pistole umfasst. Jeden Augenblick könnte ihr hier einer der Mörder über den Weg laufen. Waren es Auswärtige gewesen oder Hamburger?

Vielleicht waren sie unvorsichtig. Vor allem würden sie nicht mit einem Angriff am Steindamm rechnen.

In einer Seitenstraße dicht beim Unterschlupf der Blaubündner entdeckte sie eine teerschwarze Limousine. Das Berliner Kennzeichen stach ihr ins Auge. Mit dem Handrücken prüfte sie die Motorhaube. Sie war kühl, das Auto musste hier bereits eine Weile stehen. Wahrscheinlich waren die beiden Mörder nach dem Anschlag hierher gefahren, und seitdem stand dieses Unheilsgefährt im Schatten. Es würde ihnen den Tod bringen. Und diesen Marc Dirkler, der die MiniDVs über Janosch vom Hansaplatz an Klaus weitergeleitet hatte, würde sie auch noch finden.

Nur ein paar Schritte, dann stand sie vor dem Geschäftshaus, in dessen oberstem Stockwerk die Blaubündner ihren Unterschlupf hatten. Ruhig lag es da. Es besaß außer dem Haupteingang einen Nebeneingang, der allein für die Blaubünder da war. Michaela schätzte ab, mit wie vielen Gegnern sie es zu tun bekäme: mit ein bis zwei Wachen unten, oben dann vielleicht mit einem Dutzend Blaubündnern. Nur mit der SIG-Sauer bewaffnet, durfte sie dort nicht hineinschneien. An das Steindamm-Straßenschild gelehnt, beobachtete sie von weitem die Szenerie.

Durch den Haupteingang sah sie den einen oder anderen kommen und gehen. Dort kam man offensichtlich zu den normalen Büros. Am Nebeneingang der Blaubündner zeigte sich niemand. Michaela zollte den Bündnern Respekt. Den Unterschlupf hatten sie gut gewählt. Sah alles unverdächtig aus.

Auf dem Steindamm waren kaum Passanten unterwegs. Michaela Mahr streifte den Rucksack ab, beugte sich vor, um mit ihrem Mantel die Sicht zu verdecken, öffnete den Reißverschluss, steckte die SIG-Sauer hinein, nahm sich zwei Reservemagazine, die sie mit Klebeband an den Beinen befestigte, und stopfte ein drittes in die rechte, tiefer genähte Manteltasche. Immer wieder blickte sie sich um, doch auf dem Bürgersteig des Steindamms war wenig los. Der Autoverkehr rauschte jedoch im Rhythmus der Ampeln an ihr vorüber. Zum Schluss zog sie die Heckler & Koch hervor, klemmte sie zwischen die Knie und schwang den Rucksack auf den Rücken. Niemand kam vorbei, keiner schaute aus einem Fenster, nur der Verkehr brauste vorbei. In aller Ruhe zog sie ihre champagnerfarbenen Lederhandschuhe über. Zu guter Letzt ließ sie mit einem Griff die schalldämpferbewehrte MP unter dem Mantel verschwinden. Sie würde laut sein, doch würde es sich nicht wie Schüsse anhören.

An der Ampel wartete sie, bis Grün aufleuchtete, dann steuerte sie den Bündnereingang an. Nur eine Wache saß am Empfang, vielleicht machte der andere gerade Mittagspause. Als sie die Tür öffnete, merkte der Blaubündner sofort auf. Es war so ein junger Bursche, der sich leicht verunsichern ließe. Lächelnd bewegte sich Michaela auf ihn zu:

»Wissen Sie, wem die schwarze Limousine da drüben gehört? Die mit dem Berliner Kennzeichen.«

»Warum fragen Sie?«

»Der Wagen ist so ungünstig geparkt, dass ich da nicht herauskomme.«

»Das kann nicht sein«, sagte der junge Wächter verwundert. »Ich hab ihn selbst da abgestellt. Heute Morgen war da jede Menge Platz.«

Sie war am Ziel. Endlich! Michaela fragte nach:

»Sie haben ihn für den Besitzer dort abgestellt?«

»Ja.«

»Könnten Sie ihm vielleicht Bescheid sagen, dass sein Wagen Gefahr läuft, abgeschleppt zu werden? Der steht da so ungünstig, das glauben Sie nicht.«

Der junge Wächter nickte und griff zum Telefon. Er hatte keine zwei Tasten gedrückt, da schlug die Kugel zwischen seinen Augen ein. Das Geräusch war nicht lauter, als würde man einen Goldhamster im Waschbecken ertränken. Es klang nicht wie ein Schuss. Der Blaubündner sackte in sich zusammen. Sofort war Michaela Mahr über ihm, nahm ihm Waffe und Schlüssel ab, überprüfte seine Papiere. Wie erwartet, war er nicht Marc Dirkler. Sie schob ihn unter sein Pult, damit er von der Straße nicht zu sehen war, und versperrte den Nebeneingang. Hier unten gab es nur den Fahrstuhl und daneben ein dunkelrotes Sofa. Die Tür zum Treppenhaus verschloss sie ebenfalls, um den Rücken frei zu haben. Sie drückte den Fahrstuhlknopf. Gelb leuchtete der Abwärtspfeil auf. Vielleicht war der zweite Wächter nach oben gefahren. Vielleicht kam er gerade nach unten. Es gab solche Zufälle. Sie musste auf alles gefasst sein. Michaela Mahr nahm die MP in die rechte Schusshand und wartete auf den Fahrstuhl.

Die Tür schob sich auf.

Der Fahrstuhl war leer.

Sie drückte den Knopf für das oberste Stockwerk und fuhr hoch. Der alte Fahrstuhl ächzte merklich, er war überhaupt nicht zu vergleichen mit dem bienenleisen Lift in der Bunkerburg.

Der Vorraum oben war verlassen.

Die Waffe im Anschlag, trat Michaela Mahr hinaus. Der Empfangstisch war nicht besetzt. Drei Türen gab es: eine zum Treppenhaus, eine zum WC und die Doppeltür zum Büro der Hochgrat GmbH. Von der Firma hatte Michaela schon gehört. Sie war eine Import-Export-Klitsche der Blaubündner. Unten hatte es jedoch kein Schild gegeben. Sie blickte ins Treppenhaus, horchte hinunter und vernahm auf einmal das Gebrumm eines Händetrockners, der hinter der WC-Tür loslegte. Das konnte die zweite Wache sein. Die Regelung mit dem Nebeneingang hatte seine Vor- und Nachteile. Die Wachen mussten viel Lift fahren, wenn sie austreten wollten.

Das Gebrumm verstummte, und im selben Augenblick öffnete sich die Tür. Ein Blaubündner trat heraus. In dem Augenblick, als er Michaela Mahr erblickte, drückte sie ab. Der Bursche war ein Leichtgewicht im Vergleich zu seinem Kollegen unten. Michaela zerrte ihn zurück ins WC. Es wäre besser, ihn in einer der Kabinen zu verstauen. Aus seinem Jackett zog sie seinen Führerschein hervor. Wieder war es nicht Marc Dirkler. Sie nahm seinen Schlüsselbund an sich und wischte dann mit dem Toilettenpapier die Blutspritzer auf. Als sie das Papier gerade in der Toilette hinunterspülen wollte, wurde die Tür zum WC-Vorraum aufgerissen, zwei Männerstimmen drangen herein. Michaela Mahr zog die Kabinentür zu und hielt den Atem an. Die beiden Männer standen jetzt offenbar vor den Schiffbecken, und sie hörte, wie sie ihr Wasser abschlugen.

»Soll am Flughafen gut gelaufen sein«, sagte der rechte.

»Von wem haste das?«, fragte der linke.

»Von Dirkler.«

Die Stimmen klangen fremd. Von denen war keiner am Morgen in der Bunkerburg gewesen. Die dürften zum Fußvolk gehören. Sie öffnete die Kabinentür und jagte den beiden je eine Kugel ins Genick. Die Männer sackten in sich zusammen und fielen auf den Rücken. Der eine hatte sein Teil bereits wieder in der Hose verstaut. Beim anderen sprudelte stolz ein Bächlein gen Bauchnabel. Unter beiden Köpfen wuchsen kirschrote Lachen hervor. Sie filzte die beiden und zupfte aus der Jackentasche einen Schlüsselbund hervor. Das war wahrscheinlich der richtige für die Büroräume der Hochgrat GmbH.

Sie öffnete die Doppeltür und betrat mit angelegter Maschinenpistole den Flur. In einem der hinteren Räume wurde gelacht, geredet. In der Büroküche war niemand. Neben der Spüle stand eine noch feuchte Kaffeekanne auf dem Kopf. Hier hatte jemand vor kurzem abgewaschen. Das Geschirrhandtuch hing fein säuberlich über dem Wasserhahn. Im Edelstahlbecken glänzten keine Tropfen. Es sah ordentlich aus bei den Blaubündnern. Michaela Mahr schlich in den ersten Seitenraum, von wo eine geöffnete Tür in Richtung der Stimmen wies. Vom nächsten Raum aus waren die Stimmen bereits deutlicher zu hören. Die Blaubündner schienen gut gelaunt zu sein. Jegliches Geräusch vermeidend, pirschte sich Michaela an. Die Tür zu dem Zimmer, wo sich die Jungs angeregt unterhielten, war halb geöffnet. Wie viele waren im Nachbarraum? Sie wagte nicht hineinzusehen, konzentrierte sich allein auf die Stimmen und die Geräusche. Ein Blaubündner lachte laut auf. Ein anderer schien ihm auf die Schulter zu klopfen. Da musste noch ein dritter sein. Bis zum

Äußersten angespannt, die Waffe schussbereit, horchte Michaela Mahr in das Zimmer. Allein an den Geräuschen konnte sie recht genau hören, was die Jungs gerade machten.

»Weißte, wen ich heute aufm Hansaplatz getroffen hab?«, fragte ein Blaubündner, der eine Bierflasche aufploppen ließ.

»Bin ich Hellseher?«, frotzelte ein anderer Blaubündner und klatschte in die Hände.

»Klaro, sind wir alle«, sagte ein dritter Blaubündner.

Das konnte der Mörder mit dem Igelkopf sein! Aber sie war sich nicht ganz sicher. Die rauchige Stimme des anderen Mörders war markanter. Sie wollte die Stimme hier noch einmal hören. Sie wollte auf jeden Fall sicher sein, dass sie einen der Mörder auch erwischte. Der Ploppbündner redete los:

»Choco!«

»Unseren Meisterkoch?«, japste der Klatscher.

»Kenn ich nicht.«

Wieder diese Stimme! Das musste der junge Mörder sein. Oder doch nicht?

»Choco ist ein Fixer«, sagte der Ploppbündner. »Hing lange an der Nadel. Vor etwa einem Jahr hab ich ihm das Leben gerettet. War zufällig im Haus. Als ich gehen wollte, riecht das plötzlich so verbrannt. So ein Geruch kriecht unter den Türen durch. Ich klingel an der Tür, nichts rührt sich. Ohne lange zu fackeln, breche ich sie auf. Der Gestank haut mich um. Im Flur ist nix. Im Wohnzimmer ist nix. Im Schlafzimmer ist nix. Aber in der Küche.«

»Er hat sogar die Büttler gerufen«, freute sich der Klatscher.

»Wollte eigentlich 'nen Krankenwagen rufen. Hab mich verwählt«, sagte der Ploppbündner.

»Was war in der Küche?«, fragte der dritte Blaubündner.

Michaela Mahr war sich sicher, dass sie einen der beiden Mörder gestellt hatte. Sie stutzte. War da noch ein vierter

Bündner im Raum? Da bewegte sich einer. Fast unmerklich. Oder doch nicht?

»Choco hatte sich einen Schuss gesetzt und war richtig zu«, sagte der Plopper. »Er hatte wohl auch Hunger und musste noch den Herd angestellt haben. Die Platte glühte, in der Küche war eine Hitze. Choco war eingeschlafen – auf der Herdplatte.«

»Oh, verdammt!«, sagte der Bunkerburgmörder.

»Ich reiß ihn sofort vom Herd weg. Das halbe Gesicht bleibt angebrannt auf der Platte kleben. Der bestialische Gestank, das Zischen der verschmorten Haut. Bis auf die Knochen hatte sich die Hitze vorgefressen.«

»Der hat überlebt?«, fragte der Bunkerburgmörder.

»Und ist runter von der Nadel«, sagte der Klatscher.

Michaela Mahr lauschte angespannt auf Nebengeräusche. Von einem vierten Bündner war nichts zu hören.

»Er trägt jetzt eine Gesichtsmaske«, sagte der Plopper. »Man erkennt ihn kaum wieder. Hab mich ein wenig mit ihm unterhalten. Seit der Herdplatte hat er sich nie wieder einen Schuss gesetzt.«

»Gut, dass du wieder hier bist«, sagte der Klatscher.

Michaela Mahr zog die Tür auf, machte einen Schritt in den Raum und schickte einen Feuerstoß über den großen Tisch. Die Salve war so laut, als würde man ein paar Goldhamster im Waschbecken ertränken. Sie klang überhaupt nicht nach Schüssen. Der Schalldämpfer verfremdete und dämpfte den Lärm sehr stark. Die drei Blaubündner brachen zusammen. Auf dem Gang hörte sie ein Geräusch, oder nicht? Da mussten noch andere Blaubündner im Stockwerk sein. Sie schlich zurück in den Nebenraum und dann zurück zur Küche. Alles leer, alles ruhig. Sie durchsuchte die Nebenräume auf der anderen Flurseite. Auch dort keine weiteren Blaubündner.

Michaela Mahr ging zurück in den Aufenthaltsraum, wo die drei Blaubündner in ihrem Blut lagen. Einer von ihnen bewegte sich noch. Sie entwaffnete ihn vorsorglich, was aber nicht mehr nötig war. Er konnte sich kaum rühren. Michaela fragte ihn:

»Wo ist Marc Dirkler?«

»Wer sind Sie?«

»Michaela Mahr.«

»Verdammt.«

»Wo ist Dirkler?«

»Frag deinen Bruder.«

Der Blaubündner spuckte Blut und kippte dann zur Seite. Sie überprüfte die Papiere der drei. Der Bunkerburgmörder hatte keine dabei. Marc Dirkler war nicht unter ihnen. Sie jagte den dreien noch einen kurzen Feuerstoß in die Schädel. Als sie den Mörder ihrer Kinder so in seinem heidelbeerfarbenen Blut daliegen sah, fühlte sie sich besser. Wärme stieg in ihr auf.

Sie riss einen der Klebestreifen von ihrem Unterschenkel und wechselte das Magazin. Keine Stimmen murmelten mehr in den Räumen der Hochgrat GmbH. Den einen Teil ihrer Rache hatte sie vollbracht. Mit jedem Schritt in Richtung Ausgang war ihr leichter zumute. Als sie vor dem Fahrstuhl wartete, fühlte sie sich wie tropfendes Wachs.

20

Vor der Buchhandlung Lüders waren Stöberkisten aufgestellt, in denen antiquarische Bücher angeboten wurden. „Alles 2 €“, sagte ein Schild. Timo und Malte hielten an und blätterten ein paar Reihen durch.

»Schau mal hier«, sagte Timo.

»Ostfriesische Inseln – Reiseführer«, las sein Sohn vor.

»Den schenk ich dir.«

»Warum?«

»Du wirst begeistert sein.«

Malte folgte seinem Vater in die Buchhandlung und starrte dort staunend die riesigen Bücherborde an, die so hoch waren, dass man Leitern brauchte, um die obersten Bücher zu erreichen. Kaum hatte Timo bezahlt und seinem Sohn das Buch überreicht, stieß Malte voller Freude aus:

»Da steht auch was über Baltrum drin!«

»Sei aber nicht enttäuscht, wenn du nichts über ein Parkhaus findest. Auf Baltrum dürfen keine Autos fahren.«

»Glaub ich nicht.«

Ins Buch vertieft, lief Malte neben seinem Vater her. Die Grundschule Telemannstraße war ihm keines Blickes wert. Und so wanderten Vater und Sohn schweigend vorbei an den Häusern, die Timo bereits abgetigert hatte: das Haus, wo er Frau Athmer gefunden hatte, das Haus von „Taschenmesser und Pitbull“. Er würde nachher noch einmal herkommen. Auch am Bunker spazierte sein Sohn blicklos vorbei. Schade, dass ihm keiner seiner Kollegen über den Weg lief. In der Unnastraße, wo Timos Auto parkte, jubelte Malte:

»Das Parkhaus auf Baltrum hat heute bis neunzehn Uhr geöffnet. Ich hab doch Recht!«

»Jetzt flunkerst du. Es gibt auf Baltrum kein Parkhaus.«

»Papa, bis fünfzehn Uhr haben sie heute Mittagspause und dann bis neunzehn Uhr geöffnet. Montags geschlossen.«

Sein Sohn hielt ihm den Reiseführer hin. Neugierig überflog Timo die Seite. Im Nationalparkhaus Baltrum informierte die Nationalparkverwaltung über das Wattenmeer. Es gab dort ausgestopfte Vögel und Seehunde sowie einige kleinere Aquarien.

»Du, Malte, das ist ein Nationalpark-Haus.«

»Sag ich ja, dass es viel schöner ist als die Hamburger Parkhäuser.«

»Warum ist es schöner?«

»Es gibt Fußballmannschaften und es gibt die Nationalmannschaft«, erklärte ihm sein Sohn. »Es gibt Parkhäuser und es gibt das Nationalparkhaus.«

Sie erreichten Timos Wagen, der an Ecke Unnastraße und Lastropsweg geparkt war.

»Lass uns einsteigen«, sagte Timo.

Er war so perplex, dass er erst einmal überlegen musste, wie er seinem Sohn dieses Missverständnis schonend beibrächte. Ein so dummer Fehler täte weh, und er wollte ihn nicht verletzen. Wie lange hing Malte dieser Schnapsidee schon nach? Das Nationalparkhaus auf Baltrum. Besser ein harter Aufprall als gar keiner. Ein Vater darf das. Er sagte:

»Ein anderes Wort für Nationalpark ist Naturschutzgebiet. Und auf Baltrum gibt es für das Naturschutzgebiet ein Haus, in dem sich auch ein Museum befindet. Wir können uns das gerne mal ankucken, wenn wir dort sind. Da gibt es Aquarien und ausgestopfte Tiere. Parkhäuser sind jedoch etwas ganz anderes.«

»Ein Nationalparkhaus ist das Haus zu einem Nationalpark?«, fragte sein Sohn verunsichert.

»Ja.«

Im Gehölz – Schulweg – Osterstraße: Sein Sohn saß mit gesenktem Kopf ganz klein auf dem Beifahrersitz. Den Zwei-Euro-Reiseführer hielt er in beiden Händen, knubbelte mit dem Daumen an den Seiten, sagte gar nichts mehr. Theodor-Heuss-Platz – Dammtordamm – Dammtorstraße: Wie es das Glück so wollte, fand Timo gleich einen Parkplatz.

»Warum fahren wir nicht ins Parkhaus?«, fragte sein Sohn.

»Das kostet Geld. Kommt selten vor, dass man hier einen Parkplatz bekommt.«

»Ach bitte, Papa.«

»Die Hamburger Parkhäuser gefallen dir nicht, hast du gesagt.«

»Die Hamburger Parkhäuser sind wunderschön!«, sagte Malte. »Bitte, bitte.«

Timo schnallte sich wieder an, startete den Wagen und bog in die „Drehbahn" ein, wo das nächste Parkhaus lag. Als sie die Schranke passierten, strahlte Malte ihn an.

»Kuck mal da, Papa.«

Er deutete auf den großen Aufwärtspfeil. Spiralenförmig führte die Auffahrt in die oberen Stockwerke.

»Fahren wir bis nach ganz oben?«

»Wenn du möchtest.«

Vielleicht waren das die stillen Momente, die er immer vermisst, aber an die er nie gedacht hatte: mit seinem Sohn im Parkhaus bis nach ganz oben zu fahren. Timo erinnerte sich auf einmal, dass sie bei ihrem letzten Stadtausflug – Malte musste fünf gewesen sein – auch in einem Parkhaus geparkt hatten.

»Magst du einen Parkplatz aussuchen?«, fragte er seinen Sohn.

»Da vorne der!«

»Ja, der ist schön, richtig schön«, murmelte Timo.

»Wie schön?«, fragte sein Sohn.

»Wie ein Zimtstern mit Spaghetti arabiata.«

»Wie ein Zimtstern mit Nudeln und Sahne!«

Malte stieg aus, während Timo seine Waffe ablegte und unterm Sitz versteckte. Für den Rest des Tages würde er sie nicht brauchen. Er stieg aus und gesellte sich zu seinem Sohn. Ehrfürchtig blickte Malte über die Betonbrüstung.

»Danke, Papa.« Er strahlte, als hätte er gerade Geburtstag. »Was geschieht, wenn ich da runterspringe?«

»Dann macht es platsch.«

»Mehr nicht?«

»Du würdest ein Blutbad anrichten«, sagte Timo.

»Bis die Knochen krachen?«

»Platsch und knackknackknack.«

Sein Sohn lachte laut los, lehnte sich weiter über die Brüstung und sagte:

»Platschplatschplatsch.«

»Knackknackknack.«

Während sein Sohn so vergnügt hinunterspähte, streichelte Timo ihm den Nacken, jederzeit bereit zuzupacken, um das drohende Platschplatschplatsch zu verhindern.

»Wollen wir gleich mit dem Alsterdampfer fahren?«

»Platschplatschplatsch.«

»Knackknackknack.«

Er hatte fürchterliche Angst um seinen Sohn, und doch genoss er jeden Augenblick.

21

Im Überschwang des Glücks entschied sich Michaela Mahr für den Fahrstuhl und gegen die Treppe. Mit wachsweichem Zeigefinger drückte sie die Taste fürs Erdgeschoss, warf einen letzten Blick zur Doppeltür der Hochgrat GmbH und zur WC-Tür. Am liebsten hätte sie die Räuspertaste gedrückt, um diesen Augenblick in aller Stille für sich zu genießen. Die Schiebetür schloss sich ruckelnd, und der Fahrstuhl sackte in die Tiefe. Schwebender als schwebend fühlte sie sich, verwundert stellte sie sich auf die Zehenspitzen, wippte auf und ab und genoss die Leichtigkeit im Herabächzen.

Sie musste fünf gewesen sein, es war kurz vor dem Anschlag im Klövensteen gewesen. Sie hatte ihren Goldhamster genommen und spielte mit ihm im Badezimmer. Sie ließ das Wasser ins Becken laufen und setzte ihren Goldhamster in die Seifenschale. Irgendwie gefiel ihm das Bootspielen nicht, und er biss ihr in die Hand. Wütend tauchte sie ihn unter und merkte, wie leicht es ging. Feine Schlieren aus ihrer Hand färbten das Wasser im Waschbecken rot. Nach wenigen Augenblicken bewegte sich der Goldhamster nicht mehr. Die Wunde an der Hand war bald verheilt.

Sie trat aus dem Fahrstuhl hinaus. Links leuchtete das rote Ledersofa, als wäre nichts geschehen, die tote Wache lag noch immer hinter dem Pult, so dass keiner sie von der Straße sehen konnte. Michaela griff in ihre Hosentasche, um den Schlüssel für den Eingang hervorzuholen. Dieser Augenblick der Unaufmerksamkeit fiel zusammen mit dem Auftauchen eines Blaubündners vier Meter vor ihr. Wo kam der her? Der Knall aus seinem Revolver war laut, Michaela Mahr versuchte ihre Waffe hochzureißen. Die Kugel traf sie mit einer solchen Wucht aufs Herz, dass es sie von den Beinen riss. Im Fallen krachte eine zweite Kugel los und traf sie in den Bauch. Michaela schlug mit dem Kopf auf das Sofapolster.

Bewegungslos blieb sie liegen und stellte sich tot.

Alle Sinne arbeiteten in stärkster Bündelung. Der Blaubündner näherte sich. Mit der Linken riss sie die MP hoch und drückte ab. Das Geräusch von Goldhamstern, die man im Waschbecken ertränkt, wurde von dem Knall des Revolvers zerrissen. Wieder hämmerte die Kugel auf die Schutzplatten über dem Herzen. Die Wucht des Aufpralls war so stark, dass ihr die Waffe aus der Hand gerissen wurde. Mit einem Knall durchschlugen ihre Kugeln eine Glasscheibe der Eingangstür, und dumpf schlug der Blaubündner auf dem Granitboden auf.

Michaela rang um Luft, in ihrem Oberkörper riss und zog es. Unsicher betastete sie sich. Kein Blut. Nur die Kleidung war durchlöchert. Stöhnend versuchte sie sich aufzurichten, sackte aber vor Schmerzen zurück auf das Ledersofa. Verwundert stellte Michaela fest, wie außergewöhnlich bequem es sich darauf lag. Die Blaubündner ließen es an nichts fehlen. Na ja … das WC befand sich im obersten Stockwerk. Michaela rutschte ein wenig hin und her, die Polster gaben leicht nach, aber nicht so, dass man sich gegens Versinken wehren musste; sie gaben Halt. Man mochte am liebsten sofort einschlafen.

Nach und nach gewann sie ihre Kräfte zurück. Sie musste aufstehen und verschwinden. Ausruhen konnte sie sich im Reichshof, wenn sie in Sicherheit war. Sie verstaute die Heckler & Koch im Rucksack und erhob sich schwerfällig. Wo war der Mann hergekommen? Der Fahrstuhl war oben gewesen.

Hatte er vielleicht einen Hausschlüssel? Sie drückte die Klinke zum Treppenhaus: verschlossen. Der Junge musste ihr oben entkommen sein und war mit dem Lift nach unten gefahren. Dann hatte er ihn wieder nach oben geschickt, um ihr eine Falle zu stellen. Jetzt lag er in seinem Blut. Wie alt war er? Vielleicht Anfang zwanzig.

Sie hatte sich einen Fehler erlaubt.

Sie durchsuchte ihn: Er hatte keine Papiere bei sich. Das war nicht der Mörder mit der rauchigen Stimme aus der Bunkerburg. Er sah eher aus wie ein unbedeutender Nachwuchsbündner. Doch er hatte sie fast erwischt. Sie schloss die Eingangstür auf, trat hinaus, verschloss sie wieder und warf den Schlüsselbund durchs zerschossene Fenster. Er rutschte bis zum Pult. Allmählich bekam sie wieder mehr Luft. Die Kugeln hätten sie getötet, wenn die Weste nicht gewesen wäre. Die Wucht der Kugeln war jedoch immer noch gewaltig gewesen. Sie überquerte den Steindamm, wo gerade keine Passanten unterwegs waren. Die Leute fuhren hier in St. Georg wohl alle mit dem Wagen. So würde es ein wenig dauern, bis die Büttler hier wären. Michaela ging hinunter bis zur Danziger Straße, von wo sie in die Rostocker Straße einbog.

Der Straßenkehrer im Blaumann war jetzt auf dieser Straßenseite zugange. Mit Schaufel und Schippe räumte er einen Hundehaufen fort. Sein Gesichtsausdruck wirkte leblos. Beim Näherkommen erkannte Mia, woran es lag. Seine linke Gesichtshälfte wurde von einer Maske bedeckt. Sorgfältig verstaute er den Haufen im Plastikeimer. Das sah jetzt nicht nach der städtischen Reinigung aus.

»Guten Tag«, sagte sie.

»Moin.«

An den Innenseiten seiner Unterarme prangten zahllose Fixernarben. Er hatte die Ärmel des Blaumannes hochgekrempelt und schien sie nicht verbergen zu wollen. Das musste Choco sein, von dem die Blaubündner gesprochen hatten.

»Schön, dass Sie hier sauber machen.«

»Danke«, antwortete er verlegen.

»Wie lange machen Sie das schon?«

»Vor zwei Wochen habe ich angefangen.«

»Warum?«

»Ich wollte arbeiten.«

»Und geht es?«

»Am Anfang hab ich nur zwei Stunden geschafft. Jetzt halt ich länger durch. Drei bis vier Stunden. Sechs Tage die Woche.«

»Wie lange sind Sie bereits clean?«

»Seit einem Jahr«, antwortete er. »Und seit einem Monat ohne Medis. Die Arbeit tut gut. Sie gibt meinem Leben Struktur.«

»Sie werden aber nicht dafür bezahlt«, sagte sie.

»Doch.«

Verwundert blickte Mia Choco an. Sein rechtes Auge blickte wach zurück. Er sagte:

»Ich lebe, das ist die Bezahlung.«

Mia verabschiedete sich und ging weiter. Vielleicht sollte sie als Straßenfegerin in Buenos Aires die Gehwege vom Dreck säubern. Wilde Möhre, Johanniskraut, Wiesenknopf, Flockenblume und Huflattich wuchsen auf Wiesen. Man könnte sie aber auch dort suchen, wo man sie nicht finden würde: auf Gehwegplatten.

Im Reichshofzimmer ließ sich Michaela aufs Bett fallen. So fast erschossen, wie sie war, konnte sie unmöglich die kugelsichere Weste ausziehen. Da es aber doch wehtat, so eingepanzert dazuliegen, zog sie sich im Liegen aus. Die warmwasserrote Bluse hatte vier Löcher. Oben am Mantelkragen hatte eine Kugel den Stoff angelöchert. Zum Glück hatte ihr der Abpraller nicht das Kinn durchschlagen. Sie schälte sich aus der Weste und streckte sich, bei jeder Bewegung biss sie die Zähne zusammen. Die Schmerzen im Oberkörper waren gewaltig. Sie brauchte neue Kleidung. Das kaltwasserblaue T-Shirt konnte sie anbehalten. Wenn sie den Mantel überzog, wäre es erst einmal warm genug. Das eine Loch würde sie jedoch nähen müssen, bevor sie auf die Straße ginge.

Sie leerte den Rucksack und verstaute den Inhalt in der schlossgesicherten Hortfeuertasche, damit Lieschen Müller, die Zimmerelster, nicht den Fund ihres Lebens machte. Zum Glück hatte die Sporttasche ein kleines Schloss. Zur Sicherheit wickelte sie die Heckler & Koch und die Magazine wieder in die Tücher, damit sie von außen nicht zu ertasten wären. Wer daran wollte, müsste die Tasche aufschlitzen. Das reichte für den Nachmittag aus. Die MiniDV steckte Michaela wieder ein, damit sie das passende Kameramodell finden könnte. Ein paar neue Anziehsachen wollte sie auch kaufen. Jungfernstieg wäre dafür gut.

Vom Reichshof aus überquerte sie gleich die Kirchenallee. Auf dem Vorplatz vom Hauptbahnhof wimmelte es von Leuten. Reisende strömten aus der Wandelhalle zum Eingang der U-Bahn und zu den Taxen und Bussen. Buntes Volk kampierte an den Eingängen, Bahnbüttler patrouillierten. Zum Glück wurden Michaelas Schmerzen mit jedem Schritt weniger. Das würde riesige Blutergüsse geben. Bei den Doppeldeckerbussen geriet sie in Versuchung. Noch nie hatte sie eine Stadtrundfahrt gemacht. Die einfache Tour würde anderthalb Stunden dauern. Einfach oben im Freien sitzen und sehen, wie Hamburg sich von seiner besten Seite zeigte.

Sie fühlte sich wie eine Touristin in der eigenen Stadt.

22

Von der „Drehbahn“ schlenderten Timo und Malte die Dammtorstraße entlang zum Gänsemarkt. Bei den Plakaten des Kinopalastes beobachtete Timo seinen Sohn genau. Nicht die geringste Aufmerksamkeit schenkte der den Filmen.

»Gehst du gerne ins Kino?«, fragte er.

»Kino ist langweilig«, sagte sein Sohn. »Computerspiele sind spannender.«

Sie bummelten weiter Richtung Alster. Timo fragte nach: »Warum sind sie spannender?«

»Ein Film dauert zwei Stunden. Zwei Stunden am Rechner sind nichts. Bei guten Spielen brauche ich bis zu hundert Stunden.«

Timo rechnete hoch, wie lange sein Sohn allein vorm Rechner saß und „spielte“; er seufzte:

»Das ist Land ist krank, mein Herr.«

»In der Finsternis finden sich Ruhm und Ehre«, antwortete sein Sohn.

„Kuchkuchhotahai“: Den Titel wurde er nicht mehr los. Mit seinem Sohn ins Kino gehen? Dann eben nicht. Er würde sich in der nächsten Zeit einmal selbst mit Computerspielen beschäftigen müssen. Das war so lange her, dass er eines auf seiner Festplatte gehabt hatte. Alles, was er darüber wusste, kannte er eigentlich nur vom Hörensagen.

»Weißt du, was Komazocken ist?«, fragte Timo.

»Darf ich nur machen, wenn Mama nicht da ist.«

»Was ist dein längster Zock am Stück?«

»Vierzig Stunden«, sagte Malte. »Von Sonnabend früh bis Sonntagnacht.«

»Wie hast du dich danach gefühlt?«

»Großartig! Meine Beine waren taub und meine Füße kalt.«

»Wie hast du danach geschlafen?«

»Unglaublich gut. Ich habe nur von dem Spiel geträumt.«

»Und wie war die Schule am Montag?«

»Doof.«

»Bis die Knochen krachen?«, fragte Timo.

»Hab geratzt.«

Sie überquerten den „Neuen Jungfernstieg" und gingen auf die Eisbude zu. Vater und Sohn standen einträchtig nebeneinander, wortlos einig darin, dass es an der Zeit sei für einen Nachtisch.

»Stracciatella, Pistazie und Maracuja«, bestellte Malte.

»Vanille, Erdbeer und Walnuss«, wählte Timo.

Sie lehnten sich ans Alstergeländer und schleckten an ihren Kugeln. Schwäne kreuzten, ein Dampfer schipperte Richtung Lombardsbrücke und der Wind riffelte das Wasser. Malte sagte:

»Papa, da ist ein Regenbogen.«

Der Wind zerriss die Alsterfontäne zu einem Sprühregen, und die Sonnenstrahlen zeigten sich dabei kuchkuchhotahai in all ihren Farben. Erleichtert streichelte Timo seinem Sohn übers Haar. Zum Glück konnte Malte sich noch über einen Regenbogen freuen – bei all diesen Computerspielen.

»Hast du Lust, ins Wasser zu springen?«, fragte Timo.

»Platschplatschplatsch.«

»Was meinst du, wie tief das Wasser da unten ist?«

»Zwei Meter?«, schätzte Malte.

»Könnten auch weniger sein.«

»Ein Meter?«

»Vielleicht auch nur einen halben Meter«, sagte Timo.

»Wenn ich da reinspringe …?«

»Knackknackknack.«

»Papa, versprichst du mir, dass du niemals in so flaches Wasser springst?«

»Versprochen.«

»Der Papa einer Klassenkameradin hat das letztes Jahr gemacht«, erklärte Malte.

»Rollstuhl?«

»Tot.«

»Du springst auch nicht aus dem Parkhaus?«, fragte Timo.

»Nur aus dem Erdgeschoss.«

Sie bummelten den Jungfernstieg entlang, leckten Erdbeer und Pistazie und schauten hinüber zum Regenbogen. Malte löste sich von seinem Vater und strebte hinunter zum Anleger. Timo würde nicht – platschplatschplatsch – ins Wasser springen, seine Knochen würden nicht – knackknackknack – brechen, er würde mit Malte Alsterdampfer fahren und von Vanille und Walnuss naschen. Entspannt schlenderte Timo die Anlegestelle entlang, immer mit einem Blick auf seinen Sohn, der sich den Fahrplan ansah.

»Die Räuspertaste!«

Timo Hartwig fuhr herum und erblickte erstaunt die Cinnamonfrau an. In aller Schönheit saß sie auf der Holzbank im Schatten, einen Rucksack neben sich. Sie trug einen sandfarbenen Staubmantel, der am Kragen genäht war. Mia sagte:

»Hallo, Timo, Sie waren so schnell aus dem Strauß verschwunden, dass ich Ihnen die Antwort schuldig geblieben bin.«

»Räuspertaste ist die Antwort?«, fragte er. »Das kann ich auf die Schnelle nicht einordnen.«

»Sie haben mir erzählt, dass Sie einmal im NDR-Studio an

der Rothenbaumchaussee gewesen seien. Die Stille dort habe Sie beeindruckt.«

»Stimmt. Kein Lärm drang von der Straße hoch. Dabei war dort ein Presslufthammer im Einsatz«, sagte er, während er sich setzte. »Warum hat sich Ihnen die Räuspertaste eingeprägt?«

»Man drückt die Taste und wählt in der Stille die Stille«, sagte sie. »Es ist so ruhig dort, dass ich wirklich überrascht gewesen bin. Erst danach habe ich gehört, wie laut die Stadt ist …«

»Selbst wenn es ruhig ist«, sagte Timo. »Drückt man die Räuspertaste, ist man ganz für sich. Jedes Geräusch, das man macht, gehört einem selbst.«

»Die Taste liegt unter einem Gummiüberzug verborgen, damit das Drücken der Taste nicht gehört werden kann.«

Mia hielt ihre Hände andächtig im Schoß verschränkt. So zart sie waren, sie hatten doch Fingernägel. Kurze, gepflegte. Doch es waren Fingernägel. Timos Gespür sagte ihm, dass diese Frau nicht einfach in der Stille still dasitzen konnte. Er fragte:

»Haben Sie versucht, die Taste freizulegen?«

Lachend schüttelte die Cinnamonfrau ihr Haupt.

»Das darf ich Ihnen doch nicht verraten!«

Ihre Haarsträhnen federten auf und ab. Sie hatte sehr hübsche Hände. Am liebsten hätte er ihre Hand genommen und mit seinen Lippen berührt. Noch immer schmunzelte Mia. Er musste irgendetwas machen, womit sie nicht rechnete. Ohne nachzudenken, nahm er ihre Rechte bei den Fingern und gab ihr einen Handkuss.

»Ich bitte um Verzeihung für meine Indiskretion.«

Mia fühlte, wie ihr fast die Röte ins Gesicht schoss. Nicht richtig, aber beinahe. Indiskretion: Sie wusste, was er meinte.

Er hatte etwas Verborgenes bei ihr aufgespürt, etwas, was Goldhamster unter Wasser drücken konnte. Timo hatte den Kuss, wie es sich gehörte, nur angedeutet. In ihren Fingern, die er mit seinen Fingern berührt hatte, zog sich kribbelnd Wärme zusammen. Aus Verlegenheit ließ sie ihre Hand in die tiefer genähte Manteltasche gleiten, spürte die SIG-Sauer kalt auf ihrer Haut.

»Papa, der nächste Dampfer fährt gleich«, rief sein Sohn.

Timo überlegte kurz, ob es geschickt war, seinen Sohn mit einer Frau zusammenzubringen, die noch eine Unbekannte war. Das war riskant, könnte jedoch reizvoll sein. Er konnte auch nicht abschätzen, wie die Allmächtige darauf reagieren würde. Er fragte sie:

»Haben Sie Lust, mich und meinen Sohn zu begleiten?«

»Eine Alsterdampferfahrt?«, fragte Mia. »Das dauert lange, oder? Ich bin gerade beim Einkaufen und hab noch nicht alles beisammen.«

»Wir müssen keine ganze Alsterrundfahrt machen.«

Sie standen auf und gingen hinunter zu den Fahrplänen. Timo stellte seinem Sohn die Reisebegleitung vor. Einsilbig schüttelte Malte der fremden Frau die Hand. Wenn das mal gut ging. Für einen Augenblick war Timo von seinem Einfall nicht mehr begeistert. Sie bestiegen den schwanweißen Alsterdampfer über den schwankenden Steg, zahlten – sie für sich und Timo für zwei – und nahmen auf den zimtbraunen Holzbänken Platz.

Die „Rodenbek“ stampfte und ließ den Anleger hinter sich. Timo bemerkte, dass sein Sohn Mia ignorierte. Malte kniete sich auf die Holzbank und lehnte sich über die Reling.

»Was ist das da oben am Fernsehturm?«, fragte er.

Timo und Mia blickten zum Hertz-Turm, der sich im Westen weiß in den Himmel erhob.

»Du meinst die Bühne an der Plattform?«, fragte Timo.

»Ist fürs Bungeespringen, oder?«, sagte Mia.

»Das haben sie doch eingestellt«, meinte Timo. »Vielleicht Bauarbeiten.«

»Was ist Bungeespringen?«, fragte Malte.

»Das ist ein Nervenkitzel für total Verrückte«, sagte Timo. Er machte keine Anstalten, es seinem Sohn näher zu erklären. Mia sagte nach einer Weile:

»Ein Bungeeseil ist aus Gummi. Man kann daran von Brücken oder Türmen in die Tiefe springen und wird wieder hochgeschleudert.«

»Oh, das möchte ich machen!«, rief Malte aus.

»Dann bekäme ich einen Herzinfarkt«, sagte Timo.

»Das Land ist krank, mein Herr.«

»Sind Sie schwindelig?«, fragte Mia.

»Ein wenig.«

»Es gab mal einen Bungeespringer«, sagte sie, »der wollte an einem fünfzig Meter langen Seil von einer dreißig Meter hohen Brücke springen – und er tat es auch.«

Malte lachte los:

»Platschplatschplatsch.«

»Erzählen Sie nicht solche Geschichten. Mir wird allein vom Zuhören schlecht«, sagte Timo.

Zum Glück war sein Sohn im Kopfrechnen nicht schlecht. Er konnte auf diesen Scherz nichts erwidern. Er musste sich gerade vorstellen, wie sein Sohn in die Tiefe spränge und das Seil risse.

»Sie sind ja ganz weiß im Gesicht«, sagte Mia.

»Lass uns ein Blutbad anrichten«, frohlockte Malte und knuffte seinen Vater in die Seite.

Der Alsterdampfer schob sich unter die Lombardsbrücke. Malte drehte sich staunend um die eigene Achse und lehnte sich dabei an seinen Vater. Mia sah zwei Schwänen zu, die zur Binnenalster paddelten und der Brückenwölbung keinen Blick schenkten. Sie blickte den Schwänen nach, die im schäumenden Kielwasser schaukelten. Grüne Heupferde in Moorfleet schützen – Straßen kehren in St. Georg: Sie könnte auch als Schwan auf der Alster leben. Den Vormittag verbrächte sie auf der Außenalster. Am Nachmittag wechselte sie auf die Binnenalster. Und wenn ein Alsterdampfer vorbeischipperte, würde sie sanft emporgehoben.

Als der Dampfer am Hotel Atlantic anlegte, überlegte sie, ob sie aussteigen sollte. Zum Reichshof wären es nur zwei, drei Minuten. Wenn sie ihren Rachezug fortsetzen wollte, durfte sie nicht zu viel Zeit verstreichen lassen. Je länger sie wartete, desto schwieriger würde es. Noch hatte sie die Überraschung auf ihrer Seite. Sie sah Malte und Timo Arm in Arm. Der Vater strich seinem Sohn liebevoll durchs Haar. Das Bild tat ihr zugleich weh und gut. Der Alsterdampfer fuhr stampfend weiter. Mia holte aus ihrem Rucksack das Studentenfutter und nahm sich von den Nüssen und Rosinen. Sie bot Malte und Timo welche an, beide nahmen eine Hand voll. Mia fühlte sich schlecht. In ihrem Rucksack befand sich zwischen den Sportsachen, die sie gerade gekauft hatte, auch die Gartenschere.

Vor einem Jahrzehnt hatte sie sich hingesetzt und das „Man weiß nie, wozu man es gebrauchen kann" auseinandergeschraubt. Das war in ihrer ersten eigenen Wohnung im Heußweg gewesen. Auf ihrem Schreibtisch stand ein Näpfchen mit warmem Wasser, daneben lagen eine Zahnbürste und ein paar alte Geschirrtücher. Die alten Schrauben des

„Man weiß nie, wozu man es gebrauchen kann“ klemmten. Sie musste alle Kraft aufwenden, um sie zu lösen. Beim Auseinandernehmen der Eisenteile achtete sie genau darauf, wie sie zusammengesetzt waren. Sie wollte das „Man weiß nie, wozu man es gebrauchen kann“ reinigen, kaputtmachen wollte sie es nicht. Mit der Zahnbürste schrubbte sie die Schnabelklingen, das feine Geräusch der Borsten auf dem alten Eisen mochte sie. Wieder und wieder tunkte sie die Zahnbürste ins Näpfchen. Nach und nach sog sich das untergelegte Geschirrtuch mit Wasser voll. Für den Griff brauchte sie länger, da er geriffelt war. Das „Man weiß nie, wozu man es gebrauchen kann“ stammte aus einer Zeit, als man noch keine Kunststoffgriffe für Gartenscheren verwendete. Seinen Namen hatte es von ihrem Vater, auf den dieser Spruch zurückging. Bevor sie die trockengerubbelten Eisenteile wieder zusammensetzte, salbte sie die Schrauben mit ihrer Handcreme ein, die sie aus dem Badezimmer geholt hatte. Die alten Schrauben ließen sich leicht festziehen. Nie hatte sie das „Man weiß nie, wozu man es gebrauchen kann“ im Garten benutzt, doch ein paarmal hatte sie es gesäubert. Für die nächste Reinigung würde sie ein Näpfchen brauchen so groß wie die Außenalster.

Am Anleger Rabenstraße stiegen alle drei aus, um ein wenig durchs Alstervorland zu wandern. An einer freien Bank hielten sie an. Mia und Timo setzten sich, Malte zog seines Weges und fing an, fernab am Ufer zu spielen. Sosehr Mia die Augenblicke genoss, so stark fühlte sie, dass sie für alle eine Gefahr darstellte.

»Ihr Sohn ist eigenständig«, sagte sie.

»Er kommt ganz gut allein zurecht«, sagte er.

»Sie verbringen nicht viel Zeit mit ihm?«

»Das können Sie laut sagen. Wir haben uns vier Jahre lang nicht sehen können. Seine Mutter ist ein wenig eigen, was unseren Sohn betrifft.«

»Er scheint nicht glücklich zu sein, oder?«

»Sieht man das so leicht?«, fragte Timo.

»Fällt sehr auf. Sie mag er jedoch sehr«, sagte Mia. »Fällt auch auf.«

»Haben Sie auch Kinder?«

»Nein.«

Michaela Mahr horchte dem Klang ihrer Antwort nach. Das Nein mischte sich unter das Rauschen im Schilf, mischte sich ins Rufen der Menschen im Park und in den Schrei einer Ente. In ihrem Rücken erstreckte sich das Alstervorland, dann kam der Stadtteil Rotherbaum und dann ihr Viertel, das nur noch eine Wüste war. In der Bunkerburg, im Weiherpark und im Herzen von Eimsbüttel lag Sand, überall lag Sand – freigelegt und herbeigeweht. Vor ein paar Stunden wäre sie noch in Tränen ausgebrochen.

»Sie wären bestimmt eine gute Mutter«, sagte Timo.

Das tat nun doch weh. In Michaela kroch etwas hervor, was sie am liebsten eingesperrt hätte. Schweigend bündelte sie sich auf ihren Atem, holte Luft, atmete aus und ließ den Blick übers Schilf gleiten. Sie war eine fürchterliche Mutter. Sie hatte ihre Kinder nicht beschützen können.

»Heute Morgen haben Sie ein so wunderschönes Bild abgegeben«, sagte Timo. »So ruhig und doch selbstverloren. Wenn ich während der letzten Jahre diese Haltung hätte annehmen können, wäre ich, glaub ich, glücklicher gewesen.«

»Ach, sagen Sie das nicht«, erwiderte Mia.

Mit dieser Haltung hättest du deine Ex über den Haufen geschossen und wärest mit deinem Sohn nach Südamerika getürmt. Sie blickte ihm in die Augen und spürte auf einmal, wie er es gemeint hatte. Da war viel Kraft, die er mühsam am Ausbrechen hinderte. Sie fragte:

»Haben Sie mal den Wunsch verspürt, Ihre Ex umzubringen?«

Timo sagte nichts.

»Ich meine nicht einfach mal eben in Gedanken«, sagte Mia, »sondern diesen brandheißen Wunsch, sich zu rächen, der alles verzehrt, alles frisst …«

»… und einem alles raubt?«, unterbrach Timo sie.

»Ja, genau.«

»Das darf ich Ihnen doch nicht verraten«, meinte er mit einem bitteren Lächeln.

Sie hatte bestimmt versucht, mit ihren Fingernägeln die Räuspertaste freizulegen. Sie wirkte kuhl; aber mit sich allein gelassen, wäre sie aufgeregt. Sie nahm seine Hand, beugte sich über sie, deutete einen Kuss an und sagte dann:

»Ich bitte um Verzeihung für meine Indiskretion.«

Jetzt musste Timo lachen. Auf dem Alsterwanderweg näherte sich Musik: Eine Mundharmonikaspielerin und ein Gitarrist zogen musizierend des Weges.

»Wollen wir tanzen?«, fragte sie, fasste ihn ihn an der Hand und zog ihn mit sich.

Sie gab der Frau ein paar Münzen und wünschte sich etwas Südamerikanisches.

»Südamerika ist langweilig«, sagte die Mundharmonikafrau. »Wie wär's mit einem finnischen Tango?«

»Dann aber bitte mehr finnisch als Tango«, sagte Mia und legte ihren Mantel ab, aufs Sorgsamste darauf bedacht, dass die SIG-Sauer nicht zu Boden fiel.

»Tanzen«, stammelte Timo. »Tango?«

»Keine Bange«, sagte Mia, »legen Sie einfach los.«

Die ersten Spaziergänger hielten an, um dem Schauspiel beizuwohnen. Tanzen war überhaupt nicht seine Sache. Nun kam auch noch sein Sohn herbeigehüpft. Am liebsten wäre er zum Feenteich hinübergekrault. Es half alles nichts. Bei so vielem könnte er eine gute Figur abgeben, hier würde er unmöglich aussehen. Augen zu und durch. Er riss seine Arme in die Luft, wackelte mit den Hüften, schüttelte seine Beine und tanzte los, als wäre er gerade in die Alster gesprungen. Aus dem Wackeln und Wedeln und dem Toben und Springen wurde mit jedem weiteren Takt ein wenig mehr Tanz. Timo wurde lockerer, drehte sich der lachenden Mia zu und bezog sie in seine Bewegungen ein. Sie ahmte ihn nach, gab Takt für Takt Eleganz vor, und da fuhr ihm der Rhythmus in die Beine. Sie tanzten finnischen Tango, als wären sie flatternde Schwäne auf der Alster.

Die Wiesen des Alsterparks leuchteten grün, in den Trauerweiden am Ufer schüttelte der Wind die Blattsträhnen und Mias Haare wirbelten vor ihm durch die Luft. Jetzt mit ihr in der Alster sein und ans andere Ufer schwimmen.

Viel zu schnell beendete Mia den Tanz. Sie war außer Atem und hatte Schweißperlen auf der Stirn. Sie schien nicht sonderlich austrainiert zu sein. Die Zuschauer applaudierten begeistert. Mia ließ sich auf die Bank sinken, hielt sich den Bauch, und Malte klatschte am längsten. Jedes Lachen seines Sohnes erreichte Timo, ganz rund und wund fühlte er sein Herz in der Brust. Urtümlich glücklich setzte er sich und fragte:

»Haben Sie versucht, die Räuspertaste freizulegen?«

»Ja, natürlich, eine solche Gelegenheit darf man sich nicht entgehen lassen«, sagte sie mit letzter Luft. »Verpfeifen Sie mich bitte nicht.«

»Abgemacht.«

Sie keuchte und zog ihr Taschentuch wie eine Perlenfischerin über die Stirn. Ihre Brust hob und senkte sich. Hier zu sein war ein Geschenk. Kein Mordfall im Bunker, nicht Treppentiger, nicht Brötchenprinz: Es schien die Sonne, und er durfte im Alstervorland finnischen Tango tanzen.

Malte spazierte stolz auf und ab und holte auf einmal die Wasserpistole hervor.

»Hat da jemand etwas mitgehen lassen?«, fragte Timo.

»Man kann doch nicht unbewaffnet auf die Straße gehen«, flachste Malte.

Er zielte auf seinen Vater, der sich sogleich mit erhobenen Armen ergab; er legte auf Mia an, die nicht einmal mit den Lidern zuckte. Schwutz: Ein feiner Wasserstrahl plätscherte auf ihr Schlüsselbein. Sie sprang auf und rief:

»Lass uns ein Blutbad anrichten.«

Malte büxte aus und rannte los, Mia nahm sofort die Verfolgung auf, aber so, dass sie ihn nicht einholte. Malte umkreiste die Bank, rannte über den Weg und um einen Baum herum, wetzte schreiend zum Ufer und zurück und jubelte, als sich Mia beim Schilf geschlagen gab, ins Gras sank und alle viere von sich streckte.

Malte näherte sich ihr, die Wasserpistole gezückt. Mia hob die Arme und rief:

»Ich gebe auf! Verschont mich, großer Meister.«

»Meine wackere Streiterin«, sagte Malte, »auch wenn du tot bist, gibt es noch eine Menge zu tun.«

»Schüsse in die Drosselgrube sind schmerzhaft, aber nicht tödlich«, wandte sie ein.

»Was ist die Drosselgrube?«, fragte Malte.

»Die Stelle, wo du mich getroffen hast«, sagte sie und setzte sich auf. »Du hast auch eine.«

Malte hockte sich neben Mia, die ihm seine beiden Drosselgruben zeigte.

»Du spielst gerne ‚Meister der Erde‘?«, fragte sie.

»Mein Lieblingsspiel!«

Timo setzte sich zu ihnen, legte Mias schweren Mantel und ihren Rucksack neben ihr aufs Gras. Zum Glück konnte man die Taschen des Staubmantels zuknöpfen, was sie auch getan hatte. Er hatte bestimmt gemerkt, dass da etwas Schweres in der Tasche war. Wenn er die Waffe entdeckt hätte, wäre es auch nicht so schlimm gewesen. Sie hätte ihm gesagt, dass sie einen Waffenschein besitze. Was auch stimmte, doch die SIG-Sauer, für die er ausgestellt war, war die aus der Bunkerburg, die jetzt im Besitz der Mörder war. Sie fragte seinen Sohn:

»Was sind deine Lieblingskämpfer?«

»Rodegang.«

»Der edle Paladin«, fügte sie hinzu.

»Und Ingwin.«

»Der überedle Luftzauberer«, sagte Mia.

»Du spielst gerne mit einer guten Heldenschar, oder?«, fragte Timo.

»Nur mit den Guten«, sagte Malte. »Und was sind Ihre Lieblingskämpfer?«

»Hilderich, der hat die besten Sprüche«, sagte Mia.

»Das ist aber einer der Bösen«, wandte Malte ein.

»Wollen wir Ernte halten? Ja! Ja! Ja!«, rief Mia aus.

»Beim Berserkern verliert man reichlich Lebensherzen«, sagte Malte.

»Dafür hat man die Heiltränke«, meinte Mia.

»Die kauf ich mir nie«, sagte Malte, »die sind so teuer.«

»Mach Beute, dann klingelt das Gold in deinem Beutel«, sagte Mia. »Bei der Nymphenjagd an der Küste warten Massen von Perlen auf dich.«

»Das passt nicht zu Rodegang, seine Gesinnung erlaubt das

nicht«, wandte Malte ein. »Mehr als vier Nymphen kann man mit ihm nicht killen, sonst gibt es eine Scharschlacht.«

Sein Sohn spielte lieber mit den Guten. Seltsam berührt hörte Timo weiter zu.

»Bei ‚Meister der Erde' sind die bösen Helden die stärksten, weil sie am besten berserkern können. Anfangs habe ich auch mit den guten oder neutralen Helden gespielt, bin aber recht schnell zu den bösen Helden gewechselt«, sagte Mia. »Du hast mehr Freiheiten.«

»Man wird aber von den Soldaten gejagt, wenn man zu böse wird«, sagte Malte.

»Das ist nur zu Beginn ein Problem. Für eine wohlgerüstete Schar sind die Soldaten nur Pfeilfutter, und zum Schluss nehmen sie sogar Reißaus vor einer hochherzigen Bösenschar. Das Ziel ist die Befreiung des Landes«, sagte Mia.

»Das Land ist krank, mein Herr«, sagte Malte.

»Wie man es befreit, hat man selbst zu entscheiden«, sagte Mia. »Welches ist Ihr Lieblingskämpfer?«

»Ich muss gestehen, dass ich ‚Meister der Erde' nicht oft gespielt habe«, sagte Timo.

»Wie weit bist du gekommen, Papa?«

»Nicht weit. Bin hängen geblieben«, schwindelte Timo, er wollte nicht zugeben, dass er von Computerspielen eigentlich keine Ahnung hatte.

»Das ist nicht schlimm. Ich kann dir weiterhelfen.«

Erdmeisterei, Nymphenjagd und Rosenblättchen: Mia reichte ein Schokoladenschächtelchen herum. Über dem Wasser kreisten Schillebolde, von Schilf zu Schilf, von Ufer zu Steg: mauerseglerschnell.

»Kannst du mit der Wasserpistole eine der Libellen treffen?«, fragte Mia.

Malte legte an, zielte, ein träger Wasserstrahl schoss in Richtung eines kreisenden Schilleboldes, der sich aber nicht in seinem Flug beirren ließ.

»Weit vorbei«, sagte Mia. »Jetzt bin ich an der Reihe.«

Sie legte an, drückte ab, der Schillebold flog ein Ausweichmanöver, um dem Tropfenstrahl zu entgehen.

»Das war knapp!«, sagte Malte. »Papa, jetzt du.«

Timo Hartwig fiel auf, wie sicher Mia die Wasserpistole hielt. Sie hatte nicht zum ersten Mal eine Waffe in der Hand. Er wurde immer neugieriger auf diese Frau. Eine Sportlehrerin war das nicht. Er nahm seine Wasserpistole von ihr in Empfang, zielte lange, bis einer der Schillebolde immer dichter am Ufer kreiste. Er drückte so ab, dass er mit maximalem Druck schoss. Der nagelfeine Strahl traf den Schillebold am Schwanz, in einer ulkigen Spirale verlor der arme Tropf seine Flugrichtung, hatte sich aber sogleich wieder gefangen. Er schwirrte zum Schilf hinüber und landete.

»Klasse, Papa!«

»Respekt«, sagte Mia. »Mit einer Wasserpistole eine Libelle abschießen.«

»Das tut mir nun leid«, sagte Timo mit einem Blick auf den Schillebold im Schilf. »Ich hab dir nicht den Nachmittag versauen wollen.«

Malte versuchte sich noch ein paarmal an den Schillebolden, jedoch ohne Erfolg. Er lud am Ufer die Pistole nach und trollte sich hinüber zum Schilf, wo er die schwankenden Halme mit sehr viel mehr Erfolg unter Beschuss nahm. Mia und Malte saßen nebeneinander im Gras, lutschten Rosenblättchen, wechselten vom Sie zum Du, redeten über Hamburg und Eimsbüttel, über die Schönheit der Alster, die weißen Strahlensessel, von denen es auch welche im Weiherpark geben sollte, über den Fanny-Mendelssohn-Platz, das Ende von McDonald's und den Aufstieg der Biokostkette, über das Alleinsein der Mia im Café Strauß, was Timo neugierig gemacht hatte. Er strich ihr leicht durch die Haare und sagte:

»Du hast jede Menge Sonne im Haar.«

»Bin auf Beutezug. Da hat man reichlich Gold dabei.«

Plötzlich ein Schrei, ein Platsch: Malte war in der Alster gelandet. Die Wasserpistole in die Höhe haltend, kraxelte er die winzige Böschung hinauf.

»Da ist einer baden gegangen«, meinte Mia.

Timo blieb das Herz stehen. Mit der nassen Hose sollte sein Sohn der Allmächtigen unter die Augen treten? So glücklich der Nachmittag für ihn war, so zerbrechlich blieb alles. Jammernd tapste Malte herbei und warf die Wasserpistole ins Gras.

»Malte, das ist halb so schlimm«, sagte Mia. »Zieh die nassen Sachen aus.«

Sie öffnete ihren Rucksack, reichte ihm ein Handtuch und holte eine Jogginghose, Sportsocken und ein Paar Badelatschen heraus. Dankbar nahm Malte die Hilfe an. Zum Glück war seine Unterhose nicht nass geworden. Er rubbelte seine Beine trocken und schlüpfte in die Hose, die ein wenig zu lang war, die er aber hoch über den Bauch ziehen konnte, so dass sie passte. Die dehnbaren Socken saßen ausgezeichnet und in die Latschen passten seine Füße auch gut hinein. Während sein Vater die nassen Sachen auswrang, beobachtete Malte ihn genau.

»Tut mir leid, Papa«, sagte er. »Kriegen wir deshalb heute Abend mit Mama Ärger?«

»Dank Mia wohl nicht. Ich nehm die Sachen an mich und werde sie im Waschsalon wieder in Ordnung bringen.«

»Nach dem Turnen sind sie wieder sauber?«, fragte Malte.

»Das bekommen wir gut hin«, sagte Timo. »Mia, ich könnte dir deine Sachen heute Abend oder morgen vorbeibringen. Wie du möchtest.«

Mia nickte und reichte ihm die Plastiktüte aus dem Kaufhaus. Miena und Andel würden nie wieder ins Wasser fallen, sie würde sie nie wieder abtrocknen und trösten. Bunkerburg, Schleichweg und SIG-Sauer: Sie war noch nicht am Ende ihres Weges. Abrupt erhob sie sich, zog den Mantel über, nahm den Rucksack und sagte:

»Ich ruf dich an. Ich muss los. Sonst wird die Zeit knapp.«

Timo und Malte standen auf.

»Lass nicht den Kopf hängen, Heldentaucher«, sagte Mia zum Abschied.

»Danke für die trocknen Sachen«, sagte Malte.

»Bis bald«, sagte sie zu Timo.

Sie ging Richtung Harvestehuder Weg. Weit entfernt im Park drehte sie sich noch einmal um und winkte. Timo und Malte winkten zurück.

23

Vom Hauptbahnhof steuerte Michaela Mahr die Spitalerstraße an, wo viel mehr los war als auf dem Steindamm. Inmitten der Passanten fühlte sie sich geborgen und schutzlos zugleich. All die Menschen liefen hier herum und hatten ein Ziel. Doch sie fühlte sich, als wäre sie sich selbst abhanden gekommen. Irgendwo auf der Alster schipperte gerade ein kleiner Junge herum, trug ihre Jogginghose, ihre weißen Sportsocken und ihre blauen Badelatschen, und sein Vater führte die feuchten Sachen des Jungen in ihrer Plastiktüte mit sich. Wollte sie überhaupt noch Rache nehmen? Sie wusste es nicht. Genauso wenig wusste sie, ob es Sinn machte, ihre verliehenen Sachen nachzukaufen. Sie könnte auch zur Büttelei gehen und alles erklären:

»Guten Tag, ich habe vorhin am Steindamm acht Männer erschossen.«

»Machen Sie das öfter?«

»Nein, es ist das erste Mal.«

Bevor sich das Gespräch entspann, verlor sie den Faden. Niemals würde sie zur Büttelei gehen. In ihr wehrte sich alles dagegen. Sie gehörte nicht zu der Welt, die zur Büttelei gehen konnte. Sie würde ihnen nichts anvertrauen, und sie würde auch bei ihnen keinen Schutz suchen. Passanten zogen an ihr vorüber, Schaufenster lockten mit nichtssagenden Auslagen, in einem Café plauderten an allen Tischen nichtssagende Gäste miteinander. Auch im Strauß wäre jetzt mehr los als am Morgen. Michaela bog in die „Lange Mühren" ein und blieb bei der alles entscheidenden Frage hängen: Wenn vor ihr der zweite Mörder auftauchte, würde sie ihn töten?

Es gab nur eine Antwort, und die wäre immer die Gleiche, ob in der Hamburger Altstadt, in der Drachenklamm oder auf einer Heupferdwiese in Buenos Aires.

Sie betrat das Sportkaufhaus an der Mönckebergstraße und blickte sich sichernd um. Alles sah ruhig aus. Je länger sie unterwegs war, desto stärker spürte sie den sanft anwachsenden Druck, dass sie verfolgt wurde. Sie wusste nicht, ob die Blaubündner sie noch suchten. Sie wusste lediglich, dass sie niemals aufgeben würden. Der Druck verschwände niemals, er würde immer da sein. Nie würde die Gefahr geringer, in der sie schwebte. Wann immer sie jemanden kennen lernte, brachte sie diesen Menschen in Gefahr. Und nun hatte sie einen kleinen Jungen mit Wasserpistole in Gefahr gebracht.

Michaela erblickte einen Ständer mit den Sportsocken. Vorhin hatte sie im Kaufhaus am Jungfernstieg weiße Socken gewählt. Sie befühlte die weißen, empfand sie jedoch als unpassend. Sie sollten auffälliger sein.

Das Land ist krank, mein Herr.

Die hellblauen mit den weißen und dunkelblauen Ringen am oberen Rand gefielen ihr. Die roten daneben sahen aber auch hübsch aus. Sie schnupperte an beiden Paaren, rieb das Baumwollmischgewebe an ihrer Wange und hängte beide zurück. Vorhin hatte sie gar nicht gezögert, sondern die Socken einfach genommen. Die trug nun aber Malte, und sie wurde von dem Gefühl beherrscht, dass sie nicht einfach neue Socken nehmen konnte, als wäre nichts geschehen.

Sie hätte noch gerne einen Sohn gewollt.

Mit Miena und Andel würde sie nie über die Vorzüge von Rodegang und Hildrich fachsimpeln können. Wie würde sie sich in vier Jahren fühlen, wenn sie zum ersten Mal wieder mit ihren Töchtern einen Tag verbringen dürfte und sie träfe einen Mann, der schlechte Witze übers Bungeespringen machte?

Gruselige Vorstellung.

Ein Sportsockenpaar nach der anderen beschnupperte sie und rieb es zart an ihrer Wange. Sie musste Timo unbedingt noch einmal sehen. Das Land ist krank, mein Herr. Die fliederfarbenen Socken gefielen ihr, der Stoff war weicher und unter den Sohlen flauschig. Sie musste ihren Bruder warnen.

Am Wühltisch mit den Jogginghosen zog sie anfangs die einfarbigen, dunkelblauen hervor. Doch so eine trug jetzt Malte auf dem Alsterdampfer. Sie brauchte etwas anderes, irgendetwas Farbiges. Vielleicht so eine zuckerstangenbunte? Sie hielt sie hoch, um sie zu begutachten. Diese ungesund süße Farbzusammenstellung hatte es in sich: glitzerndes Weiß, feuchtes Lila und Neongrün. Der Stoff fühlte sich gut an. Michaela hatte auf einmal Lust, die Jogginghose anzuziehen. Sie verschwand in einer der Umkleidekabinen und entledigte sich des Mantels und der Schuhe. Die sandfarbene Leinenhose saß locker und leicht um ihre Hüften und Schenkel. Das Letzte, was Klaus gestern Abend zu ihr gesagt hatte, war eine Frage gewesen. Er hatte wissen wollen, ob sie dicker geworden sei. Sie hatte nur den Kopf schütteln können. Dann war er eingeschlafen.

Michaela schlüpfte aus der Hose und warf einen Blick auf die Narben an ihrem Bein. Sie konnte sich immer noch nicht damit abfinden, nie wieder kurze Sachen tragen zu können. Man konnte aber auch einfach das Gegenteil von dem tun, was man eigentlich vorhatte. Nach dieser Logik müsste sie sich umgehend einen Bikini kaufen, um am Wochenende einmal wieder im Kaifu-Bad baden zu können. Mit Narben.

Michaela streifte die zuckerstangenbunte Jogginghose über und fühlte sich wohl darin. Sie hatte Lust, sich das Ganze im

Spiegel anzusehen. Sie schreckte jedoch bei dem Gedanken daran abrupt zurück. Alle ihre Sinne richteten sich auf Alarm aus. Sofort war der Impuls, die Kabine zu verlassen, erstorben. Wenn sie unbewaffnet hinausträte, stünde sie schutzlos da. Was wäre, wenn draußen irgendein Blaubündner auf sie warten würde?

Das Sportkaufhaus war belebt, überall waren Verkäufer, überall Kunden. Sie konnte nicht mit einer SIG-Sauer vor den Spiegel treten. Sie wusste aber nicht, ob dort draußen überhaupt ein Blaubündner wartete. Ein Hinterhalt im Sportkaufhaus war dermaßen unwahrscheinlich, dass es nicht leichtsinnig wäre, unbewaffnet hinauszugehen.

Michaela erinnerte sich an die Hochgrat GmbH und ihren Fehler. Je länger sie zauderte, desto wilder schlug ihr Herz. Sie gab auf. Gekauft. Sie zog die zuckerstangenbunte Jogginghose aus, kleidete sich an, entsicherte ihre Pistole, steckte sie zurück in die tiefer genähte Manteltasche und trat hinaus. Sie blickte sich um. Keine Gefahr.

Michaela schlenderte weiter zu den Sommerschuhen. Ein Paar apricotfarbene Dianetten gefielen ihr so gut, dass sie nicht weiter suchte. Am besten sie führe zur Budapester Straße, wo ihr Bruder Max und seine Schwarzbündner ihren Hauptort unterhielten. Was hatte ihr Bruder mit Marc Dirkler zu tun? Vielleicht bahnte sich gerade eine längere Auseinandersetzung zwischen den beiden Bündnerbünden an. Und sie war dazwischengeraten, weil ihr Mann seit zwei Jahren von Max einige lukrative Mandate übernommen hatte, die alle im legalen Bereich der Schwarzbündner lagen.

Sie verstaute ihren Einkauf im Rucksack – für einen Bikini hatte ihr Mut noch nicht gereicht – und ging zur Schnellbushaltestelle. Mit dem 37er käme sie am besten dorthin.

24

Vor Timo schlappte sein Sohn über die Rabenstraßen-Brücke, mit den Badelatschen, den weißen Socken und der Jogginghose sah er ein wenig nach Baltrum aus: Rückkehr vom Strand. Die Allmächtige hatte irgendeine freiberufliche Sache am Laufen, die sie häufiger zu weiten Fahrten zwang. So viel wusste er. Da war das Lessingdenkmal auf dem Gänsemarkt gewesen und die Frau, die er geliebt hatte wie keine andere. Sie erzählte ein wenig vom Beruf, ein wenig vom Tag, es waren nur Andeutungen, doch sie erzählte. Sein gutes Gefühl hatte nicht getrogen. Timo versuchte einmal aus der Sicht der Allmächtigen den gestrigen Tag zu sehen. Sie bekam ein Angebot für Freitag, hatte aber niemanden für Malte. An Timo hatte sie bereits einige Male gedacht, weil sie ihrem Sohn den Vater wieder näher bringen wollte; das mit den Wirawirs war lange her. Kurz entschlossen smste sie Timo an. Wenn er Zeit hätte, wäre das Problem gelöst. Da sie aber wusste, dass er im Dienst war und so kurzfristig wohl keine Zeit hätte, wäre das eine Möglichkeit, ihm zu signalisieren, dass Vater und Mutter sich wieder annähern sollten.

Je länger Timo Hartwig die Sache aus dieser Perspektive betrachtete, desto mehr spürte er, dass er gut daran täte, fortan bei der Allmächtigen eher Wohlwollen denn Bosheit zu vermuten. Die SMS vom Donnerstag war ein Geschenk, so oder so. Timo ließ seine Gedanken schweifen. Vielleicht wäre sie sogar froh, wenn er Malte diesen Sommer für ein paar Tage mit in den Urlaub nähme.

Das Weiß des Alsterdampfers schob sich langsam heran. Timo sah dem Bootsführer zu, wie er Maß nahm. Einen Festmacher brauchte er nicht, dafür hatte er zwei Anlegemagnete. Die Bohlen rumpelten.

»Papa, wir fahren wieder mit der ‚Rodenbek'!«

»Das passt doch, unser Dampfer befindet sich auf der Rückfahrt.«

»Können wir ein andermal die ganze Rundfahrt machen?«

»Gefällt's dir?«

»Alsterdampfer ist wie Parkhaus!«

Dieses Mal fand sich kein Platz am offenen Heck. Kaum hatte Malte sich auf einer Bank im Innern niedergelassen, gähnte er.

»Müde?«, fragte Timo.

»Ich konnte die ganze Nacht nicht schlafen«, sagte sein Sohn.

Stampfend nahm der Alsterdampfer Fahrt auf und ließ das Rabenstraßen-Schild und die Rabenstraßen-Brücke hinter sich.

Timo streichelte den Heldentaucher und legte den Arm um ihn, was dankbar begähnt wurde. Worauf hatte er alles verzichten müssen in den letzten Jahren! Die Allmächtige war nicht immer die Allmächtige gewesen. Erst durch Hans hatte sie diesen Status erlangt. Vor drei Jahren wäre Timo Hartwig ohne weiteres in der Lage gewesen, die Looooksted-terin über den Haufen zu schießen. Mit der Waffe in der Hand hatte er sich in seiner Fantasie nächtelangen Mordzügen hingegeben.

Er hatte sich an den Kugeln geweidet, die die Looooksted-terin durchschlugen, an ihrem Blut, das hervorspritzte und einen ganzen Mülleimer hätte füllen können. Über Monate quollen in ihm die Rachegedanken hervor und durchtränkten

Tag und Traum. An manchen Tagen hätte ihm die Looookstedterin nur über den Weg laufen müssen, und er hätte abgedrückt. Zum Schluss hatte er sich selbst nicht mehr gemocht.

Zum Glück war diese Zeit vorüber.

Erst die vielen Gespräche mit Hans hatten ihn von der Rachsucht befreit. Doch sie war nicht verschwunden, als hätte es sie nie gegeben. In ihm stapelten sich die Erinnerungen an diese Fantasien wie Umzugskisten, die man an einem entfernten Ort eingelagert hat. Diese Mia kannte den Ort, vor ihr hatte er die Kisten nicht verbergen können.

»Papa, warum hast du ‚Meister der Erde' nicht zu Ende gespielt?«, fragte sein Sohn und gähnte.

»Weil ich deine Mutter kennen gelernt habe.«

»Aber sie hat nix gegen Computerspiele.«

»Wenn man verliebt ist, hat man nur noch Augen füreinander.«

Er hatte immer noch nicht Mias Telefonnummer. Wie gerne würde er ihr eine SMS schicken. Nichts wusste er von ihr und doch alles, was er wissen musste. Auf der vom Sonnenlicht herausgeputzten Alster spürte er, dass sie das gleiche fühlte wie er. Vielleicht würde er sie nie wiedersehen. Das Gefühl kannte er nur zu gut. Er musste bitter schlucken, weil in ihm vier Jahre Einsamkeit hochkamen. Aber vielleicht würde sie anrufen. Versprochen hatte sie es, und Malte hatte noch die Kleidung von ihr.

Ein einziger Junitag würde ausreichen, dass das Jahr 2005 ein gutes Jahr würde.

Während der Alsterdampfer unter der Kennedybrücke hindurchfuhr, schloss Timo seine Augen und wünschte sich, dass er Silvester wirklich so empfände, selbst wenn er seinen Heldentaucher nicht wiedersähe. Und der Cinnamonfrau wollte er nicht böse sein, wenn sie sich nicht meldete. Sie hatte ihm etwas ganz Flüchtiges geschenkt: den Geschmack von Zimtkeks mit Spaghetti arabiata.

25

In den Wallanlagen erhob sich das Museum für Hamburgische Geschichte und links starrte steinern der alte Kanzler über den Elbpark. Vor langer Zeit war Michaelas Vater mit seinen Kindern im Museum gewesen, hatte ihnen seine Stadt gezeigt. Die kleine Mia war stolz darauf gewesen, dass sie in einem Hortfeuer aufwuchs. Sie war etwas Besonderes. Zusammen mit ihrem Bruder wanderte sie an den zahllosen Schaukästen entlang, wo Miniatursiedlungen das alte Hamburg heraufbeschworen. Fasziniert war sie damals davon, dass der Botanische Garten auf dem alten Befestigungsring Hamburgs errichtet worden war. Blumen statt Bastionen. Ihr Vater fand das nicht bemerkenswert. Max wollte unbedingt wissen:

»Warum überfielen die Wikinger die Hammaburg?«

Ihr Vater erklärte es ihm. Mia erinnerte sich nicht mehr an den Grund. Beim Minigolfspielen in den Wallanlagen hatte ihr Vater seinen Kindern versprechen müssen, dass sie sich ein andermal den Rest des Museums ansähen. Es war nie dazu gekommen.

Für Sonntag hatte Michaela mit der Miedelfreundin Helga noch eine Verabredung fürs Museum. Sie könnte ihren Bruder fragen, ob er mitkommen möchte. In Gedanken musste sie lachen. Sie hatten sich so weit auseinander entwickelt in den letzten Jahren, dass es fast nichts Gemeinsames mehr gab. Doch warnen musste sie ihn.

Von der Bushaltestelle auf dem Millerntorplatz ging Michaela Mahr über die Ampel auf die Reeperbahn zu, die rechte Hand an der Waffe in der Tasche. Sie trug weder Perücke noch Sonnenbrille. Wer sie töten wollte, würde sie erkennen. Unruhig ließ sie ihren Blick schweifen, als sie die Budapester Straße ansteuerte. Niemand folgte ihr, niemand nahm Notiz von ihr. Sie musste ihren Bruder warnen, er hatte eine Frau und eine kleine Tochter. Doch wie weit konnte sie ihm trauen? Er hatte enger mit Klaus zusammengearbeitet, als ihr lieb war. Wusste er davon, dass sich Klaus irgendwelches Material beschafft hatte? Von den toten Blaubündnern am Steindamm würde er noch nichts wissen.

Im Kaufhaus auf dem Jungfernstieg hatte sich Michaela eine Kamera gekauft und sich zeigen lassen, wie man die MiniDVs ansehen konnte. Bisher hatte sie dafür nicht die Zeit gefunden. Und jetzt war es wichtiger, ihren Bruder zu warnen. Am Abend in der Waldhütte hätte sie für die Bänder genügend Zeit.

Sie ging die Budapester Straße entlang. Und was hatte es mit Marc Dirkler auf sich? Sie sollte ihren Bruder fragen, hatte der sterbende Blaubündner gemeint. Nichtssagend sachlich zeigte sich die Fassade des Schwarzbündnerhauptbaus.

Michaela wählte die Einfahrt zur Tiefgarage. Wenn sie gleich zum Haupteingang hineinspazierte, bekäme sie es leicht mit einem halben Dutzend Wächtern zu tun. Sie war sich sicher, dass ihr Bruder nichts mit dem Anschlag zu tun hatte. Am wahrscheinlichsten war wohl, dass er Klaus' Geldgier für irgendeine Sache ausgenutzt hätte. Auf jeden Fall wollte sie Max zur Rede stellen.

Im Wachraum war nur ein älterer Wächter zugegen. Michaela kannte ihn vom Sehen, wusste aber nicht, wie er hieß.

Auf seiner Jacke war ein Schild mit seinem Namen: Huchen. Das war sogar sein richtiger Name. Kam ihr irgendwie bekannt vor – von früher. Seit ihr Bruder die Schwarzbündner führte, trugen die Wächter hier Namensschilder. Sie hatte nur davon gehört, nun sah sie es mit eigenen Augen. Es sollte einen seriösen Eindruck vermitteln. Die meisten Hamburger, die auf der Budapester Straße an dem nichtssagend sachlichen Gebäude vorbeifuhren, wussten nichts von dem Bündnerbund, der dort seinen Hauptbau hatte. Michaela grüßte den Wächter, der ganz erfreut zurückgrüßte:

»Welch Ehre, Frau Mahr. Heut ohne Auto?«

»Ich will zu meinem Bruder. Ist er da?«

»Ja. Gehen Sie am besten durch. Ich kann Sie aber nicht bei ihm anmelden.«

»Warum nicht?«

»Die neuen Kameras machen Scherereien. Der Techniker wollte schon wieder zurück sein.«

»Was haben die Kameras mit der Anmeldung zu tun?«

»Das habe ich den Bönhasen auch gefragt. Er meint aber, das Problem herausgefunden zu haben.«

Der Wächter zeigte ihr, wo der Techniker herumgepfuscht hatte. Jetzt gehe nichts mehr. Irgendwie hingen die Kameras mit der Sprechanlage zusammen. Michaela fragte:

»Warum nehmen Sie nicht die Handhexe?«

»Ich habe keine. Und wenn ich eine hätte, könnte ich doch nicht anrufen. Ich kenne nämlich nicht die Nummer Ihres Bruders.«

»Na, Sie haben sie auch bisher nicht gebraucht.«

»Das können Sie laut sagen.«

Der untersetzte, korpulente Wächter freute sich unglaublich über die paar Worte, die er mit Michaela wechseln durfte. Er wirkte in seinen Bewegungen irgendwie steif. Er musste es im Rücken haben. War wohl einer dieser alten Schwarzbündner, die seit ewigen Zeiten dazugehörten und nun, bei schwächerer körperlicher Verfassung, einen ruhigen Posten ausfüllen durften. Michaela fragte ihn:

»Man lässt Sie ganz allein hier unten?«

»Ich hab Bescheid gegeben.«

Das klang alles nicht nach Alarmzustand. Ihr Bruder wusste noch nichts von den toten Blaubündnern am Steindamm.

»Und keiner kommt?«

»Unter Ihrem Vater wären sofort drei Mann hier gewesen.«

Mia hörte ihm weiter zu, weil es angenehm war, ihn reden zu hören. Er mochte die Tochter des alten Grimm, und sie mochte, was sein Redefluss bei ihr auslöste. Die Schwarzbündner waren ihre Bündner. Hier war sie sicher vor Angriffen. Die Nachlässigkeit bei der Bewachung war nicht gravierend. Es wusste schließlich niemand, dass seit heute vormittag die Tiefgarage im nichtssagend sachlichen Hauptbau der Schwarzbündner schlecht gesichert war. Wichtig war, dass sich bei den Schwarzbündnern niemand Sorgen darüber machte. Alles schien friedlich.

Michaela Mahr verabschiedete sich von dem Wächter und ging in die Tiefgarage, von wo sie über Treppe und Gang zum Haupteingang käme. Der Wagen ihres Bruders stand auf dem Platz, wo früher der Wagen ihres Vaters gestanden hatte.

Über die Nachfolge hatte es keinen Zweifel gegeben, seit sie fünfzehn war. Michaela stellte sich in den Schatten eines Betonpfeilers, von wo sich die Tür zu Treppe und Gang einsehen ließ.

Es gab noch eine weitere Tür am Ende des Ganges. Im Raum hinter dieser Tür hatte sie an ihrem fünfzehnten Geburtstag dem Vater bei der Gartenarbeit zugesehen. Max war mit von der Partie gewesen. Der arme Braunbündner war tapfer, doch ihr Vater wusste, wie man einem, der schweigt, die „Zunge“ löste. Das Blut, die Schreie, das Nachharken ihres Vaters lähmten sie bis ins letzte Gelenk. Aber ihr Hirn hatte begriffen, wozu Gartengeräte in diesem Haus ohne Garten gelagert wurden.

Am nächsten Tag ging Michaela, als wäre nichts gewesen, in die Schule. Es gab niemanden, mit dem sie darüber hätte reden können. Allein mit Max hatte es den Versuch eines Gespräches gegeben. Für ihn war jedoch der Fall klar: Der entlippte Braunbündner sei ein Feind, den man zum Reden hätte bringen müssen.

»Willst du schießen, Mia, oder soll dein Bruder?«, fragte ihr Papa.

Max schoss. Sie sei zu weich, meinte später ihr Vater.

26

Von der Osterstraße bog Timo Hartwig in den Heußweg ein, so spät am Nachmittag waren die Straßen voll vom Berufsverkehr. Fünfzehn Minuten würde er brauchen, um einen Parkplatz zu finden. Als er zum Abbiegen in den Stellinger Weg auf freie Fahrt wartete, setzte gleich vor dem Waschsalon ein Auto zurück und gab einen der kostbaren Eimsbütteler Parkplätze frei.

»Hoffentlich schnappt uns den keiner weg«, sagte Malte.

Timo gab Gas und zog den Wagen nach links auf den Parkplatz.

»Das hast du toll gemacht, Papa«, freute sich Malte. »Direkt vorm Waschsalon.«

»Manchmal klappt es«, sagte Timo.

Diese winzigen Momente des Vaterglücks hatten auch gefehlt: das Lob seines Sohnes für das Ergattern eines Parkplatzes.

Im Waschsalon öffnete Timo die Plastiktüte und begutachtete die Schuhe, sie waren zwar feucht, aber sauber. Doch die Hose hatte reichlich Alsterschlamm abbekommen. Er würde sie waschen müssen. Als er am Waschautomaten die Münzen aus der Geldbörse hervorholte, fragte Malte:

»Darf ich das machen?«

Timo reichte ihm die Münzen und sagte:

»Wir nehmen die Eins. Drei fuffzig macht das.«

Malte warf die vier Münzen ein.

»Jetzt nimm einen der Becher und stell ihn in das linke Ausgabefach. Drück den rot leuchtenden Knopf.«

Vergnügt schaute Malte zu, wie das Waschpulver in den gelben Becher schnurrte.

»Jetzt müssen wir zu unserer Waschmaschine.«

Vater und Sohn lasen gemeinsam die Anleitung durch.

»Wir nehmen das Vierzig-Grad-Programm ohne Vorwäsche.«

»Dann kommt das Pulver nur ins große Fach?«, fragte Malte.

»Alles rein damit.«

Malte stopfte Hose und Socken in die Trommel, verschloss sie sorgfältig – den Griff musste er mit beiden Händen herunterpressen – und drückte Start. Es rumpelte, Wasser strudelte in die Trommel, Maltes Augen leuchteten.

»Das hast du gut gemacht«, sagte Timo. »Bin stolz auf dich.«

Sie setzten sich auf die gekachelte Fensterbank neben der Eins.

»Mama sagen wir das nicht, oder?«, fragte Malte.

»Das bleibt unter uns.«

Timo Hartwigs Handhexe klingelte. Sofort meldete sich das schlechte Gewissen. Das waren bestimmt die Kollegen. Kuchkuchhotahai – Müßiggängerei: Er juckelte herum. Er nahm das Gespräch an.

»Wie kommst du so voran?«

»Noch habe ich Frau Mahr nicht gefunden«, sagte Timo. »Ich bringe gleich meinen Sohn zum Turnunterricht, danach arbeite ich mich weiter durch die Umgebung des Bunkers. Ich glaub, ich find noch was.«

»Wie meinst du das?«, fragte Kira Schmidt.

»Die Frau ist seltsam.«

»Da liegst du richtig«, sagte Kira Schmidt. »Dieses Bild ergibt sich auch bei den Nachbarn in der Ottersbekallee. Wir haben jetzt auch ein Foto für dich. Es ist aus dem Personalausweis. Melzer hat es dir ins Café Strauß geschickt. Meinolf weiß Bescheid.«

»Personalausweis? Habt ihr kein anderes gefunden?«

»Zum Glück haben wir das auftreiben können. Das Foto wird dir jedoch keine große Hilfe sein. Sie mag sich nicht fotografieren lassen«, sagte Kira. »Ihr Geburtsname ist Grimm.«

»Wie bitte?«

»Sie ist die Schwester vom jungen Grimm. Sei vorsichtig.«

Sofort spannte sich alles in Timo Hartwig an, was sich anspannen konnte. Der Name Grimm ließ ihn alles überklar sehen. Das war jetzt kein Treppentigereinsatz mehr. Die Grimms führten die Schwarzbündner, die unter den Hamburger Bündnerbünden die stärksten waren. Seit drei Jahren führte Max Grimm die Geschäfte. Den Mord an seinem Vater hatte man nie aufklären können. Timo war der Meinung, dass dafür die Blaubündner verantwortlich waren. Hans meinte jedoch, dass der junge Grimm seinen Vater beseitigt hatte. Von der Schwester hatte man nie etwas gehört im Zusammenhang mit dem Bündnerbund. Es hatte geheißen, dass sie sich schon vor einem Jahrzehnt von ihrer Familie losgesagt habe. Sie war also mit einem Anwalt verheiratet, der für die Schwarzbündner arbeitete. Und nun waren ihr Mann und ihre beiden Töchter tot. Ganz gleich, was dahintersteckte, das würde Auswirkungen haben.

»Hast du irgendetwas Neues für mich?«, fragte Timo. »Melzer hat mich vorhin vom Flughafen angerufen.«

»Flughafen? Das war heute Vormittag«, sagte Kira. »Aber ich habe noch eine Neuigkeit für dich. Am Steindamm hat es gerade eine Schießerei mit Bündnern gegeben. Kennst du die Hochgrat GmbH?«

»Das ist eine Firma von den Blaubündnern, Im- und Export«, sagte Timo. »Was ist mit der Schießerei?«

»Ein Streifenwagen hat einen Kleintransporter überprüfen wollen, der ungünstig geparkt war. Sofort haben die Bündner das Feuer eröffnet. Einer von uns ist angeschossen worden. Dafür haben sie einen Bündner erwischt, der sich ins Haus geflüchtet hat. Melzer ist bereits vor Ort. Das Büro scheint ein Volltreffer zu sein.«

»Was ist mit dem Kleintransporter?«, fragte Timo.

»Weg. Leiderleider. Das ist ein Säuberungstrupp gewesen. Die müssen im Blaubündnerhaus eine wilde Schießerei gehabt haben. Keiner hat etwas gehört. Die Blutlachen sind noch zu sehen. Doch die Leichen fehlen.«

»Waren die Leichen im Wagen?«

»Sieht so aus. Wir treffen uns um neunzehn Uhr im Haupthaus. Kannst du kommen?«

»Das passt.«

Maltes Turnunterricht wäre um achtzehn Uhr dreißig zu Ende, dann zur Dosenfabrik, seinen Sohn abliefern, weiter zum Haupthaus. Das würde er ohne Eile schaffen.

»Gut«, sagte Kira.

»Bis dann.«

Die rote Waschmaschine trommelte leise los, trommelte sich ein in das Getrommel der anderen Waschmaschinen, trommelte zusammen mit dem Surren der Wäschetrockner; und die Fliesen im Waschsalon waren grauweiß. Sein Sohn schob spielerisch seine weiß besockten Füße in den Badelatschen über das Mustereinerlei und spielte mit der leeren Wasserpistole. Alles sah nach einem Bündnerkrieg aus. Eine Wasserpistole würde nicht reichen. Er würde seine Dienstwaffe brauchen.

»Gibt es auf Baltrum Haie?«, fragte Malte.

»Nein.«

»Bist du dir sicher?«

»Absolut sicher.«

»Wie sicher?«

»Bis die Knochen krachen«, sagte Timo. »Haie leben nämlich nicht auf dem Land.«

»Ach, Papi! Du weißt, wie ich es meine.«

Knuff und Schubser seines Sohnes leiteten eine kleine Rangelei ein, in deren Verlauf sich herausstellte, dass Malte viel kitzeliger war als Timo.

»Lass uns gehen.«

»Turnen ist noch lange nicht.«

»Der Anruf war wichtig. Ich muss noch ein paar Ermittlungen durchführen. Um die Wäsche kümmere ich mich nachher. Komm mit, wir kaufen Blumen.«

»Für wen?«

Im Blumenladen nebenan suchte er mit Malte einen hübschen Strauß für die Allmächtige aus. Sie hätte diesen Tag verhindern können. Doch sie war über ihren Schatten gesprungen. Auch die Looookstedterin lernte dazu. Während Malte den Strauß auf dem Rücksitz sicher verstaute, legte Timo seine Waffe an.

»Wird es gefährlich?«, fragte sein Sohn.

»Mach dir keine Sorgen.«

Malte deutete nach rechts, wo ein Wagen auf dem Stellinger Weg angehalten hatte und blinkte:

»Da wartet schon eine.«

»Die will einparken.«

Fröhlich winkte sein Sohn der fremden Frau zu, die lächelnd zurückwinkte und darauf wartete, dass der kostbare Eimsbütteler Parkplatz frei würde.

27

Benzin – Beton – Metall und Abgasreste: Alles wirkte zugleich auf Michaela Mahr ein. Ruhig atmend, hielt sie sich im Schatten des Pfeilers, knöpfte ihren Mantel zu – bis hoch zum Hals. Ihr Bruder war noch am Leben, er würde alles aufklären können. Als sie acht gewesen war, nach dem Anschlag auf ihre Mutter, hatten sie nächtelang geredet, zusammen in einem Bett gelegen, sich umarmt und getröstet und geweint. Ihr Vater hatte ihnen eingeschärft, bei der Büttelei nichts zu sagen. Das gehörte sich nicht für Kinder des Hortfeuers. Michaela schwieg bei den Befragungen, saß nur da, ließ den Kopf und die Schultern hängen, blickte zum Fenster hinaus und fühlte sich großartig. Nichts sagen war das Beste in dem Augenblick, ihr Vater hatte Recht. Sobald sie anfinge zu reden, kämen die Tränen. Von da an war ihre Kindheit zu Ende. Dumpf hatte sie bereits vor dem Anschlag, bei dem ihre Mutter getötet worden war, das dräuende Unheil gespürt. Die Grimms waren keine normale Familie. Sie lebte in einem Hortfeuer. Bei ihrem Bruder verheilten die Wunden schnell. Und je mehr die Narben verblassten, desto mehr wurde er zu dem Sohn, den sich sein Vater wünschte. Die Narben an seiner rechten Schulter leuchteten zuerst blutrot, verblassten, dunkelten aus und dürften heute nur noch bei passendem Licht zu erkennen sein.

Beim letzten Ausflug in den Klövensteen wurde auch ihr Vater verletzt. Michaela blieb von allen Kugeln verschont, weil einer der Wächter ihres Vaters, der immer „Backe, backe Kuchen“ mit ihr gespielt hatte, sich in die Kugeln geworfen hatte. Seit damals lebte sie in dem Bewusstsein, dass die Mörder jeden Tag kommen konnten. Es hatte unglaubliche zweiundzwanzig Jahre gedauert, bis es geschehen war.

»Backe, backe Kuchen. Der Bäcker hat gerufen.«

»Danke, danke Huchen …«

Den netten Wächter in der Tiefgarage kannte sie. Mia wusste auf einmal warum. Das war der Schwarzbündner, der sich damals in den Kugelhagel geworfen hatte, um ihr Leben zu retten. Sie verstand auf einmal, warum er so außergewöhnlich freundlich zu ihr war. Ob er gemerkt hatte, dass sie sich nicht an ihn erinnerte? Das war der Wächter, mit dem sie im Klövensteen über die Wiesen getollt war, der aber keine der Pflanzen kannte, die ihr Vater kannte und nach denen sie ihn dennoch fragte; das war der Wächter, den sie am meisten gemocht hatte. Auch wenn zwei Jahrzehnte einen Menschen veränderten. Warum hatte sie ihn nicht gleich erkannt? Er war wohl für sie immer der junge Mann Ende zwanzig geblieben.

Benzin – Beton – Metall: Ruhig atmete Michaela im Schatten des Pfeilers. Nach und nach gewöhnte sie sich an den Geruch der Abgase. Er verblasste immer mehr, so dass sie ihn kaum noch wahrnahm. Warum hatte ihr Bruder sie nicht auf der Handhexe angerufen? Das hätte er tun sollen. Es war den ganzen Tag über Zeit gewesen. Er hatte ihre Nummer. Oder war die Büttelei noch nicht bei ihm gewesen? Und welches Spiel hatte ihr Mann gespielt? Vielleicht hatte er sich in irgendein Machtspiel hineinziehen lassen.

Mit den Blaubündnern gegen Max?

Das wäre der Wahnsinn.

Mit Max gegen die Blaubündner?

Vor zwei Jahren hatte Mia ihren Bruder gebeten, dass er Klaus nicht weiter in seiner Bündnerkuppel einsetzen sollte. Das war eine Hortfeuerbitte gewesen, die man nicht ablehnen durfte. Max hatte sich angehört, was Mia zu sagen hatte, und gemeint, er wolle mit Klaus sprechen. Die Antwort war durchaus dem Hortfeuer angemessen. Doch ihr mächtiger Bruder, Max Grimm, war in dem „Gespräch" nicht in der Lage gewesen, ihrer Bitte nachzugeben. Risse hatte es zwischen ihr und Max bereits vorher gegeben. Doch das hatte vor zwei Jahren den Bruch bedeutet. Klaus wollte stärker beteiligt werden, und Max nahm seine Dienste gerne an. Ihm war sein Schwager wichtiger gewesen als seine Schwester.

An diesem kargen Ort gewann Michaela Klarheit. Sie war immer noch verstimmt wegen des Verhaltens ihres Bruders. Sie atmete die angenehme Mischung aus Gewalt und Luxus ein. Er hatte ihre Bitte ignoriert. Eine Tiefgarage war kein Ort zum Wohnen, zum ersten Mal blieb sie länger als nötig in einer solchen Höhle. Er hatte sie gekränkt. Sie fühlte sich, als hätte sie gerade die Räuspertaste gedrückt.

»Haben Sie versucht, sie freizulegen?«, hatte der charmant-schüchterne Timo gefragt.

Sie war nicht mehr Mahr, sie war dabei, Grimm zu werden. Es war ein schöner Nachmittag gewesen. Sie fühlte Wärme in sich aufsteigen. Sollte sie Timo anrufen und ihn bitten, dass er sie an der Budapester Straße abholte? Sie machte ein paar Schritte auf dem Beton und dachte an die Blaubündner und die Bunkerburg und den zweiten Mörder, den sie finden musste. Sie streifte ihre champagnerfarbenen Handschuhe über und zog sich zurück in den Schatten des Pfeilers.

Sie hatte ihren Bruder nicht anrufen wollen, weil sie kein Vertrauen mehr zu ihm hatte. Ihren Vater hätte sie angerufen oder den „Backe, backe, Kuchen"-Wächter. Bis auf Dr. Rehling gab es niemandem, dem sie traute, und gänzlich sicher war sie sich auch bei ihm nicht gewesen.

Wer von den Leuten, die sie heute getroffen hatte, war harmlos? Vielleicht nur der Junge mit der Wasserpistole.

Sie hatte ihren Bruder nicht angerufen, weil sie ihm in die Augen sehen wollte. Sie holte ihre Handhexe hervor und hielt sie in der Linken. Ein paar Tasten gedrückt, und sie hätte ihn am Ohr. Sie kannte seine persönliche Nummer. Doch an der Handhexe war es so leicht, sich zu verstellen. Sie wollte ihn von Angesicht zu Angesicht sprechen. Und die Sache bei den Blaubündnern würde sie ihm nicht erzählen. Es hatte einen Anschlag auf die Bunkerburg gegeben, und den Tag hatte sie in der Stadt verbracht. Sonst war nichts gewesen.

Rede immer von Angesicht zu Angesicht, hatte ihr Vater ihr beigebracht. Bestimme Ort und Zeitpunkt des Gespräches. Sorge dafür, dass dein Gegenüber nicht weiß, dass es zu dem Gespräch kommt. Du wirst spüren, wem du trauen kannst, wem nicht. Dem Jungen mit der Wasserpistole konnte sie trauen.

»Lass uns ein Blutbad anrichten.«

»Das Land ist krank, mein Herr.«

Und sein Vater hatte mit der Wasserpistole eine Libelle getroffen. Sie hätte Lust, dem Jungen durch die Haare zu streichen. Er war ins Wasser gefallen, und sie hatte alles dabeigehabt, was man für ein solches Malheur brauchte. Sie würde den Jungen gerne wiedersehen. Vielleicht ließe er sich für Grüne Heupferde begeistern. Sich nur mit Computerspielen zu beschäftigen war nicht das Richtige.

Michaela schreckte zusammen, als die Tür zu Treppe und Gang geöffnet wurde. Sie erkannte sofort die Stimme ihres Bruders:

»Am Flughafen ist alles rund gelaufen. Wir haben die Ladung sichergestellt.«

»Obwohl es mit den vielen Büttlern dort reichlich Schwierigkeiten gab«, sagte ein Mann mit einer rauchigen Stimme.

Bei den Worten richteten sich die Härchen an ihren Unterarmen auf. Elektrisiert horchte sie aus dem Schatten in die Tiefgarage. Das war der zweite Mörder!

»War Pech«, sagte Max Grimm.

Als die Tür zu Treppe und Gang ins Schloss fiel, gönnte Michaela den beiden noch ein paar Schritte Richtung Max' Auto, bevor sie auf der Handhexe einige Tasten drückte. Sogleich erklang Max' Handhexenklingelton. Noch immer hielt sich Michaela im Schatten versteckt. Ihr Bruder sagte, ohne abzunehmen:

»Das ist ein Anruf meiner Schwester.«

»Na endlich. Vielleicht kannst du von ihr die MiniDV bekommen.«

»Wird schwierig, Marc. Sie ist misstrauisch.«

»Hast Recht, sonst hätte es sie heute Morgen erwischt.«

Elektrisiert zog sich alles in Michaela zusammen. Frag deinen Bruder: Marc Dirkler und der Mörder aus der Bunkerburg waren eine Person. Max steckte hinter dem Anschlag! Doch er hatte nicht gewusst, dass sie seit drei Wochen frühmorgens laufen ging.

»Ja, hallo«, sprach ihr Bruder in seine Handhexe.

Michaela beendete mit einem Fingerdruck das Gespräch.

»Aufgelegt«, sagte Max.

Mit gezogener Pistole trat Michaela aus dem Schatten des Pfeilers. Sofort erkannte sie, dass dieser Marc mit der rauchigen Stimme eine kräftige Statur und kurze braune Haare hatte. Sie hatte ihn endlich gefunden. Sie sagte:

»Was für ein Tag, liebster Bruder!«

Die beiden Männer fuhren herum, Marc wollte seine Waffe ziehen.

»Nicht«, raunte Max. »Du wärst tot, bevor ich Goldhamster sagen könnte.«

Der Mörder aus der Bunkerburg brach sein Vorhaben ab. Michaela sagte:

»Tut mir leid, dass ich dich hier überfalle. Der Morgen ist unhübsch verlaufen.«

»Ich freue mich, dich zu sehen«, sagte Max. »Was ist los?«

Sieh mir in die Augen! Mia wusste auf einmal, dass ihr Bruder log, da er ihren Blicken auswich. So stand ihr kleiner Bruder immer vor ihr, wenn er etwas ausgefressen hatte. Sie blickte jetzt Marc Dirkler an und sagte:

»Heute Morgen waren zwei Männer in der Bunkerburg. Die hatten da nichts zu suchen.«

Der Mörder mit der rauchigen Stimme griff unter das Jackett, um seine Waffe zu ziehen. Michaela drückte ab, der Schuss aus der SIG-Sauer krachte lauter als laut durch die Tiefgarage. Schalldämpfer wäre gut gewesen. Marc Dirkler sackte zu Boden und blieb liegen, rasch bildete sich um seinen Kopf eine Blutlache. Max sagte:

»Goldhamster.«

»Warum, kleiner Bruder?«

»Schief gelaufen. War ein Versehen.«

Wieder log ihr kleiner Bruder. Sie fragte aufs Geratewohl:

»Das ist Marc Dirkler?«

»Ja.«

»Wie ist er in die Bunkerburg gekommen?«

»Ich habe ihm eine Kopie besorgt«, sagte Max, dieses Mal schaute er ihr in die Augen. »Vom Schlüssel deiner Haushälterin.«

So war es also gelaufen.

»Warum das alles?«, fragte sie. »Was ist auf der MiniDV?«

»Das Ende der Bündner.«

Max sah ihr in die Augen, und er log nicht. Michaela drückte ab. Ihren Bruder fallen zu sehen tat weh. Es musste sein, das wusste sie. Doch es tat weh. Sie hatte ihn lange, lange Zeit unglaublich geliebt.

28

Gegenüber dem wuchtigen Backsteinbau an der Bundesstraße, wo der ETV, der Eimsbütteler Turnverband, sein Domizil hatte, fuhr Timo Hartwig zum Halten auf den Bürgersteig. Malte löste seinen Sicherheitsgurt und fragte:

»Darf ich die Wasserpistole haben?«

»Geht leider nicht«, sagte Timo. »Ich muss damit noch ein Blutbad anrichten.«

»Schade.«

Sein Sohn verstaute die leere Wasserpistole im Handschuhfach, doch Timo überlegte es sich anders:

»Du kannst sie zum Turnen mitnehmen, unter einer Bedingung.«

»Unter welcher?«

»Du bringst mir meine kleine Dienstwaffe geladen wieder mit. Ohne die lacht mich jede Libelle aus.«

Glücklich stopfte Malte sie in seinen Turnbeutel und stieg aus. Bevor er die Wagentür schloss, fragte er:

»Papa, können wir nächste Saison zum Fußball gehen?«

»HSV oder St. Pauli?«

»HSV!«

»Wir müssen mit deiner Mama darüber reden. Erst einmal hast du jetzt Turnen.«

Sie machten aus, dass Timo seinen Sohn nach dem Turnen an derselben Stelle abholen würde. Im Rückspiegel sah er Malte winken. Im August zum Eröffnungsspiel mit seinem Sohn einen Sonnabendausflug unternehmen, das wäre etwas.

Vielleicht würden die Rosen und Margeriten die Allmächtige gewogen stimmen.

Es sei denn, sein übernächtigter Sohn stürzte beim Pferdsprung unglücklich und bräche sich beide Beine. Timo malte sich die Reaktion der Allmächtigen aus und wurde kribbelig. Flachs oder Drohung? Erst in der Emilienstraße schüttelte er die Ängste ab. Sein Sohn würde nicht vom Schwebebalken fallen oder sich beim Purzelbaum den Fuß verstauchen, er war auch nicht in der Alster ertrunken. Mit gefüllter Wasserpistole würde er seinen Vater nach dem Turnen winkend begrüßen. Darauf sollte er sich freuen.

In der Wiesenstraße erwischte Timo erneut einen der kostbaren Parkplätze.

»Das hast du toll gemacht, Papa«, würde sein Sohn sagen. »Direkt vorm Café Strauß.«

Meinolf händigte ihm den Briefumschlag aus und entschuldigte sich dafür, dass er so in Eile war. Das Strauß war bereits gut gefüllt, und ein langer Freitagabend nahm seinen Anfang. Voller gut gelaunter junger Leute glich das Café in seiner Atmosphäre so gar nicht mehr dem Café vom Morgen. Wo die Cinnamonfrau schweigend an ihrem Kakao genippt hatte, brach eine Runde junger Frauen in lautes Lachen aus, das locker bis nach vorne an den Tresen schallte. Hinten bei den Spiegeln umarmten sich zwei junge Männer in überschwänglicher Manier. Timos Blick zog von Tisch zu Tisch. Es gab hier nicht eine Frau, zu der er sich an den Tisch würde setzen wollen. Hoffentlich würde Mia am Wochenende anrufen.

Hätte er an der Alster charmanter nach ihrer Telefonnummer fragen sollen?

Ja oder nein. Wenn und aber. Hinterher war man immer klüger.

Timo Hartwig verließ das Café und ging über die schwingenden Bohlen durch den prächtig gefüllten Biergarten. Cola mit Sahne? War ein Versuch gewesen. Seinem Sohn hatte es Spaß gemacht. Doch Mia würde ihn anrufen. An der Heckenecke schlitzte er den Briefumschlag auf: eine DIN-A4-Kopie des Personalausweises von Michaela Mahr.

Was war das denn für ein Foto?

Er hatte alles erwartet, nur nicht das! Unter das Foto hatte Hans geschrieben, dass sie noch kein besseres Bild hätten auftreiben können, sie würden sich darum kümmern. Der Ausweis war seit zwei Jahren abgelaufen und ausgestellt worden, als Michaela Mahr, geborene Grimm, achtzehn gewesen war. Auf dem Foto hatte sie einen Irokesenschnitt, die Bürste blond gefärbt! Verwundert blickte er der jungen Frau in die fauchenden Augen: Die hatte Sturm unterm Kinn. Wie passte dieses Bild mit dem Penthaus im Heußweg zusammen? Sie hatte nie den Ausweis erneuert, nie das Bild austauschen lassen. Hatten alle Befragten am Vormittag vergessen zu erwähnen, dass Michaela Mahr immer noch mit einem Iro durch Eimsbüttels Straßen schlenderte? Nein, das hätte man nicht vergessen zu erwähnen. Der alte Herr Bentey hatte Michaela Grimm zwei Jahre nach diesem Foto kennen gelernt. Er hätte bestimmt erwähnt, wenn sie eine Punkerin gewesen wäre.

Beim Zusammenfalten der Kopie sah Timo, dass Hans auch auf die Rückseite etwas geschrieben hatte:

Von der Haushälterin haben wir erfahren, dass vor ein paar Tagen ein nächtlicher Besucher bei ihr gewesen ist, gestohlen hat er aber nichts. Vielleicht hat sich der Täter so den Schlüssel besorgt.

Oder die Täter. Warum hatte er das nicht von Frau Athmer erfahren? Brötchenprinz und Treppentiger: Diese Info wäre seine Info gewesen. Viel Zeit hatte er beim Gepräch nicht gehabt. Doch das hätte er in Erfahrung bringen müssen.

Es hielt Timo nicht länger beim Strauß. Mit langen Schritten eilte er den Heußweg entlang. Er würde sich als Erstes erneut die Häuser vom Vormittag vornehmen und bei denjenigen klingeln, die er nicht angetroffen hatte.

»Das ist hier keine Telefonzelle!«

Auf die Frau freute er sich besonders. Die würde dumm kucken, wenn er ihr sagte, dass er von der Büttelei sei. Bei den Befragungen würde er konzentriert zur Sache gehen. Bei der Athmer hatte es einen nächtlichen Einbruch gegeben! Den Lapsus, so etwas nicht zu erfahren, wollte er sich nicht noch einmal erlauben.

Als er an dem Haus ankam, war im zweiten Stock die Balkontür geöffnet und ein Mädchen im Alter der Mahrkinder pustete Seifenblasen über das Geländer.

»Die Mädchen kenne ich. Die sind oft im Haus. Zweiter Stock, bei Finkenaus.«

Timo verglich seine Notizen: drittes Haus, vorne links. Das musste eine der Schulfreundinnen sein.

Er klingelte bei Finkenaus. Die Mutter war nun zu Hause. In diesem Fall zeigte er die Fotos nicht, um das Mordthema aus dem Gespräch heraushalten zu können. Zumal auch das Kind dabei war. Frau Finkenau war Ende dreißig und sehr groß, bestimmt über eins achtzig. Sie nahmen Platz in der geräumigen Wohnküche.

»Möchten Sie etwas trinken?«, fragte sie. »Wir haben Orangensaft, Apfelsaft …«

»Dann nehme ich O-Saft.«

Frau Finkenau schenkte zwei Gläser ein und setzte sich.

»Meine Tochter ist mit Miena und Andel seit etwa zwei Jahren befreundet. Zur Mutter habe ich keinen engen Kontakt. Wir kennen uns vom Sehen. Mehr aber nicht.«

»Wann haben Sie Frau Mahr zuletzt gesehen?«

»Heute.«

»Wann und wo?«

»Am Morgen auf der Osterstraße«, sagte Frau Finkenau. »Sie wartete wieder vorbildlich an der Ampel Schwenkestraße. Wir haben uns nur zugewinkt, weil ich auf die andere Straßenseite musste.«

Vorbildliches Warten an der Ampel? Michaela Mahr trug auf keinen Fall mehr die Punkerfrisur. Das war sicher. Er fragte nach:

»Warum vorbildlich?«

»Ich kenne niemanden, der so darauf achtet, bei Grün die Straße zu überqueren. Sogar nachts auf dem Heußweg habe ich sie hier an der Ampel warten sehen.«

»Ist das eine Macke?«

»Nein. Man muss Kindern ein Vorbild sein. Daran hält sie sich. Die Frau Mahr ist ein konsequenter Mensch und immer hilfsbereit. Sie ist einer dieser Menschen, denen man bedenkenlos das eigene Kind anvertrauen mag.«

Timo Hartwig ließ die Worte in sich nachklingen und hörte dann weiter Frau Finkenau zu. Er notierte sich die Namen von ein paar Freundinnen Michaela Mahrs, einige wohnten hier im Viertel. In einer Redepause fragte er:

»Haben Sie zufällig ein Foto von ihr?«

»Nein. Die lässt sich nicht gerne fotografieren.«

»Wo würde sie hingehen, wenn sie sich verstecken müsste?«

»Ins Niendorfer Gehege«, antwortete Frau Finkenau verwundert.

»Warum dorthin?«

»Die Mahrs haben dort eine Waldhütte. Das habe ich zufällig von einem Freund erfahren, der im Niendorfer Gehege wohnt. Einer der Nachbarn hat sein Grundstück an eine GmbH verkauft. Die Geschäftsführerin ist Michaela Mahr.

Hat sicherlich einen Grund, warum sie es mit einer GmbH angekauft haben. Das Niendorfer Gehege ist ja nicht so das Geschäftsviertel, deshalb glaube ich, sie nutzen das rein privat.«

Sie wusste nicht die genaue Anschrift der Waldhütte, konnte aber eine Skizze machen, wie man von dem Haus ihres Freundes zu dem Anwesen der Mahrs gelangte. So elektrisiert Timo diesen Hinweis aufnahm, so ruhig blieb er äußerlich. Das könnte ein Volltreffer sein. Am liebsten wäre er sogleich aufgesprungen und losgefahren, doch er zwang sich, das Gespräch sorgfältig zu Ende zu führen. Er durfte auch noch mit Frau Finkenaus Tochter, Helga, sprechen. Sie hatte Miena und Andel gestern zuletzt gesehen. Sie war bis abends bei ihnen gewesen. Heute hatten die Mädchen in der Schule gefehlt. Dieses Wochenende würde sie mit den Mahrkindern einen Ausflug ins Museum für Hamburgische Geschichte unternehmen. Den Vater ihrer Freundinnen kannte sie kaum, weil er sehr viel arbeitete.

Timo Hartwig bedankte sich und verabschiedete sich, ohne etwas von den Morden erwähnt zu haben. Eigentlich hätte die Mutter nachfragen müssen. Neugierig war sie bestimmt. Doch auch so etwas gab es. Manchmal durfte man als Büttler Fragen stellen ohne Ende und musste nicht eine Erklärung abliefern, warum.

Draußen auf dem Heußweg winkte er noch einmal Helga zu, die ihm zum Abschied einen Schwarm Seifenblasen zupustete. Vielleicht würde sie gleich versuchen, ihre Freundinnen anzurufen. Vielleicht auch erst am Abend.

Auf dem Weg zum Waschsalon überlegte Timo Hartwig, was er tun sollte. Viel Zeit hatte er nicht, bis sein Sohn vom Turnen käme. Danach müsste er ihn nach Hause bringen und gleich weiter zum Haupthaus. Bis 19 Uhr würde er das gut schaffen. Es wäre natürlich großartig, wenn er die gesuchte Michaela Mahr mitbrächte. Hans, Clas und die liebe Kira würden Augen machen.

Er schätzte noch einmal seine Chancen ab, sie im Niendorfer Gehege anzutreffen. Eine kleine Chance gab es. Hinausfahren ins Niendorfer Gehege, das Anwesen in Augenschein nehmen und zurück zum ETV: das passte. Und wenn er Glück hatte, würde er Frau Mahr dort antreffen. Danach würde er Timo bei der Allmächtigen abliefern und zum Schluss mit Frau Mahr ins Bütteleihaupthaus fahren. Das wäre der Treffer, den er gerne landen würde. Die anderen ließen ihn dort suchen, wo er sie nie und nimmer finden könnte, und er fände sie dennoch.

29

In der Tiefgarage nahm Michaela Mahr die drei Visitenkarten aus ihrer schwarzen Innentasche und zerriss sie. Die Überbleibsel von Timo Hartwig, Kian Hajat und Alma Finn lagen ihr schwer in der Hand. Das Einfachste wäre es, sie in dem Abfalleimer neben der Tür zu Treppe und Gang zu entsorgen. Michaela zögerte. Die Spurensicherung würde aber auch im Abfalleimer nachsehen und über die drei Karten käme man direkt auf sie. Sie behielt die Schnipsel in der geballten linken Faust und ging in aller Ruhe aus der Tiefgarage. Über die Hülsen und Kugeln würde man auf die Pistole schließen können, deshalb würde sie die SIG-Sauer auf immer und ewig verschwinden lassen. Irgendwie war das ihre Welt geworden, wiewohl sie sich nichts weniger als das gewünscht hatte. Alle Grimms waren tot, fast alle. Eigentlich war auch sie tot.

Plötzlich hielt Michaela inne. Mit Grausen wurde ihr klar, was sich gleich ereignen würde. Sie käme zur Tiefgarage heraus und würde Heinz Huchen in die Augen blicken. Sie musste schlucken und fühlte, wie die Kälte nach ihr griff. Es gab nur eine Lösung. Er wusste es, und sie wusste es auch. Die Gesetze des Hortfeuers waren grausam. Sie würde ihn töten müssen. In sich gefangen, verharrte Michaela in der Tiefgarage. Der Beton umhüllte sie wie ein Grab. Von der Ausfahrt wehte es leicht herein. Sie spürte den warmen Luftzug auf ihrer Haut und roch aus der Luft das Oberirdische heraus. Es half alles nichts. Sie spähte mit gezogener Pistole um die Ecke zum Wachhäuschen. Leer: kein Heinz Huchen da. Es war auch kein Techniker dort zu sehen, der sich um die Kameras kümmerte.

Vorsichtig ging Michaela weiter. Auf der Budapester Straße brauste der Verkehr in beide Richtungen. Heinz Huchen war bestimmt zum Haupteingang gegangen, um sich zu beschweren, dass man ihn völlig allein ließ. Sie freute sich, dass sie ihn nicht angetroffen hatte. Glücklich ging sie am Heiligengeistfeld entlang zur U-Bahn-Station St. Pauli.

Auch wenn du tot bist, gibt es noch eine Menge zu tun.

An der Treppe zum Untergrund begutachtete Mia den Abfalleimer: zerkratzt, verbeult, beschmiert. Das war kein Behältnis, wo dieser Tag ein Ende finden sollte. Sie ging die Treppe hinunter und sah sich auch die Abfalleimer auf dem Bahnsteig an. Keiner sagte ihr zu. Ziellos stieg sie in die nächste U-Bahn ein und fuhr in die Richtung, die ihr vertraut war.

Feldstraße – Sternschanze – Schlump: umsteigen in die rote Linie Richtung Hagenbecks Tierpark. In der Bunkerburg lagen nun drei Jahreskarten und ein Zooführer herum. Von der Bunkerburg war es nur ein Katzensprung zu den Löwen und Tigern, zu den Rutschen und Schaukeln, zu den Eisständen.

»Mama, darf ich eins?«

Nie wieder würden Miena und Andel das fragen. Christuskirche – Emilienstraße – Osterstraße: Im Strom der Menschen ließ sie sich nach oben zum Fanny-Mendelssohn-Platz treiben. An der Schule der Miedelmädchen verließ Michaela den Heußweg und bog in die Eichenstraße ein, schlenderte am gut besuchten Biergarten des Strauß vorbei, dachte an den Morgen, an den schüchternen, aber auch charmanten Timo und wusste, dass sie sich in dem Gewühl unwohl fühlen würde.

Die Ottersbekallee war vielleicht die schönste Straße in Eimsbüttel. Sie hatte dort immer gerne gewohnt. Leider war die Wohnung zu klein gewesen. Wehmütig hatte sie vor Jahren Abschied von ihrer Straße genommen. In die Bunkerburg zu ziehen war richtig gewesen. Man hatte dort so viel Platz, wie man sich wünschen konnte. Sie hatte sich auf dem Kriegsbeton immer so sicher gefühlt.

Am Weiherpark, wo sie am Morgen gelaufen war, schwappte bei jedem Schritt Traurigkeit in ihr hoch. Sie ging am Kinderspielplatz vorbei, wo noch viel los war, obwohl es fast Abend war. Immer hatte sie ihre Pistole dabeigehabt, wenn sie mit den Miedelmädchen dort gewesen war. Nie war etwas geschehen. An der Spatzenweihe war die Rundbank frei. Traurig, als wäre sie begraben in einer Wüste, hockte sie sich auf die Holzkante. Immer noch hatte sie die geladene und entsicherte SIG-Sauer dabei. Mit dreißig war sie zu dem geworden, was sie nie hatte sein wollen.

Auch wenn du tot bist, gibt es noch eine Menge zu tun.

Michaela fühlte sich am Ende ihrer Lebensherzen. Eine Wiedergängerin war sie. Bis gestern hatte sie gelebt. Dieser Tag im Weiherpark war der letzte gewesen.

Sollte sie noch einmal in die Bunkerburg gehen? Vielleicht war Frau Athmer heute Morgen gar nicht gekommen, weil sie es wieder im Rücken hatte. Im Wohnrund lägen dann noch immer drei Laken und Miena, Andel und Klaus. Sie könnte die Leichen, wie es bei den Bündnern üblich war, beseitigen und noch am Abend in der Grundstraße bei der Büttelei eine Anzeige aufgeben, dass ihr Mann und ihre zwei Töchter verschwunden wären. Sie traute sich zu, den Büttlern die beraubte Mutter vorzuspielen. Steindamm und Budapester Straße hatte es nicht gegeben, und ihre Geschichte würde sie so geschickt auftischen, dass sie damit durchkäme.

Doch sie glaubte nicht daran, dass Frau Athmer es im Rücken hatte.

Die drei Leichen würden schon lange nicht mehr im Wohnrund liegen.

Sie könnte sich auch jetzt noch bei der Büttelei melden und alles erzählen, auch das, was man niemals erzählen durfte. Nur so bräche sie endgültig mit dem Hortfeuer.

In Michaela kämpfte dieser Gedanke einen vergeblichen Kampf. Sie war keine Verräterin, die bei der Büttelei auspackte. Was die Büttler wissen wollten, sollten sie selbst herausfinden. Niemals würde sie jemandem erzählen können, was es hieß, im Hortfeuer aufgewachsen zu sein. Das Gesetz des Schweigens war so unverbrüchlich wie das Gesetz der Rache.

Auch wenn ihre Zeit in Hamburg abgelaufen war, könnte sie noch etwas tun. Im Niendorfer Gehege gab es einen Beutel mit MiniDVs. Was war da gefilmt worden, dass es das Ende der Bündner bedeuten könnte? Irgendein geheimes Treffen? Oder irgendwelche Dokumente? Sie würde hinfahren und es herausfinden. Sie stand auf und ging zum Rundweg. Am Papierkorb bei der Spatzenweihe hielt sie inne. Der sah hübsch aus. Sie holte den Schnipselballen aus der Tasche und nahm Abschied von Alma, Kian und Timo.

30

Grollend und brausend näherte sich ein Flugzeug dem Niendorfer Gehege. Timo sah beeindruckt nach oben, als es über ihn hinwegdonnerte. Er könnte mit Malte auch einmal den Flughafen Fuhlsbüttel besuchen. Der Krach startender Flugzeuge wäre bestimmt etwas für ihn. Timo lauschte auf die Geräusche, die wieder zu hören waren, nachdem der Triebwerkslärm verklungen war. Dank der Skizze war das Grundstück der Mahrs leicht zu finden. An der Gartenpforte suchte er nach Namensschild und Klingel, doch beides fehlte. Probehalber gab er der Pforte einen Stoß: Sie öffnete sich. Obwohl freudig überrascht, dämpfte er sogleich beim Betreten die Hoffnung, Frau Mahr hier anzutreffen. Über bemooste Feldsteine schritt er auf die Waldhütte zu. Die Gardinen waren aufgezogen, kein Licht brannte. Alles war ruhig. Am Eingang stutze er: Die Haustür war offen. Vielleicht war Frau Mahr doch hier. Oder es war etwas geschehen. Er warf einen schnellen Blick in den Garten. Niemand zu sehen. Er überlegte, ob er klingeln sollte, ließ es dann jedoch bleiben. Es könnte sein, dass die Mörder am Morgen Frau Mahr mitgenommen hatten, damit sie ihnen die Waldhütte zeigen konnte. In dem Fall wären sie jedoch längst fort, und in der Waldhütte fände sich eine vierte Leiche.

Mit gezogener Waffe betrat Timo Hartwig den Flur. Seine Schritte setzte er behutsam, um jeglichen Lärm zu vermeiden. Ein uriger Geruch aus altem Holz und Zimt empfing ihn. Am Flurspiegel hing ein blumenbuntes Duftsäckchen, das für den

Zimtduft sorgte, darunter standen weiße Ledersabots und Damentrainingsschuhe. Für einen Lidschlag meinte Timo ein Geräusch gehört zu haben, doch war er sich nicht sicher. Angespannt horchte er in die Waldhütte hinein. Nichts zu hören. Er machte zwei weitere Schritt vorwärts und blickte um die Ecke: Das war die Küche. Neben der Tür hing ein prall gefüllter Stoffbeutel mit Hamburgwappen. Wieder hörte Timo ein Geräusch direkt hinter sich. Es war nicht laut, war mehr Bewegung, war nicht Knacken eines Astes, sondern eher …

Der Schlagstock traf den Kopf mit aller Kraft, die Michaela Mahr aufbieten konnte. Sofort zeigte der große Körper Wirkung, sackte in sich zusammen und fiel vornüber auf den Küchenboden. Mit einem Klackern schlug die Pistole auf die weißen Fliesen. Michaela hob die Waffe auf und betrachtete den Eindringling genauer. Wie ein Bündner wirkte der nicht. Sie drehte ihn leicht zur Seite. Als sie sein Gesicht erkennen konnte, staunte sie sich die Augen aus dem Kopf. Das hatte sie nicht erwartet! Sie sah noch einmal hin. Kein Zweifel, das war Timo! Sie filzte ihn und zog seine Handschellen und seine Papiere hervor. Er war Büttler! Das war die zweite große Überraschung.

Sie hatte einen Büttler in der Küche!

Was würde wohl ihr Vater dazu sagen? Belustigt legte sie ihm seine Handschellen an und zog ihn in den Flur und von dort ins Schlafzimmer. Unter Aufbietung aller Kräfte wuchtete sie den schweren Körper aufs Bett und band ihn an den Bettpfosten fest, wobei sie ihm die Handschellen nicht abnahm. Da war Blut auf seinem Gesicht. Auf der Stirn klaffte ein längerer Riss, aus dem unablässig Blut hervorsickerte. Er musste sich beim Sturz den Kopf aufgeschlagen haben. Was machte Timo in der Waldhütte? Besorgt eilte Mia ins Badezimmer, um Verbandszeug zu holen.

Zuerst tupfte sie die Wunde trocken, zum Glück war sie nicht tief, dann stillte sie die Blutung und säuberte die Wunde. Mit vier Stichen nähte sie den Riss. Zum Schluss legte sie ihrem unangemeldeten Besucher einen hübschen Verband an. Während sie das Verbandszeug zusammenlegte, öffnete er seine Augen.

Sein Hinterkopf dröhnte und unter seiner Stirn pochte es. Ausgestreckt lag Timo und vermochte sich kaum zu bewegen. Sofort wusste er, wo er sich befand: im Niendorfer Gehege in der Waldhütte der Mahrs. Die Gardinen waren geöffnet, die Abendsonne erhellte den Raum. Neben ihm auf der Bettkante saß eine wunderschöne Frau. Das war aber nicht Frau Mahr, sondern Mia! Sie sortierte Verbandszeug ein. Er fragte:

»Was machst du hier?«

»Das müsste ich dich fragen«, sagte sie.

»Ich bin beruflich hier.«

»Du wirst fürs Flirten bezahlt?«

»Nein, wir flirten jetzt nicht«, widersprach Timo. »Mein Schädel brummt. Was machst du hier?«

»Ich wohne hier.«

In ihm fügte sich alles widerstrebend zusammen. Er hatte Frau Mahr gefunden! Doch kannte er sie bereits einen halben Tag. Am Morgen hatte man ihren Mann und ihre beiden Töchter ermordet. Sie war entkommen, ziellos durch die Stadt gewandert, hatte sich zu einer Bootsfahrt überreden lassen und schien alles andere als eine Frau zu sein, die man beschützen musste. So wie sie da saß, verloren und hilfsbereit zugleich, schien sie nicht minder überrascht zu sein.

»Du hast mir in der Küche eins übergezogen?«, fragte Timo.

»Ich hab nicht gewusst, dass du es bist.«

»Nun weißt du es«, sagte Timo. »Warum die Fesseln?«

Mia blickte ihren Gefangenen vielsagend an. Was wusste er? Er musste zu den Büttlern gehören, die in der Bunkerburg die Morde untersuchten. Irgendwo hatte Klaus einen Hinweis auf die Waldhütte hinterlassen, und diesem Hinweis ging Timo gerade nach. Sie würde ihm nichts anvertrauen. Nach den Morden war sie ins Strauß geflohen, dann in die Waldhütte, dann an die Alster zu Dr. Rehling, hatte sich im Reichshof ein Hotelzimmer gemietet und dann mit Alma bei Frau Möller zu Mittag gegessen. Danach war sie ihm auf dem Jungfernstieg begegnet. Um Zeit zu gewinnen, sagte sie:

»Weil ich Angst vor dir habe.«

Die Wirkung ihrer Worte war stärker als erwartet. Mit großen Augen staunte Timo sie an, wie ein Weltwunder, das man am Ende einer langen Expedition aus dem Sand ausgräbt. Ihm gefiel anscheinend die Vorstellung, dass eine Frau vor ihm Angst hatte. Sie machte ihm wohl gerade ein außerordentliches Kompliment. Er schluckte und brachte dann hervor:

»Das musst du nicht.«

O doch. Er war ein Büttler, und sie gehörte zum Hortfeuer. Sie musste ganz vorsichtig sein. Er sagte:

»Bind mich los.«

Sie erhob sich, nahm die Verbandstasche und sagte:

»Nein.«

Erheitert nahm sie seinen fassungslosen Blick mit hinaus auf den Flur. Der Mann, vor dem die Frauen Angst hatten, war so hilflos wie ein Goldhamster. Sie krempelte den sandfarbenen Staubmantel um, so dass der schwarze Stoff außen war, und zog ihn an.

»Mia!«, rief Timo aus dem Schlafzimmer.

Jetzt bekam er es mit der Angst zu tun. Es brachte ihr Spaß, ein wenig Mäuschen zu spielen. Sie sagte nichts, sie bewegte sich nicht, sie horchte gebannt ins Schlafzimmer.

»Mia!«

Regungslos verharrte sie auf dem Flur.

»Mia, das kannst du nicht machen!«

Sie hatte nicht vor, das zu machen, was er befürchtete. Doch fand sie es höchst schmeichelhaft, dass er es ihr zutraute.

»Mia!«

»Hast du mich gerufen?«

Sie blickte in aller Unschuld ins Schlafzimmer, wo Timo an seinen Fesseln zerrte. Solche Anstrengungen waren sinnlos, da sie ihn gut verschnürt hatte.

»Bind mich los.«

»Das kann ich nicht.«

»Wieso?«

»Du bist ein Büttler, und ich gehöre zum Hortfeuer.«

»Das ist ein Scherz, oder?«

Mia verschwand wieder im Flur und bewegte sich nicht.

»Mia, bitte bind mich los. Es ist wichtig, sehr wichtig.«

Sie schwieg. Er sagte:

»Es ist lebenswichtig. So wichtig, dass ich es dir nicht zurufen möchte. Komm bitte zu mir.«

Auf einmal redete da ein anderer Timo Hartwig. Ohne ein Wort zu sagen, betrat Mia das Schlafzimmer und setzte sich auf die Bettkante. Timo sagte:

»Du kannst mich nicht hier liegen lasssen. Dazu fehlt mir die Zeit. Ich habe gleich etwas ganz Wichtiges zu tun.«

Mia erwartete etwas ganz Wichtiges. Vielleicht einen extrem bedeutsamen Sondereinsatz als Büttler. Oder irgendeine ganz dumme Sache. Auch damit musste man bei so einem wie Timo rechnen. Vielleicht eine Liebeserklärung. Na ja, misstrauisch beäugte sie ihn. Als er nichts sagte, fragte sie:

»Was?«

»Ich muss meinen Sohn vom Turnen abholen«, antwortete er.

Kein Büttlerdienst, kein Flirt-Happy End: Malte war das ganz Wichtige. Zum Glück hatte sie nichts von ihren Vermutungen preisgegeben. Sie war nicht wichtig. Sein Sohn war wichtig. Er hatte ihn vier Jahre lang nicht gesehen.

»Er ist groß genug, um auch mal allein nach Hause zu fahren«, sagte sie.

»Seine Mutter hat ihn mir heute nur zur Probe gegeben. Wenn ich ihn am Abend nicht pünktlich wieder abliefere, werde ich ihn vielleicht nie wieder sehen.«

Vor ihr lag ein tief besorgter Timo Hartwig, in dessen Gesicht sich alle Ohnmacht abzeichnete, die sich in vier Jahren angesammelt hatte. Sie fragte:

»Wenn er allein nach Hause kommt, wird sie Konsequenzen ziehen?«

»Dann werde ich meinen Sohn nie wieder sehen.«

Rodegang – Ingwin – das Libellenschießen: Es gab nicht mehr viel, was sie sich wünschte. Doch eines gehörte dazu: Timo und Malte sollten nicht getrennt werden. Sie fragte:

»Warum bist du hier?«

Timo sah, dass Mia ihn musterte. Er überlegte, wie er am besten das Gespräch aufzöge. Ohne länger nachzudenken, vertraute er seinem Gefühl. Diese Michaela Mahr konnte er nicht mit billigen Tricks verblüffen. In diesem Augenblick war Aufrichtigkeit das Wichtigste.

»Deinetwegen«, sagte er. »Ich habe heute Morgen den Auftrag bekommen, Frau Mahr zu finden und in Sicherheit zu bringen. Wir haben zu dem Zeitpunkt nicht gewusst, dass du die Tochter des alten Grimm bist. Meine Kollegen haben mich absprachegemäß dort suchen lassen, wo ich dich eigentlich nicht hätte finden können.«

»Zum Beispiel im Café Strauß«, sagte Mia. »Und das alles, damit du für Malte Zeit hast?«

»Genau. Ein paar Befragungen im Heußweg, mehr hatte ich nicht zu tun. Durch Zufall habe ich vorhin einen Hinweis auf die Waldhütte bekommen.«

»Und warum bist du alleine hergekommen?«

»Weil ich einen Triumph landen wollte. Meine Kollegen haben mich den ganzen Tag über als Brötchenprinz veräppelt.«

Timo registrierte, dass Mia lächeln musste. Er fuhr fort: »Als Brötchenprinz und Treppentiger habe ich meinen Tag verbracht. Werde losgeschickt, dich dort zu suchen, wo man dich niemals finden kann. Das hat mich in meinem Stolz verletzt. Ich wollte dich finden und ins Haupthaus bringen.«

»Und nebenbei hättest du deinen Sohn vom Turnen abgeholt«, sagte sie.

»Und dann hätte ich meinen Kollegen Frau Mahr präsentiert.«

Es folgte Schweigen. Mia saß da, blickte zum Fenster, die Abendsonne streute Strahlen ins Zimmer, ein paar ihrer Cinnamonhaare leuchteten strandgelb auf. Unsicher, ob seine Worte Wirkung zeigten, blieb Timo regungslos liegen. Noch immer dröhnte sein Kopf.

»Wann und wo musst du deinen Sohn abholen?«, fragte Mia.

»Um halb sieben vorm ETV«, antwortete Timo.

»Sei beruhigt, dein Sohn wird pünktlich zu Hause sein«, sagte Mia. »Wo wohnt er?«

»Stresemannstraße 374 E«, sagte Timo, »aber …«

»Kein Aber. Ich bringe ihn nach Hause.«

»Aber wenn etwas geschieht?«

Mia streichelte Timos Stirn, strich über den Verband auf der Stirn und gab ihm einen Kuss auf den Mund.

»Vertrau mir. Ich werde ihn nach Hause bringen.«

»Aber …«

»Es wird ihm nichts geschehen. Ich werde ihn mit aller Macht beschützen.«

Mia stand auf und ging hinaus in den Flur. Malte sollte seinen Vater behalten, sie würde besser auf ihn aufpassen als am Morgen auf ihre eigenen Töchter. Sie würde ihn mit ihrem Leben beschützen, wie Heinz Huchen sie beschützt hatte. In der Küche nahm sie den prallen Beutel mit dem Hamburgwappen vom Haken, ging zurück ins Schlafzimmer und legte ihn aufs Bett.

»Für dich. Ist ein Geschenk.« Sie wandte sich um. »Leb wohl.«

Auf dem Flur prüfte sie, ob sie alles beisammenhatte: seine Autoschlüssel, ihre Papiere. Den Rucksack holte sie aus dem Arbeitszimmer. Sie würde noch aus dem Reichshof die Sporttasche holen müssen.

»Was ist in dem Beutel?«, rief Timo.

»Das ist der Triumph, den du haben möchtest.«

»Wie bitte?«, rief Timo.

Mia betrat noch einmal das Schlafzimmer und sagte:

»Auf einer der MiniDVs befinden sich brisante Aufnahmen. Die haben die Mörder heute Morgen bei uns gesucht. Mein Mann hatte sie in der Waldhütte versteckt.«

»Und was ist auf der MiniDV zu sehen?«

»Das weiß ich nicht.«

»Du willst mich hier so zurücklassen?«, fragte Timo.

»Ich benachrichtige nachher deine Kollegen.«

»Du willst, dass sie mich so hier finden?«

»Was ist so schlimm daran?«

»Der Beutel soll ein Geschenk sein? Dass ist nicht lache! Du willst mich demütigen. Vergiss endlich diesen ganzen Müll mit Hortfeuer und Büttlern!«

Mia genoss es, Timo Hartwig so wehrlos und lächerlich daliegen zu sehen. Ja, sie verachtete die Büttler. Das war ihre Herkunft. So hatte sie gelebt. Büttler waren das, was einem das Leben schwer machte, das, was man mied, so gut es ging; Büttler waren keine Menschen. Und nun fiel es ihr schwer zu gehen. Dieser Büttler war anders. Sie genoß es, dass er auf ihrem Bett lag. Sie hätte die Macht, ihn ganz für sich zu behalten. Wochenlang könnte sie ihn für sich behalten, und niemand würde ihn hier finden. So offen, wie er mit ihr redete, konnte sie ihm nicht ausweichen. Sie sagte verletzt:

»Demütigen? Das hast du vor.«

»Wie bitte?«

»Ich bin keine Trophäe, die man vorführt.«

Mia spürte, dass sie an einer Grenze war, die sie nicht übertreten konnte. Niemals könnte sie die zehn Toten vom Nachmittag ungeschehen machen. Vielleicht würde man die Spur, die zu ihr führte, nicht zurückverfolgen können. Doch dafür musste sie nachher die Waffen verschwinden lassen. Und so sehr sie selbst den Nachmittag an der Alster genossen hatte, blieb alles so, wie sie es an der Spatzenweihe im Papierkorb zurückgelassen hatte. Man würde sie jagen, solange sie lebte. Diese Gefahr durfte sie nicht teilen, schon gar nicht mit einem kleinen Heldentaucher, der nur eine Wasserpistole hatte.

»Tut mir leid«, sagte Timo.

»Ich bring dich mit dem Beutel zum Haupthaus, vorher bringen wir Malte nach Hause. Du bekommst deine Waffe zurück, jedoch ungeladen.«

»Auch die Wasserpistole?«

»Die vor allem«, sagte Mia. »Aber ungeladen.«

Ein wenig traurig, ein wenig beklommen, beugte sie sich über ihn und löste seine Fesseln. Die Handschellen würde sie nicht abnehmen können. Oder sollte sie es doch tun? Sie war aber kein Chauffeur, der einen Büttler bis zum Bütteleihaupthaus fährt. Das wäre wie Unterwerfung. Man könnte jedoch auch einfach das Gegenteil von dem tun, was man eigentlich vorhatte.